■ 认识司考 ■ 感悟司考 ■ 攻克司考

2011年 2011 NIAN GUOJIA SIFA KAOSHI QUANZHEN ZICE KAOCHANG

国家司法考试
全真自测考场

■ 三 校 名 师 / 组 编

5

[2006年卷]

中国政法大学出版社

2011 · 北京

目 录 *CONTENTS*

2006年国家司法考试 自 测

2006年国家司法考试 讲 解

◆2006年◆

试卷一自测

提示：本试卷为选择题，由计算机阅读。请将所选答案填涂在答题卡上，勿在卷面上直接作答。

一、单项选择题，每题所给的选项中只有一个正确答案。本部分1～50题，每题1分，共50分。

❶ 我国《合同法》第41条规定："对格式条款的理解发生争议的，应当按照通常理解予以解释。对格式条款有两种以上解释的，应当作出不利于提供格式条款一方的解释。格式条款和非格式条款不一致的，应当采用非格式条款。"对该法律条文的下列哪种理解是错误的？（　）

A. 该法律条文规定的内容是法律原则

B. 格式条款本身追求的是法的效率或效益价值，该法律条文规定的内容追求的是法的正义价值

C. 该法律条文是对法的价值冲突的一种解决

D. 该法律条文规定了法律解释的方法和遵循的标准

❷ 关于法与宗教的关系，下列哪种说法是错误的？（　）

A. 法与宗教在一定意义上都属于文化现象

B. 法与宗教都在一定程度上反映了特定人群的世界观和人生观

C. 法与宗教在历史上曾经是浑然一体的，但现代国家的法与宗教都是分离的

D. 法与宗教都是社会规范，都对人的行为进行约束，但宗教同时也控制人的精神

❸ 某地法院在审理案件过程中发现，该省人民代表大会所制定的地方性法规规定与国家某部委制定的规章规定不一致，不能确定如何适用。在此情形下，根据我国《宪法》和《立法法》，下列哪种处理办法是正确的？（　）

A. 由国务院决定在该地方适用部门规章

B. 由全国人民代表大会决定在该地方是适用地方性法规还是适用部门规章

C. 由最高人民法院通过司法解释加以决定

D. 由国务院决定在该地方适用地方性法规，或者由国务院提请全国人民代表大会常务委员会裁决在该地方适用部门规章

❹ 关于法与社会相互关系的下列哪一表述不成立？（　）

A. 按照马克思主义的观点，法的性质与功能决定于社会，法与社会互相依赖、互为前提和基础

B. 为了实现法对社会的有效调整，必须使法律与其他的资源分配系统进行配合

C. 构建和谐社会，必须强调理性、正义和法律统治三者间的有机联系

D. 建设节约型社会，需要综合运用经济、法律、行政、科技和教育等多种手段

❺ 某医院确诊张某为癌症晚期，建议采取放射治疗，张某同意。医院在放射治疗过程中致张某伤残。张某向法院提起诉讼要求医院赔偿。法院经审理后认定，张某的伤残确系医院的医疗行为所致。但法官在归责时发现，该案既可适用《医疗事故处理条例》的过错原则，也可适用《民法通则》第123条的无过错原则。这是一种法律责任竞合现象。对此，下列哪种说法是错误的？（　）

A. 该法律责任竞合实质上是指两个不同的法律规范可以同时适用于同一案件

B. 法律责任竞合往往是在法律事实的认定过程中发现的

C. 法律责任竞合是法律实践中的一种客观存在，因而各国在立法层面对其作出了相同的规定

D. 法律解释是解决法律责任竞合的一种途径或方法

❻ 生物科技和医疗技术的不断发展，使器官移植成为延续人的生命的一种手段。近年来，我国一些专家呼吁对器官移植进行立法，对器官捐献和移植进行规范。对此，下列哪种说法是正确的？（　　）

A. 科技作为第一生产力，其发展、变化能够直接改变法律

B. 法律的发展和变化也能够直接影响和改变科技的发展

C. 法律既能促进科技发展，也能抑制科技发展所导致的不良后果

D. 科技立法具有国际性和普适性，可以不考虑具体国家的伦理道德和风俗习惯

❼ 下列关于法律解释的哪一表述是正确的？（　　）

A. 法律解释作为法律职业技术的核心在任何有法律职业的国家中，其规则和标准没有不同

B. 法律解释方法是多种多样的，解释者往往只使用其中的一种方法

C. 法律解释不是可有可无的，而是必然存在于法律适用之中

D. 法律解释具有一定的价值取向性，因此，它是一种纯主观的活动，不具有客观性

❽ 一般说来，规定国家权力的正确行使和公民权利的有效保障应是宪法基本内容的两个方面。下列哪一部宪法没有明确规定公民的基本权利？（　　）

A. 1918 年的《苏俄宪法》　　B. 1789 年的《美国宪法》

C. 1791 年的《法国宪法》　　D. 1923 年的《中华民国宪法》

❾ 按照宪法的理论，制宪主体不同于制宪机关。下列关于我国宪法的制宪主体或制宪机关的哪一表述是正确的？（　　）

A. 全国人民代表大会和地方各级人民代表大会是我国的制宪主体

B. 全国人民代表大会是我国的制宪主体，全国人民代表大会常务委员会是我国的制宪机关

C. 全国人民代表大会是我国的制宪机关，宪法起草委员会是它的具体工作机关

D. 第一届全国人民代表大会第一次全体会议是我国的制宪机关

❿ 根据宪法制定的机关不同，可以把宪法分为民定宪法、钦定宪法和协定宪法。下列哪一部宪法是协定宪法？（　　）

A. 1830 年法国宪法　　B. 1779 年美国《邦联条例》

C. 1889 年日本宪法　　D. 1919 年德国魏玛宪法

⓫ “凡权利无保障和分权未确立的社会就没有宪法”的论断是由下列哪一部宪法文件予以明文规定的？（　　）

A. 1789 年的法国《人权与公民权利宣言》

B. 1776 年的北美《独立宣言》

C. 1688 年的英国《权利法案》

D. 1918 年的苏俄《被剥削劳动人民权利宣言》

⓬ 宪法规定，居民委员会、村民委员会同基层政权的相互关系由法律规定。下列哪一项不属于基层政权的范畴？（　　）

A. 乡、民族乡、镇的人民政府

B. 不设区的市、市辖区的人民政府

C. 不设区的市、市辖区人民政府的派出机构

D. 县人民政府

⑬《中华人民共和国政府和大不列颠及北爱尔兰联合王国政府关于香港问题的联合声明》是由哪一机关批准生效的？（　　）

A. 国务院　　B. 全国人大

C. 全国人大常委会　　D. 国家主席

⑭ 下列哪一项是我国宪法界定公民资格的依据？（　　）

A. 出生地主义原则

B. 血统主义原则

C. 国籍

D. 以血统主义为主、以出生地主义为辅的原则

⑮ 秦始皇时期，某地有甲乙两家相邻而居，但积怨甚深。有一天，该地发生了一起抢劫杀人案件，乙遂向官府告发系甲所为。甲遭逮捕并被定为死罪。不久案犯被捕获，始知甲无辜系被乙诬告。依据秦律，诬告者乙应获下列哪种刑罚？（　　）

A. 死刑　　B. 迁刑

C. 城旦舂　　D. 笞一百

⑯ 汉武帝时，有甲、乙二人争言相斗，乙以佩刀刺甲，甲之子丙慌忙以杖击乙，却误伤甲。有人认为丙"殴父也，当枭首。"董仲舒引用《春秋》事例，主张"论心定罪"，认为丙"非律所谓殴父，不当坐"。关于此案的下列哪种评论是错误的？（　　）

A. "论心定罪"是儒家思想在刑事司法领域的运用

B. 以《春秋》经义决狱的主张是旨在建立一种司法原则

C. "论心定罪"仅为一家之言，历史上不曾被采用

D. "论心定罪"有可能导致官吏审判案件的随意性

⑰ 唐朝开元年间，旅居长安的突某（来自甲国）将和某（来自乙国）殴打致死。根据唐律关于"化外人"犯罪适用法律的原则，下列哪一项是正确的？（　　）

A. 适用当时甲国的法律　　B. 适用当时乙国的法律

C. 当时甲国或乙国的法律任选其一　　D. 适用唐朝的法律

⑱ 乾隆年间，四川重庆府某甲"因戏而误杀旁人"，被判处绞监候。依据清代的会审制度，对某甲戏杀案的处理，适用下列哪一项程序？（　　）

A. 上报中央列入朝审复核定案　　B. 上报中央列入秋审复核定案

C. 移送京师列入热审复核定案　　D. 上报中央列入三司会审复核定案

⑲ 下列关于德国法律制度形成与发展的哪一表述是错误的？（　　）

A. 1532年颁布的《加洛林纳法典》是一部刑法和刑事诉讼法方面的法律，对德国封建法的发展具有重要影响

B. "潘德克顿学派"的思想构成《德国民法典》的理论基础

C. 希特勒当政期间的德国法坚持维护资产阶级议会制和联邦制

D. 魏玛共和国时期的法律强调"社会本位"

⑳ 下列关于罗马私法的哪一表述是错误的？（　　）

A. 罗马法有市民法和长官法之分，其中长官法的内容多为私法

B. 在罗马，早期采取"限定继承"的原则，后来逐步确立"概括继承"的原则

C. 在罗马私法上，自然人的人格由自由权、市民权和家庭权三种身份构成

D. 罗马法的婚姻包括"有夫权婚姻"和"无夫权婚姻"两种

㉑《土地管理法》规定，国家实行占用耕地补偿制度。下列关于这一制度的哪一表述是错误的？（　　）

A. 因非农业建设占用耕地的，占用单位应承担占用补偿义务，负责开垦与所占用耕地的数量和质量相当的耕地

B. 国家批准的重点建设项目占用耕地的，占用单位不承担占用补偿义务

C. 没有条件开垦的占用单位，应当按规定缴纳耕地开垦费

D. 占用单位开垦耕地，应按照省级人民政府制定的开垦计划进行

㉒ 根据《土地管理法》确立的土地用途管制制度，国家在编制土地利用总体规划时，对土地用途如何分类？（　　）

A. 国有单位用地、集体用地和私人用地　B. 城市用地、乡村用地和其他用地

C. 农用地、建设用地和未利用地　D. 工商业用地、农业用地和住宅用地

㉓ 2005年6月，某县发生特大洪水，县防汛指挥部在甲村临时征用村东和村西的两块土地。其间实施的下列哪种行为不符合法律规定？（　　）

A. 灾情发生后，在未办理建设用地审批手续的情况下，向村委会宣布临时征用土地的决定

B. 抗洪期间，在未办理建设用地审批手续的情况下，在两块土地上各搭建一座存放抗洪物资的仓库

C. 灾情结束后，在未办理建设用地审批手续的情况下，拆除村东的仓库，将土地恢复原状后交还给甲村

D. 灾情结束后，在未办理建设用地审批手续的情况下，以未来抗洪需要为由，保留村西的仓库至今

㉔ 刘家村在本村"四荒"土地发包过程中的下列哪种做法不符合《土地承包法》的规定？（　　）

A. 村东的荒沟通过招标方式发包给邻村人张某

B. 村西的荒丘通过拍卖方式发包给外乡人王某和陈某

C. 村北的荒山通过公开协商方式发包给县林业开发公司

D. 村南的荒滩依据村委会决议发包给本村人黄某、刘某和邱某组成的股份合作社

㉕ 关于税务登记的下列哪一表述是正确的？（　　）

A. 事业单位均无需办理税务登记

B. 企业在外地设立的分支机构应当办理税务登记

C. 个体工商户应当在办理营业执照之前办理税务登记

D. 税务机关应当在收到税务登记申报之后15日内核发税务登记证件

㉖ 根据《个人所得税法实施条例》的规定，"个人取得的应纳税所得"包括下列哪一项？（　　）

A. 现金、实物　B. 现金、有价证券

C. 现金、实物、有价证券　D. 现金、实物、有价证券和期权

㉗ 根据《商业银行法》的规定，商业银行不得向关系人发放信用贷款。下列哪一类人属于该规定所指的关系人？（　　）

A. 商业银行的董事、监事、管理人员、信贷业务人员及其近亲属

B. 与商业银行有业务往来的非银行金融机构的董事、监事和高级管理人员

C. 商业银行的上级主管部门的负责人及其近亲属

D. 商业银行的客户企业的董事、监事和高级管理人员

㉘ 关于集体合同的下列哪一表述是错误的？（　　）

A. 未建立工会的企业,集体合同应由职工推举的代表与企业签订

B. 劳动合同中的劳动条件和劳动报酬标准可以高于集体合同的规定

C. 并非所有的企业都必须签订集体合同

D. 集体合同必须经劳动行政部门审查批准方能生效

㉙ 今年(编者注:2006年)是联合国秘书长的换届年,联合国将依据《联合国宪章》选举产生新任秘书长。根据《联合国宪章》,对于秘书长的选举程序,下列哪一表述是正确的?( )

A. 由联合国安理会采取关于程序性事项的投票程序,直接表决选出秘书长

B. 由联合国大会直接选举,大会成员2/3多数通过

C. 由安理会采取实质性事项表决程序推荐秘书长候选人,经联合国大会以简单多数表决通过

D. 由安理会采取程序性事项表决程序推荐秘书长候选人,经联合国大会表决获2/3多数通过

㉚ 风光秀丽的纳列温河是甲国和乙国的界河。两国的边界线确定为该河流的主航道中心线。甲乙两国间没有其他涉及界河制度的条约。现甲国提议开发纳列温河的旅游资源,相关旅行社也设计了一系列界河水上旅游项目。根据国际法的相关原则和规则,下列哪一项活动不需要经过乙国的同意,甲国即可以合法从事?( )

A. 在纳列温河甲国一侧修建抵近主航道的大型观光栈桥

B. 游客乘甲国的旅游船抵达乙国河岸停泊观光,但不上岸

C. 游客乘甲国渔船在整条河中进行垂钓和捕捞活动

D. 游客乘甲国游船在主航道上沿河航行游览

㉛ 甲、乙两国为陆地邻国。由于边界资源的开采问题,两国产生了激烈的武装冲突,战火有进一步蔓延的趋势。甲、乙均为联合国成员国。针对此事态,如果拟通过联合国安理会采取相关措施以实现停火和稳定局势,那么,根据《联合国宪章》有关规定,下列哪一选项是正确的?( )

A. 只有甲、乙两国中的任一国把该事项提交安理会后,安理会才有权对该事项进行审议

B. 在对采取措施的决议草案进行表决时,若获得全体理事国中1/2多数的同意,其中包括常任理事国的一致同意,该决议即被通过

C. 在对采取措施的决议草案进行表决时,安理会常任理事国中任何一国投弃权票,不妨碍该决议的通过

D. 只有得到甲、乙两国的分别同意,安理会通过的上述决议才能对其产生拘束力

㉜ 戴某为某省政府的处级干部。两年前,戴父在甲国定居,并获甲国国籍。2006年7月,戴父去世。根据有效遗嘱,戴某赴甲国继承了戴父在甲国的一座楼房。根据甲国法律,取得该不动产后,戴某可以获得甲国的国籍,但必须首先放弃中国国籍。于是戴某当时就在甲国填写了有关表格,声明退出中国国籍。其后,戴某返回国内继续工作。针对以上事实,根据我国《国籍法》的规定,下列哪项判断是正确的?( )

A. 戴某现在已自动丧失了中国国籍

B. 戴某现在只要在中国特定媒体上刊登相关声明,即退出中国国籍

C. 戴某现在只要向中国有关部门申请退出中国国籍,就应当得到批准

D. 戴某现在不能退出中国国籍

㉝ 嘉易河是穿越甲、乙、丙三国的一条跨国河流。1982年甲、乙两国订立条约,对嘉易河的航行事项作出了规定。其中特别规定给予非该河流沿岸国的丁国船舶在嘉易河中航行的权利,且规定该项权利非经丁国同意不得取消。事后,丙国向甲、乙、丁三国发出照会,表示接受该条约中给予丁国在嘉易河上航行权的规定。甲、乙、丙、丁四国都是《维也纳条约法公约》的缔约国。对此,下列哪

项判断是正确的？（ ）

A. 甲、乙两国可以随时通过修改条约的方式取消给予丁国的上述权利

B. 丙国可以随时以照会的方式，取消其承担的上述义务

C. 丁国不得拒绝接受上述权利

D. 丁国如果没有相反的表示，可以被推定为接受了上述权利

㉞ 甲国与乙国在一场武装冲突中，各自俘获了数百名对方的战俘。甲、乙两国都是1949年关于对战时平民和战争受难者保护的四个《日内瓦公约》的缔约国。根据《日内瓦公约》中的有关规则，下列哪种行为不违背国际法？（ ）

A. 甲国拒绝战俘与其家庭通信或收发信件

B. 甲国把乙国的战俘作为战利品在电视中展示

C. 乙国没收了甲国战俘的所有贵重物品，上缴乙国国库

D. 乙国对被俘的甲国军官和甲国士兵给予不同的生活待遇

㉟ 甲公司在德国注册成立，在中国进行商业活动时与中国的乙公司发生商务纠纷并诉诸中国法院。法院经审理查明：甲公司的控股股东为英国人，甲公司在德国、英国和中国均有营业所。依照我国有关法律及司法解释，法院应如何选择确定本案甲公司营业所？（ ）

A. 以其德国营业所为准　　B. 以其英国营业所为准

C. 以其中国营业所为准　　D. 以当事人共同选择的营业所为准

㊱ 依照我国现行法律规定及司法解释，下列哪项判断是正确的？（ ）

A. 对于在我国境内没有住所的外国被告提起涉外侵权诉讼，只有该侵权行为实施地在我国境内时，其所属辖区的中级人民法院才可以对该侵权诉讼行使管辖权

B. 我国法院可以根据当事人选择我国法院的书面协议对涉外民事诉讼行使管辖权

C. 对原本无权管辖的涉外民事诉讼，只要该诉讼的被告前来出庭应诉，我国法院就可以对其行使管辖权

D. 因在中国履行中外合资经营企业合同发生的纠纷，当事人只能向中国法院提起诉讼

㊲ 李某(具有中国国籍)长期居住在甲国，一年前移居乙国并取得当地住所。现李某去世而未立遗嘱。李某生前在中国有投资股权和银行存款。乙国关于法定继承的冲突规范规定：法定继承适用被继承人本国法律。现李某的丙国籍的儿子和女儿为继承李某在华的股权和存款发生争议，并诉诸中国法院。依照我国相关法律及司法解释，下列关于本案的法律适用哪项是正确的？（ ）

A. 应适用乙国法律，因为李某去世时居住在乙国

B. 应适用甲国法律，因为李某长期居住在甲国

C. 应适用丙国法律，因为李某的儿子和女儿均具有丙国国籍

D. 应适用中国法律，因为李某具有中国国籍，且争议的遗产位于中国

㊳ 我国G公司与荷兰H公司正就签订一项商务合同进行谈判。针对该合同可能产生的争议，H公司提出，如发生争议应尽量协商调解解决，不成再提请仲裁或进行诉讼。在决定如何回应此方案之前，G公司向其律师请教。该律师关于涉外民商事纠纷调解的下列哪一表述是错误的？（ ）

A. 调解是有第三人介入的争议解决方式

B. 当事人双方在调解人的斡旋下达成的和解协议不具有强制执行的效力

C. 在涉外仲裁程序中进行的调解，仲裁庭无须先行确定双方当事人对调解的一致同意即可直接主持调解

D. 在涉外诉讼中，法官也可以对有关纠纷进行调解

㊴ 世界各国都将公共秩序保留作为捍卫本国根本利益的一项重要法律制度。关于这一制度，下列哪项判断是错误的？（ ）

A. 我国的公共秩序保留制度仅在适用外国法律将违反我国社会公共利益的情况下才可以适用，其结果为排除相关外国法律的适用

B. 在英美普通法系国家中，"公共秩序"的概念一般表述为"公共政策"

C. 公共秩序保留制度已经为国际条约所规定

D. 我国法律中常常采用"社会公共利益"来表述"公共秩序"的概念

㊵ 中国X公司与美国Y公司订立一项出口电器合同，约定有关该合同争议的解决适用《美国统一商法典》。X公司负责安排巴拿马籍货轮运输，并约定适用《海牙规则》。该批货物在中国港口装船时因操作失误使码头装卸设备与船舶发生了碰撞，导致船舶与部分货物的损失。依照我国有关法律，下列哪一选项是正确的？（ ）

A. 该案应由中国该港口辖区中级人民法院管辖

B. 该案应由中国该港口辖区海事法院管辖

C. 出口合同的双方选择适用《美国统一商法典》的约定是无效的

D. 运输合同应当适用中国法

㊶ 甲公司在中国签发一张以德国乙公司为受益人、以德国丙银行为付款人的汇票。乙公司在德国将该汇票背书转让给西班牙丁公司，丁公司向丙银行提示承兑时被拒绝。依照我国《票据法》，关于此案的法律适用，下列哪一表述是正确的？（ ）

A. 甲公司是否有签发该票据的能力应依德国法

B. 该汇票的背书争议应适用西班牙法

C. 该汇票出票时的记载事项适用中国法

D. 丙银行拒绝承兑后，该汇票追索权的行使期限适用德国法

㊷ 关于世界贸易组织(WTO)的最惠国待遇制度，下列哪种说法是正确的？（ ）

A. 由于在WTO不同的协议中，最惠国待遇的含义不完全相同，所以，最惠国待遇的获得是有条件的

B. 在WTO中，最惠国待遇是各成员相互给予的，每个成员既是施惠者，也是受惠者

C. 对最惠国待遇原则的修改需经全体成员4/5同意才有效

D. 区域经济安排是最惠国待遇义务的例外，但边境贸易优惠则不是

㊸ 根据保护知识产权的《巴黎公约》，下列哪种说法是正确的？（ ）

A.《巴黎公约》的优先权原则适用于一切工业产权

B.《巴黎公约》关于驰名商标的特殊保护是对成员国商标权保护的最高要求

C.《巴黎公约》的国民待遇原则不适用于在我国海南省设有住所的非该公约缔约国国民

D. 对于在北京农展馆举行的农业产品国际博览会上展出的产品中可以取得专利的发明，我国给予临时保护

㊹ 根据中国法律，如果中国商务部终局裁定确定某种进口产品倾销成立并由此对国内产业造成损害的，可以征收反倾销税。下列关于反倾销税的哪种说法是正确的？（ ）

A. 反倾销税只对终局裁定公告之日后进口的产品适用

B. 反倾销税税额不得超过终局裁定的倾销幅度

C. 反倾销税和价格承诺可以同时采取

D. 反倾销税的纳税人应该是倾销产品的出口商

㊺ 2006年初，甲国X公司(卖方)与中国Y公司(买方)订立货物买卖合同。Y公司向中国某银行申请开出了不可撤销信用证。在合同履行过程中，Y公司派驻甲国的业务人员了解到，该批货物很可能与合同严重不符且没有价值，于是紧急通知Y公司总部。Y公司随即向有管辖权的中国法院提出申请，要求裁定止付信用证项下的款项。依照2005年《最高人民法院关于审理信用证纠纷案件若干问题的规定》，下列哪一表述是错误的？(　　)

A. Y公司须证明存在X公司交付的货物无价值或有其他信用证欺诈行为的事实，其要求才可能得到支持

B. 开证行如发现有信用证欺诈事实并认为将会给其造成难以弥补的损害时，也可以向法院申请中止支付信用证项下的款项

C. 只有在法院确认国外议付行尚未善意地履行付款义务的情况下，才能裁定止付信用证项下的款项

D. 法院接受中止支付信用证项下款项的申请后，须在48小时内作出裁定

㊻ 关于海上货物运输中的迟延交货责任，下列哪一表述是正确的？(　　)

A.《海牙规则》明确规定承运人对迟延交付可以免责

B.《维斯比规则》明确规定了承运人迟延交付的责任

C.《汉堡规则》只规定了未在约定时间内交付为迟延交付

D.《汉堡规则》规定迟延交付的赔偿为迟交货物运费的2.5倍，但不应超过应付运费的总额

㊼ 下列有关审判制度的哪种说法是错误的？(　　)

A. 我国的审判制度是在“议行合一”的制度框架下建立的

B. 按照我国现行法律的规定，独立行使审判权的主体是法院

C. 世界上许多国家的诉讼活动实行审判中心主义，其侦查起诉程序被称为“审判前程序”

D. 实行三权分立的国家，其法院和政府均隶属于议会，议会对它们的权力进行制约

㊽ 根据刑事诉讼法、民事诉讼法和行政诉讼法的规定，有四类案件实行不公开审理。下列哪一项不属于不公开审理的范围？(　　)

A. 已满16周岁的张某抢劫案

B. 刘某以性生活不和谐提出与丈夫离婚且申请不公开审理的案件

C. 著名艺人王某起诉某报社和厂家侵犯其肖像权且以涉及个人隐私为由申请不公开审理的案件

D. 甲公司起诉陈某和乙公司侵犯其技术秘密且申请不公开审理的案件

㊾ 根据律师法、刑事诉讼法、民事诉讼法和行政诉讼法的规定，我国律师在执业过程中享有11个方面的权利。下列哪种权利在这些法律中没有明确规定？(　　)

A. 同犯罪嫌疑人、被告人通信的权利　　B. 提出新证据的权利

C. 执业活动中人身权利不受侵犯的权利　　D. 要求法官签发调查令的权利

㊿ 法律援助制度是世界上许多国家普遍采用的一项司法救济制度。下列关于我国法律援助制度的哪一表述是错误的？(　　)

A. 律师和律师事务所是法律援助的责任主体

B. 法律援助机构既包括四级政府的法律援助组织，也包括社会团体、民间组织的法律援助组织

C. 法律援助的实施形式包括法律援助咨询、刑事代理、民事代理、行政代理、仲裁代理、刑事辩护、调解和公证等方式

D. 在办理法律援助事项时，法律援助人员未经法律援助机构批准，不得终止法律援助或者委托

他人代为办理法律援助事项

二、多项选择题。每题所设选项中至少有两个正确答案,多选、少选、错选或不选均不得分。本部分含51～90题,每题2分,共80分。

51 汪某和范某是邻居,某天,双方因生活琐事发生争吵,范某怒而挥刀砍向汪某,致汪某死亡。事后,范某与汪某的妻子在中间人的主持下,达成“私了”。后汪某父母得知儿子身亡,坚决不同意私了,遂向当地公安部门告发。公安部门立案侦查之后,移送检察院。最后,法院判处范某无期徒刑,同时判决范某向汪某的家属承担民事责任。就本案而言,下列哪些说法是错误的?( )

A. 该案件形成多种法律关系

B. 引起范某与司法机关之间的法律关系的法律事实属于法律事件

C. 该案件中,范某与检察院之间不存在法律关系

D. 范某与汪某的家属之间不形成实体法律关系

52 20世纪90年代初,传销活动在中国大陆流行时,法律法规对此没有任何具体规定。当时,执法机关和司法机关对这类案件的处理往往依据《民法通则》第7条。该条规定:“民事活动应当尊重社会公德,不得损害社会公共利益,破坏国家经济计划,扰乱社会经济秩序。”这说明法律原则具有哪些作用?( )

A. 法律原则具有评价作用　　B. 法律原则具有裁判作用

C. 法律原则具有预测作用　　D. 法律原则具有强制作用

53 村民姚某育有一子一女,其妻早逝。在姚某生前生活不能自理的5年时间里,女儿对其日常生活进行照顾。姚某去世之后留有祖传贵重物品若干,女儿想分得其中一部分,但儿子认为,按照当地女儿无继承权的风俗习惯,其妹不能继承。当地大部分村民也指责姚某的女儿无理取闹。对此,下列哪些说法可以成立?( )

A. 在农村地区,应该允许风俗习惯优先于法律规定

B. 法与习俗的正当性之间存在一定的紧张关系

C. 中国法的现代化需要处理好国家的制定法与“民间法”之间的关系

D. 中国现行法律与中国人的传统观念有一定的冲突

54 孙某早年与妻子吕某离婚,儿子小强随吕某生活。小强15岁时,其祖父去世,孙某让小强参加葬礼。小强与祖父没有感情,加上吕某阻挡,未参加葬礼。从此,孙某就不再支付小强的抚养费用。吕某和小强向当地法院提起诉讼,请求责令孙某承担抚养费。在法庭上,孙某提出不承担抚养费的理由是,小强不参加祖父葬礼属不孝之举,天理难容。法院没有采纳孙某的理由,而根据我国相关法律判决吕某和小强胜诉。根据这个事例,下面哪些说法是正确的?( )

A. 一个国家的法与其道德之间并不是完全重合的

B. 法院判决的结果表明:一个国家的立法可以不考虑某些道德观念

C. 法的适用过程完全排除道德判断

D. 法对人们的行为的评价作用应表现为评价人的行为是否合法或违法及其程度

55 小丽是陈某的养女,在22岁时准备与其结识半年的男朋友结婚。陈某以小丽岁数小、与男朋友认识时间太短等为由,不同意两人结婚,并禁止他们来往。从此,陈某只要发现小丽与男朋友来往,就对她拳脚相加,而且不允许她周末外出。小丽忍无可忍,向当地法院提起诉讼。该法院根据我国《刑法》第257条第1款的规定(即“以暴力干涉他人婚姻自由的,处2年以下有期徒刑或者拘役”),判处陈某拘役2个月。根据该案,下列哪些说法是正确的?( )

A. 法院所引用的刑法条款所规定的内容属于任意性法律规则

B. 该刑法条款对小丽的起诉行为起到了一种确定性的指引作用

C. 法院在该案件中适用的法律推理属于演绎推理

D. 法院在认定案件事实的过程中不需要运用价值导引的思考方式

56 《刑法》第263条规定,持枪抢劫是抢劫罪的加重理由,应处10年以上有期徒刑、无期徒刑或者死刑。冯某抢劫了某出租车司机的钱财。法院在审理过程中确认,冯某抢劫时使用的是仿真手枪,因此,法官在对冯某如何量刑上发生了争议。法官甲认为,持仿真手枪抢劫系本条款规定的持枪抢劫,而且立法者的立法意图也应是这样。因为如果立法者在制定法律时不将仿真手枪包括在枪之内,就会在该条款作出例外规定。法官乙认为,持仿真手枪抢劫不是本条款规定的持枪抢劫,而且立法者的意图并不是法律本身的目的;刑法之所以将持枪抢劫规定为抢劫罪的加重事由,是因为这种抢劫可能造成他人伤亡因而其危害性大,而持仿真手枪抢劫不可能造成他人伤亡,因而其危害性并不大。对此,下列哪些说法是正确的?( )

A. 法官甲对《刑法》第263条规定的解释是一种体系解释

B. 法官乙对《刑法》第263条规定的解释是一种目的解释

C. 法官对仿真手枪是不是枪的判断是一种纯粹的事实判断

D. 法官的争议说明:法律条文中所规定的"词"的意义具有一定的开放性,需要根据案件事实通过"解释学循环"来确定其意义

57 当代宪法呈现出多种发展趋势,下列哪些选项体现了宪法在配置国家权力方面的发展趋势?( )

A. 行政权力扩大　　B. 中央权力扩大

C. 议会主权　　D. 地方自治

58 关于省内按地区设立的中级人民法院院长、副院长的任免,下列哪些表述是正确的?( )

A. 中级人民法院院长由省高级人民法院任免

B. 中级人民法院院长由省人民代表大会选举

C. 中级人民法院副院长由省人民代表大会常务委员会任免

D. 中级人民法院副院长由省高级人民法院任免

59 《中华人民共和国宪法修正案》第2条、第20条分别对宪法第10条第4款、第3款进行了修改。关于这些修改,下列哪些说法是正确的?( )

A. 明确了土地的使用权可以依照法律的规定转让

B. 确认了国家对土地所有权和土地使用权的支配权力

C. 明令禁止侵占、买卖、出租或者以其他形式非法转让土地

D. 明确了国家对土地实行征收或者征用的公共目的和补偿义务

60 根据我国《宪法》和法律的规定,下列选项中某市市长的哪些意见是错误的?( )

A. 某县为了大力发展科技,请市政府选派1名博士来挂职担任科技副县长。有人提出,副县长应通过人大选举。市长答复:县长需要通过选举产生,而副县长可以由上级委派

B. 某县刚被确定为民族自治县,市长指示:根据《民族区域自治法》的规定,县法院和县检察院的院长和检察长应当更换为自治民族的公民

C. 某县地域宽广,为了便于经济建设和行政管理,县政府请示市政府:拟设立5个区公所,分别管辖所属的30余个乡镇。市长答复:此事经县人大通过即可

D. 市长指示:为了提高村民委员会整体素质,市里抽调一批应届高校毕业生担任村民委员会主任或副主任

61 根据我国《宪法》和法律的规定，下列关于地方各级人民代表大会会议的哪些说法是正确的？（ ）

A. 地方各级人民代表大会每次会议举行预备会议，预备会议由本级人民代表大会常委会主持
B. 乡、民族乡、镇的人民代表大会举行会议时，选举主席团。乡、民族乡、镇的人民代表大会的主席、副主席为主席团成员
C. 地方各级人民代表大会每届第一次会议，由上届本级人民代表大会常务委员会或者乡、民族乡、镇的上届人民代表大会主席团主持
D. 地方各级人民代表大会会议每年至少举行一次

62 专门机关负责保障宪法实施是宪法实施保障体制的重要形式。有关专门机关负责保障宪法实施的体制，下列哪些表述是正确的？（ ）

A. 专门机关负责宪法实施的体制起源于1799年法国宪法设立的护法元老院
B. 宪法法院和宪法委员会是专门机关负责保障宪法实施体制的两种主要形式
C. 我国负责保障宪法实施的专门机关是全国人民代表大会及其常务委员会
D. 最早提出设立宪法法院的是奥地利规范法学派代表人物汉斯·凯尔森

63《疑狱集》载："张举，吴人也。为句章令。有妻杀夫，因放火烧舍，乃诈称火烧夫死。夫家疑之，诣官诉妻，妻拒而不认。举乃取猪二口，一杀之，一活之，乃积薪烧之，察杀者口中无灰，活者口中有灰。因验夫口中，果无灰，以此鞫之，妻乃伏罪。"下列关于这一事例的哪些表述是不成立的？（ ）

A. 作为县令的张举重视证据，一般用猪来作为证据
B. 张举之所以采取积薪烧猪的方法来查验证据，乃因当时的法律没有规定刑讯的程序
C. 该案杀人者未受刑而伏罪，因其符合当时法律规定禁止使用刑讯的一般条件
D. 张举在这个案件中对事实的判断体现了当时法律所规定的"据状断之"的要求

64 英国是普通法系的发源地。下列关于英国普通法和衡平法的哪些表述是正确的？（ ）

A. 普通法具有"程序先于权利"的特点
B. 普通法的形成是中央集权和司法统一的直接后果
C. 衡平法重实质而轻形式，审判时既不需要令状也不采用陪审制，程序简便灵活
D. 当衡平法与普通法的规则发生冲突时，衡平法优先

65 经营者的下列哪些行为违反了《消费者权益保护法》的规定？（ ）

A. 商家在商场内多处设置监控录像设备，其中包括服装销售区的试衣间
B. 商场的出租柜台更换了承租商户，新商户进场后，未更换原商户设置的名称标牌
C. 顾客以所购商品的价格高于同城其他商店的同类商品的售价为由要求退货，商家予以拒绝
D. 餐馆规定，顾客用餐结账时，餐费低于5元的不开发票

66 某企业与职工解除劳动关系时，在经济补偿方面的下列哪些做法不符合《劳动法》的规定？（ ）

A. 李某的试用期刚过一半，被发现不符合录用条件，企业决定在解除劳动合同时支付试用期的全部工资，但不支付经济补偿金
B. 张某尚未达到退休年龄，但决定提前办理退休手续，企业告知，此情况下只支付养老金而不支付经济补偿金
C. 吴某在劳动合同解除后，根据有关规定将领取失业救济金，企业决定从经济补偿金中作适当扣除

D. 肖某因患病被解除劳动合同，企业发给经济补偿金，同时发给不低于 6 个月工资的医疗补助费并在经济补偿金中作相应抵偿

67 下列关于税收保全与税收强制措施的哪些表述是错误的？（　）
A. 税收保全与税收强制措施适用于所有逃避纳税义务的纳税人
B. 税收强制措施不包括从纳税人的存款中扣缴税款
C. 个人生活必需的用品不适用税收保全与税收强制执行措施
D. 税务机关可不经税收保全措施而直接采取税收强制执行措施

68 下列关于我国土地使用权法律制度的哪些表述是正确的？（　）
A. 土地使用权既可以有偿取得，也可以无偿取得
B. 就权利性质而言，土地使用权属于用益物权
C. 国有土地使用权的主体既可以是法人，也可以是个人
D. 农林土地承包经营权的取得不以登记为要件

69 某大型商场在商场各醒目处张贴海报：本商场正以 3 折的价格处理一批因火灾而被水浸过的商品。消费者葛某见后，以 488 元购买了一件原价 1464 元的名牌女皮衣。该皮衣穿后不久，表面出现严重的泛碱现象。葛某要求商场退货，被拒绝。下列哪些说法是正确的？（　）
A. 商场不承担退货责任
B. 商场应当承担退货责任
C. 商场可以不退货，但应当允许葛某用该皮衣调换一件价值 488 元的其他商品
D. 商场可以对该皮衣进行修复处理并收取适当的费用

70 根据《证券法》关于上市公司及时向社会披露信息的规定，下列哪些表述是正确的？（　）
A. 公司应在当年 8 月底以前向证监会和交易所报送中期报告，并予以公告
B. 公司应在 4 月底以前向证监会和交易所报送上一年的年度报告，并予以公告
C. 公司的中期报告和年度报告都必须记载公司财务会计报告和经营状况
D. 公司的中期报告和年度报告都必须记载持有公司股份最多的前 10 名股东的名单和持股数额

71 下列哪些机构和人员能够成为承担《银行业监督管理法》规定的法律责任的主体？（　）
A. 银行业金融机构
B. 银行业金融机构的高级管理人员
C. 非法从事银行业金融业务的非银行金融机构
D. 银行业监督管理机构从事监管工作的人员

72 下列哪些方面的情况是银行业监督管理机构应当责令银行业金融机构如实向社会公众披露的重大事项？（　）
A. 财务会计报告　　B. 风险管理状况
C. 控股股东转让股份　　D. 董事和高级管理人员的变更

73 与《企业破产法》的规定相比较，《商业银行法》对商业银行破产的规定有哪些特殊之处？（　）
A. 仅以不能清偿到期债务为破产原因
B. 破产宣告前须经国务院银行业监督管理机构同意
C. 清算组成员须包括国务院银行业监督管理机构的人员
D. 破产清算时应优先支付个人储蓄存款的本息

(74) 下列关于社会保险基金的哪些表述符合《劳动法》的规定？（ ）

A. 国家设立社会保险基金，是为了使劳动者在年老、患病、工伤、失业、生育等情况下获得帮助和补偿

B. 用人单位和劳动者都必须缴纳社会保险费

C. 劳动者死亡后，其遗属依法享受社会保险基金支付的遗属津贴

D. 社会保险基金的经办机构负有使社会保险基金保值增值的责任

(75) 某公司的高层会议上，总经理提出在全公司的劳动合同中增加保守商业秘密条款，但董事长认为公司章程中已设立保密条款，不必在劳动合同中另加约定。某律师在为此提供的咨询意见中，对公司法规定的保密义务与劳动法规定的保密义务的区别有下列表述，其中哪些符合相关法律的规定？（ ）

A. 前一种义务仅适用于董事、高级管理人员，而后一种义务适用于一般劳动者

B. 前一种义务属于法定义务，后一种义务属于约定义务

C. 前一种义务是无偿义务，后一种义务是有偿义务

D. 违反前一种义务承担赔偿责任，违反后一种义务仅承担行政责任

(76) 某节目演出组到某山区演出，该地属自然保护区范围。演出组在某一天然景点搭设了一座栈桥，为运送演出设备在区内修建了一条简易公路。区内环境和植被因此遭受一定程度的毁坏。演出计划得到了主管部门和当地政府批准，演出组并已付钱请当地人承担恢复原貌工作。关于该事件的下列哪些意见是错误的？（ ）

A. 演出组在该自然保护区内景点修建的是临时建筑物，其影响环境的行为不受我国环境保护法的约束

B. 演出组为了演出需要而搭设栈桥，不属于工业性项目，也没有排放污染，环境保护管理部门无需过问

C. 演出组的行为即使对当地环境有影响，也不构成跨区环境问题，不属于国务院环境保护行政主管部门的监管范围

D. 对于该演出组的上述行为，我国法律目前没有可适用的处罚规定

(77) 甲国公民廖某在乙国投资一家服装商店，生意兴隆，引起一些从事服装经营的当地商人不满。一日，这些当地商人煽动纠集一批当地人，涌入廖某商店哄抢物品。廖某向当地警方报案。警察赶到后并未采取措施控制事态，而是袖手旁观。最终廖某商店被洗劫一空。根据国际法的有关规则，下列对此事件的哪些判断是正确的？（ ）

A. 该哄抢行为可以直接视为乙国的国家行为

B. 甲国可以立即行使外交保护权

C. 乙国中央政府有义务调查处理肇事者，并追究当地警察的渎职行为

D. 廖某应首先诉诸于乙国行政当局和司法机构，寻求救济

(78) “恐龙国际”是一个在甲国以非营利性社会团体注册成立的组织，成立于1998年，总部设在甲国，会员分布在20多个国家。该组织的宗旨是鼓励人们“认识恐龙，回溯历史”。2001年，“恐龙国际”获得联合国经社理事会注册咨商地位。现该组织试图把活动向乙国推广，并准备在乙国发展会员。依照国际法，下列哪些表述是正确的？（ ）

A. 乙国有义务让“恐龙国际”在乙国发展会员

B. 乙国有权依照其本国法律阻止该组织在乙国的活动

C. 该组织在乙国从事活动，必须遵守乙国法律

D. 由于该组织已获得联合国经社理事会注册咨商地位，因此，它可以被视为政府间的国际组织

(79) 先占是国际法中国家获得领土主权的一种方式。根据现代国际法的有关规则，下列哪些选项已经不能被作为先占的对象？（　　）

A. 南极地区　　B. 北极地区

C. 国际海底区域　　D. 月球

(80) 关于我国涉外仲裁法律规则，下列哪些表述不符合我国《仲裁法》的规定？（　　）

A. 只要是有关当事人可以自由处分的权利的纠纷，就可以通过仲裁解决

B. 如果当事人有协议约定，仲裁案件可以不开庭审理

C. 仲裁庭在中国内地进行仲裁时，无权对当事人就仲裁协议有效性提出的异议作出决定

D. 由三人组成仲裁庭审理的案件，裁决有可能根据一个仲裁员的意见作出

(81) 中国公民王某在甲国逗留期间，驾车正常行驶时被该国某公司雇员驾驶的卡车撞翻，身受重伤。王某回国后，向该公司在中国的分支机构所在地法院起诉，要求该公司赔偿其损失。我国《民法通则》规定，侵权行为的损害赔偿适用侵权行为地法。依此，关于如何查明应当适用的甲国法，下列哪些选项是正确的？（　　）

A. 可由中外法律专家向法院提供甲国有关交通肇事损害赔偿方面的法律规定

B. 只有我国驻甲国使领馆才能提供甲国有关交通肇事损害赔偿方面的法律规定

C. 王某自己可以向法院提供甲国有关交通肇事损害赔偿方面的法律规定

D. 经各种途径仍不能查明甲国有关法律时，法院应当依照公平原则裁判

(82) 依照我国《海商法》相关规定，下列哪些诉讼应适用受理案件的法院所在地法律？（　　）

A. 我国法院受理的关于海事赔偿责任限制的诉讼

B. 我国法院受理的关于船舶优先权的诉讼

C. 同一国籍的船舶在公海上发生碰撞而在我国法院进行的诉讼

D. 不同国籍的外国船舶在公海上发生的碰撞而在我国法院进行的诉讼

(83) 关于贸易救济措施争议的国内程序救济和多边程序救济，下列哪些说法是正确的？（　　）

A. 前者的当事人是原调查的利害关系人，而后者的当事人是出口国政府和进口国政府

B. 前者的申诉对象是主管机关的具体行政行为，而后者的申诉对象则还包括行政复议裁决、法院判决，甚至还包括进口国立法

C. 前者的审查依据是进口国国内法，而后者的审查依据是 WTO 的相关规则

D. 前者遵循的是进口国国内行政复议法或行政诉讼法，而后者遵循的是 WTO 的争端解决规则

(84) 2006 年 6 月，佛易纳公司与晋堂公司签订了一项买卖运动器材的国际货物销售合同。晋堂公司作为买方在收到货物后发现其与合同约定不符。依据 1980 年《联合国国际货物销售合同公约》的规定，下列哪些表述是正确的？（　　）

A. 如果货物与合同不符的情形构成根本违反合同，晋堂公司可以解除合同

B. 根据货物与合同不符的情形，晋堂公司可以同时要求减价和赔偿损失

C. 只有在货物与合同不符的情形构成根本违反合同时，晋堂公司关于交付替代物的要求才应当被支持

D. 如果收到的货物数量大于合同规定的数量，晋堂公司应当拒绝接受多交部分的货物

(85) 根据《与贸易有关的知识产权协议》，下列哪些选项应受到知识产权法律的保护？（　　）

A. 独创性数据汇编　　B. 动植物新品种

C. 计算机程序及电影作品的出租权　　D. 疾病的诊断方法

86 施密斯公司作为买方与邻国的哈斯公司签署了一项水果买卖合同。除其他条款外，双方约定有关该合同的争议应适用1980年《联合国国际货物销售合同公约》并通过仲裁解决。施密斯公司在检验收到的货物时，发现该水果的大小与合同的规定差别很大，便打算退货。根据这些情况，下列哪些表述是正确的？（　　）

A. 施密斯公司应当根据情况采取合理措施保全货物

B. 施密斯公司有权一直保有这些货物，直至哈斯公司对其保全货物所支出的合理费用作出补偿为止

C. 施密斯公司不必使用自己的仓库保管该货物

D. 施密斯公司也可以出售该货物，但在可能的范围内，应当把出售的意向通知哈斯公司

87 下列关于司法制度和司法权的哪些表述是正确的？（　　）

A. 在中国古代，没有司法的概念，也没有司法的活动

B. 我国清朝末年引进西方的司法制度，将行使检察权的机关附设在大理院或同级审判厅

C. 新中国的司法制度是独立创建的，没有受到其他国家的影响

D. 按照对司法特性的理解，我国检察院作出的决定有时也具有终局性

88 某开发商以其员工和关系人的名义冒充客户，虚构了250余份商品房买卖合同、个人收入证明和首付款证明，骗取个人住房贷款7亿多元。两家律师事务所的律师甲和乙作为银行按揭的主办律师，对数百份身份证、商品房买卖合同、签名和相关证明文件未作调查，就向银行出具法律意见书，证明贷款申请人符合申请贷款条件，具备偿还贷款能力。检察院在以贷款诈骗罪起诉开发商的同时，以提供虚假证明文件罪起诉了甲和乙。下列哪些表述是错误的？（　　）

A. 律师违反敬业尽职义务的，只有其客户才有权向律师协会投诉和向法院起诉

B. 如果甲和乙构成了该项犯罪，对律师事务所收取的律师费予以没收

C. 如果甲和乙构成了该项犯罪，司法行政机关可以吊销其律师执业证

D. 如果甲和乙构成的是过失犯罪，可以向其投保的保险公司请求赔付

89 下列关于审判制度基本原则的哪些理解是正确的？（　　）

A. 不告不理原则体现了审判权的被动性，是审判中立的根本要求

B. 一切审判程序都必须适用直接原则和言词原则

C. 审判权独立行使原则与法律监督之间在根本点上不存在矛盾

D. 审判及时原则体现了现代审判活动的效率价值

90 下列关于我国审判制度和检察制度的哪些表述存在错误之处？（　　）

A. 凡是职务犯罪和重案都是检察院自侦的；只有检察院才有批捕权、公诉权；检察院还可以对民事案件进行抗诉

B. 法院实行审判公开，除非法有例外规定，记者都可以采访报道案件；除非法有例外规定，没有在庭上口头调查过的证据，一律不能作为定案的证据

C. 律师可以为犯罪嫌疑人提供法律咨询，代理申诉、控告，申请取保候审；检察院应当保证律师的会见权和阅卷权

D. 在审判制度中实行“两审终审制”，从来没有过“一审终审”的情况

三、不定项选择题。每题所设选项中至少有一个正确答案，多选、少选、错选或不选均不得分。本部分含91～100题，每题2分，共20分。

91 杨某是某省高速公路建设指挥部的处长，为某承包商承建的某段高速公路立交桥绿化工程结算问题向该工程的建设指挥部打招呼，使该承包商顺利地拿到了工程款，然后收受了该承包商的

10万元人民币。一审法院依据上述事实认为杨某的行为触犯了《刑法》第385条的规定,构成受贿罪,判处杨某有期徒刑10年。杨某不服,提出上诉。二审法院经审理认为杨某的上述行为不构成受贿罪,撤销一审判决,宣告杨某无罪。理由是,该工程的建设指挥部是一个独立的单位,其人、财、物均归该省所管辖的某市的人民政府管理,因此,该省高速公路建设指挥部与该工程建设指挥部之间不存在直接的领导关系。另外,该承包商的工程结算款不属于不正当利益,杨某的行为不具备"为请托人谋取不正当利益"的受贿罪要件。关于法院在法律适用中所运用的法律推理,下列何种说法是不正确的?(　　)

A. 一审法院运用的是一种辩证推理　　B. 二审法院运用的是一种类比推理
C. 一审法院运用的是一种演绎推理　　D. 二审法院运用的是一种辩证推理

92 甲公司是瑞士一集团公司在中国的子公司。该公司将SNS柔性防护技术引入中国,在做了大量的宣传后,开始被广大用户接受并取得了较大的经济效益。原甲公司员工古某利用工作之便,违反甲公司保密规定,与乙公司合作,将甲公司的14幅摄影作品制成宣传资料向外散发,乙公司还在其宣传资料中抄袭甲公司的工程设计和产品设计图、原理、特点、说明,由此获得一定的经济利益。甲公司起诉后,法院根据《中华人民共和国著作权法》、《伯尔尼保护文学艺术作品公约》的有关规定,判决乙公司立即停止侵权、公开赔礼道歉、赔偿损失5万元。针对本案和法院的判决,下列何种说法是错误的?(　　)

A. 一切国际条约均不得直接作为国内法适用
B.《伯尔尼保护文学艺术作品公约》可以视为中国的法律渊源
C.《伯尔尼保护文学艺术作品公约》不是我国法律体系的组成部分,法院的判决违反了"以法律为准绳"的司法原则
D.《中华人民共和国著作权法》和《伯尔尼保护文学艺术作品公约》分属不同的法律体系,法院在判决时不应同时适用

93 某县召开第十届人民代表大会第一次会议,选举产生新一届县人民政府。根据我国《宪法》和法律的规定,下列何种做法是错误的?(　　)

A. 李某被人民代表联名提名为县长候选人,但大会主席团认为李某已连任两届县长,不能再担任新一届政府的县长,决定取消其候选人资格
B. 王某被人民代表大会选举为县长后,提名张某为副县长候选人
C. 县人民代表大会决定,根据本县经济不发达的实际情况,不设立交通局、商业局和审计局
D. 根据经济发展的需要,县人民代表大会通过决议,授权新一届县政府决定本县预算的变更

94 在国际私法中,应当适用于某一合同的实体法被称为该合同的准据法。关于合同准据法的确定,下列何种表述是正确的?(　　)

A. 我国所有的法律都允许涉外合同的当事人自行约定合同准据法
B. 合同的当事人没有选择适用于合同的准据法时,我国法院应适用与该合同有最密切联系的国家的法律
C. 关于对合同当事人的行为能力与合同的有效性应分别适用不同国家法律的主张,称为确定合同准据法的分割论
D. 按照特征性履行方法的理论,当事人未选择适用于合同的法律时,应根据合同的特殊性确定合同准据法

95 南美某国的修格公司希望从我国太原辉泉公司购买一批货物。双方正在就货物销售合同的具体条款进行谈判。双方都希望选择国际商会《2000年国际贸易术语解释通则》中的贸易术语来确定货物销售的价格和相关义务。双方对于该货物的国际买卖均有丰富经验,且都与从事国际海上货

物运输和保险的专业公司保持着经常的业务关系。基于上述事实,下列何种表述是正确的?(　　)

A. 从修格公司的角度出发,如果选择EXW贸易术语,意味着它要承担的相关义务比选择任何其他的贸易术语都要大

B. 修格公司可以接受"CFR天津"的贸易术语而自己向保险公司投保货物运输险

C. 假如双方采用了"CIF布宜诺斯艾利斯"的贸易术语,辉泉公司对货物在公海上因船舶沉没而导致的货损应向修格公司承担赔偿责任

D. 双方都有可能接受《国际贸易术语解释通则》F组中的某项贸易术语

96 关于法律从业人员的职业道德和职业责任,甲、乙、丙、丁四人的下列何种说法是正确的?(　　)

A. 甲说,依我的意见,律师做广告、乱许诺、高收费、搞风险代理、不敬业尽职、挖墙脚争案源的,都应开除出律师队伍,情节恶劣的要严打

B. 乙说,法官就应该深居简出,高薪高福利,终身任职,任凭自己内心确信去独立判案

C. 丙说,新的《公证法》对私自出证、出假证、篡改公证书和泄露当事人商业秘密或隐私的,处罚很重,对公证处罚款可高到10万元,还可以没收违法所得,还可以吊销公证员执照,有的还可追究刑事责任

D. 丁说,对法律职业人员来说,总的要求就是忠实于事实,忠实于法律

某拍卖公司拍卖一批汽车,其中包括本公司职员赵某的一辆桑塔纳轿车。竞买者张某在竞买中购得一辆丰田轿车。事后张某拒绝签订成交确认书。请回答97～100题。

97 张某主张,拍卖公司本次拍卖的车辆中有本公司职员的车辆,本次拍卖无效。下列关于这一问题的何种判断是正确的?(　　)

A. 拍卖公司不得在拍卖活动中拍卖自己的物品,包括本公司工作人员的物品

B. 拍卖公司不得在拍卖活动中拍卖自己的物品,但本公司工作人员的物品不在此限

C. 拍卖公司如果在拍卖活动中拍卖了本公司工作人员的物品,则本次拍卖无效

D. 拍卖公司如果在拍卖活动中拍卖了本公司工作人员的物品,则该物品的拍卖无效,但不影响拍卖其他物品的拍卖结果

98 张某拒绝签订成交确认书时,双方的合同处于何种法律状态?(　　)

A. 合同未成立　　B. 合同已成立,并已生效

C. 合同已成立,但效力待定　　D. 合同已成立,但生效条件尚未成就

99 如果拍卖公司自己组织的拍卖活动中包括了拍卖本公司的物品,根据《拍卖法》的规定,其法律责任如何?(　　)

A. 所有的拍卖合同宣告无效

B. 由工商行政管理部门没收本公司物品拍卖的全部所得

C. 由工商行政管理部门没收本次拍卖的全部佣金

D. 由工商行政管理部门处以本次拍卖所收佣金1倍以上5倍以下的罚款

100 如果张某拒绝签订成交确认书的理由不成立,但坚持不履行合同,拍卖公司有权采取何种措施?(　　)

A. 征得委托人的同意后,将该轿车再行拍卖

B. 要求张某支付在第一次拍卖中其本人和委托人应当支付的佣金

C. 要求张某补足该轿车再行拍卖的价款低于原拍卖价款时的差价

D. 要求张某支付该轿车在两次拍卖期间的保管费用

试 卷 二 自测

提示：本试卷为选择题，由计算机阅读。请将所选答案填涂在答题卡上，勿在卷面上直接作答。

一、单项选择题，每题所给的选项中只有一个正确答案。本部分1～50题，每题1分，共50分。

❶ 关于罪刑法定原则，下列哪一选项是正确的？（　　）

A. 罪刑法定原则的思想基础之一是民主主义，而习惯最能反映民意，所以，将习惯作为刑法的渊源并不违反罪刑法定原则

B. 罪刑法定原则中的"法"不仅包括国家立法机关制定的法，而且包括国家最高行政机关制定的法

C. 罪刑法定原则禁止不利于行为人的溯及既往，但允许有利于行为人的溯及既往

D. 刑法分则的部分条文对犯罪的状况不作具体描述，只是表述该罪的罪名。这种立法体例违反罪刑法定原则

❷ 关于因果关系，下列哪一选项是错误的？（　　）

A. 甲故意伤害乙并致其重伤，乙被送到医院救治。当晚，医院发生火灾，乙被烧死。甲的伤害行为与乙的死亡之间不存在因果关系

B. 甲以杀人故意对乙实施暴力，造成乙重伤休克。甲以为乙已经死亡，为隐匿罪迹，将乙扔入湖中，导致乙溺水而亡。甲的杀人行为与乙的死亡之间存在因果关系

C. 甲因琐事与乙发生争执，向乙的胸部猛推一把，导致乙心脏病发作，救治无效而死亡。甲的行为与乙的死亡之间存在因果关系，是否承担刑事责任则应视甲主观上有无罪过而定

D. 甲与乙都对丙有仇，甲见乙向丙的食物中投放了5毫克毒物，且知道5毫克毒物不能致丙死亡，遂在乙不知情的情况下又添加了5毫克毒物，丙吃下食物后死亡。甲投放的5毫克毒物本身不足以致丙死亡，故甲的投毒行为与丙的死亡之间不存在因果关系

❸ 甲贩运假烟，驾车路过某检查站时，被工商执法部门拦住检查。检查人员乙正登车检查时，甲突然发动汽车夺路而逃。乙抓住汽车车门的把手不放，甲为摆脱乙，在疾驶时突然急刹车，导致乙头部着地身亡。甲对乙死亡的心理态度属于下列哪一选项？（　　）

A. 直接故意　　B. 间接故意

C. 过于自信的过失　　D. 疏忽大意的过失

❹ 下列与不作为犯罪相关的表述，哪一选项是正确的？（　　）

A. 甲警察接到报案：有歹徒正在杀害其妻。甲立即前往现场，但只是站在现场观看，没有采取任何措施。此时，县卫生局副局长刘某路过现场，也未救助被害妇女。结果，歹徒杀害了其妻。甲和刘某都是国家机关工作人员，都没有履行救助义务，均应成立渎职罪

B. 甲非常讨厌其侄子乙（6岁）。某日，甲携乙外出时，张三酒后驾车撞伤了乙并迅速逃逸。乙躺在血泊中。甲心想，反正事故不是自己造成的，于是离开了现场。乙因得不到救助而死亡。由于张三负有救助义务，所以甲不构成不作为犯罪

C. 甲下班回家后，发现自家门前放着一包来历不明、类似面粉的东西。甲第二天上班时拿到实验室化验，发现是海洛因，于是立即倒入厕所马桶冲入下水道。甲虽然没有将毒品上交公安部门，但不构成非法持有毒品罪

D.《消防法》规定，任何人发现火灾都必须立即报警。过路人甲发现火灾后没有及时报警，导致火灾蔓延。甲的行为成立不作为的放火罪

❺ 关于单位犯罪的主体，下列哪一选项是错误的？（ ）

A. 不具有法人资格的私营企业，也可以成为单位犯罪的主体

B. 刑法分则规定的只能由单位构成的犯罪，不可能由自然人单独实施

C. 单位的分支机构或者内设机构，可以成为单位犯罪的主体

D. 为进行违法犯罪活动而设立的公司、企业、事业单位，或者公司、企业、事业单位设立后，以实施犯罪为主要活动的，不能成为单位犯罪的主体

❻ 甲和乙共同入户抢劫并致人死亡后分头逃跑，后甲因犯强奸罪被抓获归案。在羁押期间，甲向公安人员供述了自己和乙共同所犯的抢劫罪行，并提供了乙因犯故意伤害罪被关押在另一城市的看守所的有关情况，使乙所犯的抢劫罪受到刑事追究。对于本案，下列哪一选项是正确的？（ ）

A. 甲的行为属于坦白，但不成立特别自首

B. 甲的行为成立特别自首，但不成立立功

C. 甲的行为成立特别自首和立功，但不成立重大立功

D. 甲的行为成立特别自首和重大立功

❼ 对下列哪一情形应当实行数罪并罚？（ ）

A. 在走私普通货物、物品过程中，以暴力、威胁方法抗拒缉私的

B. 在走私毒品过程中，以暴力方法抗拒检查，情节严重的

C. 在组织他人偷越国(边)境过程中，以暴力方法抗拒检查的

D. 在运送他人偷越国(边)境过程中，以暴力方法抗拒检查的

❽ 关于缓刑，下列哪一选项是错误的？（ ）

A. 对于累犯不适用缓刑

B. 对于危害国家安全的犯罪分子，不适用缓刑

C. 对于数罪并罚但宣告刑为3年以下有期徒刑的犯罪分子，可以适用缓刑

D. 虽然故意杀人罪的法定最低刑为3年有期徒刑，但只要符合缓刑条件，仍然可以适用缓刑

❾ 关于假释，下列哪一选项是正确的？（ ）

A. 被假释的犯罪分子，未经执行机关批准，不得行使言论、出版、集会、结社、游行、示威自由的权利

B. 对于犯杀人、爆炸、抢劫、强奸、绑架等暴力性犯罪的犯罪分子，即使被判处10年以下有期徒刑，也不得适用假释

C. 对于累犯，只要被判处的刑罚为10年以下有期徒刑，均可适用假释

D. 被假释的犯罪分子，在假释考验期间再犯新罪的，不构成累犯

❿ 甲盗割正在使用中的铁路专用电话线，在构成犯罪的情况下，对甲应按照下列哪一选项处理？（ ）

A. 破坏公用电信设施罪

B. 破坏交通设施罪

C. 盗窃罪与破坏交通设施罪中处罚较重的犯罪

D. 盗窃罪与破坏公用电信设施罪中处罚较重的犯罪

⓫ 甲系某公司经理，乙是其司机。某日，乙开车送甲去洽谈商务，途中因违章超速行驶当场将行人丙撞死，并致行人丁重伤。乙欲送丁去医院救治，被甲阻止。甲催乙送其前去洽谈商务，并称否

则会造成重大经济损失。于是,乙打电话给120急救站后离开肇事现场。但因时间延误,丁不治身亡。关于本案,下列哪一选项是正确的?(　　)

A. 甲不构成犯罪,乙构成交通肇事罪

B. 甲、乙均构成交通肇事罪

C. 乙构成交通肇事罪和不作为的故意杀人罪,甲是不作为的故意杀人罪的共犯

D. 甲、乙均构成故意杀人罪

⑫ 下列哪一行为可以构成使用假币罪?(　　)

A. 甲用总面额1万元的假币参加赌博

B. 甲(系银行工作人员)利用职务上的便利,以伪造的货币换取货币

C. 甲在与他人签订经济合同时,为显示自己的经济实力,将总面额20万元的假币冒充真币出示给对方看

D. 甲用总面额10万元的假币换取高某的1万元真币

⑬ 关于故意杀人罪,下列哪一选项是正确的?(　　)

A. 甲意欲使乙在跑步时被车撞死,便劝乙清晨在马路上跑步,乙果真在马路上跑步时被车撞死,甲的行为构成故意杀人罪

B. 甲意欲使乙遭雷击死亡,便劝乙雨天到树林散步,因为下雨时在树林中行走容易遭雷击。乙果真雨天在树林中散步时遭雷击身亡。甲的行为构成故意杀人罪

C. 甲对乙有仇,意图致乙死亡。甲仿照乙的模样捏小面人,写上乙的姓名,在小面人身上扎针并诅咒49天。到第50天,乙因车祸身亡。甲的行为不可能致人死亡,所以不构成故意杀人罪

D. 甲以为杀害妻子乙后,乙可以升天,在此念头支配下将乙杀死。后经法医鉴定,甲具有辨认与控制能力。但由于甲的行为出于愚昧无知,所以不构成故意杀人罪

⑭ 甲使用暴力将乙扣押在某废弃的建筑物内,强行从乙身上搜出现金3000元和1张只有少量金额的信用卡,甲逼迫乙向该信用卡中打入人民币10万元。乙便给其妻子打电话,谎称自己开车撞伤他人,让其立即向自己的信用卡打入10万元救治伤员并赔偿。乙妻信以为真,便向乙的信用卡中打入10万元,被甲取走,甲在得款后将乙释放。对甲的行为应当按照下列哪一选项定罪?(　　)

A. 非法拘禁罪　　B. 绑架罪

C. 抢劫罪　　D. 抢劫罪和绑架罪

⑮ 下列哪种行为构成敲诈勒索罪?(　　)

A. 甲到乙的餐馆吃饭,在食物中发现一只苍蝇,遂以向消费者协会投诉为由进行威胁,索要精神损失费3000元。乙迫于无奈付给甲3000元

B. 甲到乙的餐馆吃饭,偷偷在食物中投放一只事先准备好的苍蝇,然后以砸烂桌椅进行威胁,索要精神损失费3000元。乙迫于无奈付给甲3000元

C. 甲捡到乙的手机及身份证等财物后,给乙打电话,索要3000元,并称若不付钱就不还手机及身份证等物。乙迫于无奈付给甲3000元现金赎回手机及身份证等财物

D. 甲妻与乙通奸,甲获知后十分生气,将乙暴打一顿,乙主动写下一张赔偿精神损失费2万元的欠条。事后,甲持乙的欠条向其索要2万元,并称若乙不从,就向法院起诉乙

⑯ 下列哪种说法是错误的?(　　)

A. 甲取得患有绝症的病人乙的同意而将其杀死,甲仍然构成故意杀人罪

B. 甲以出卖为目的收买生活贫困的妇女乙后,经乙同意将其卖给一个富裕人家为妻,甲仍然构

成拐卖妇女罪

C. 甲征得不满14周岁的幼女乙同意而与之发生性行为,甲仍然构成强奸罪

D. 甲在收买被拐卖的妇女乙后,按照乙的意愿没有阻碍其返回原居住地,对甲仍然应当追究收买被拐卖的妇女罪的刑事责任

⑰ 下列哪种说法是正确的?( )

A. 甲潜入乙家,搬走乙家1台价值2000元的彩电,走到门口,被乙5岁的女儿丙看到。丙问甲为什么搬我家的彩电,甲谎称是其父亲让他来搬的。丙信以为真,让甲将彩电搬走。甲的行为属于诈骗

B. 甲在柜台假装购买金项链,让售货员乙拿出3条进行挑选,甲看后表示对3条金项链均不满意,让乙再拿2条。甲趁乙弯腰取金项链时,将柜台上的1条金项链装入口袋。乙拿出2条金项链让甲看,甲看后表示不满意,将金项链归还给乙。乙看少了1条,便隔着柜台一把抓住甲的手不让其走,甲猛地甩开乙的手逃走。甲的行为属于抢夺

C. 甲在柜台购买2条中华香烟,在售货员乙拿给甲2条中华香烟后,甲又让乙再拿1瓶五粮液酒。趁乙转身时,甲用事先准备好的2条假中华香烟与柜台上的中华香烟对调。等乙拿出五粮液酒后,甲将烟酒又看了看,以烟酒有假为由没有买。甲的行为属于盗窃

D. 甲与乙进行私下外汇交易。乙给甲1万美元,甲在清点时趁乙不注意,抽出10张100元面值的美元,以10张10元面值的美元顶替。清点完成后,甲将总面额8.3万元的假人民币交给乙,被乙识破。乙要回1万美元,经清点仍是100张,拿回家后才发现美元被调换。甲的行为属于诈骗

⑱ 关于排除犯罪的事由,下列哪一选项是正确的?( )

A. 对于严重危及人身安全的暴力犯罪以外的不法侵害进行防卫,造成不法侵害人死亡的,均属防卫过当

B. 由于武装叛乱、暴乱罪属于危害国家安全罪,而非危害人身安全犯罪,所以,对于武装叛乱、暴乱犯罪不可能实行特殊正当防卫

C. 放火毁损自己所有的财物但危害公共安全的,不属于排除犯罪的事由

D. 律师在法庭上为了维护被告人的合法权益,不得已泄露他人隐私的,属于紧急避险

⑲ 国家工作人员甲利用职务上的便利为某单位谋取利益。随后,该单位的经理送给甲一张购物卡,并告知其购物卡的价值为2万元、使用期限为1个月。甲收下购物卡后忘记使用,导致购物卡过期作废,卡内的2万元被退回到原单位。关于甲的行为,下列哪一选项是正确的?( )

A. 甲的行为不构成受贿罪　　B. 甲的行为构成受贿(既遂)罪

C. 甲的行为构成受贿(未遂)罪　　D. 甲的行为构成受贿(预备)罪

⑳ 下列哪种说法是正确的?( )

A. 将强制猥亵妇女罪中的"妇女"解释为包括男性在内的人,属于扩大解释

B. 将故意杀人罪中的"人"解释为"精神正常的人",属于应当禁止的类推解释

C. 将伪造货币罪中的"伪造"解释为包括变造货币,属于法律允许的类推解释

D. 将为境外窃取、刺探、收买、非法提供国家秘密、情报罪中的"情报"解释为"关系国家安全和利益、尚未公开或者依照有关规定不应公开的事项",属于缩小解释

㉑ 甲的汽车被盗。第二日,甲发现乙开的是自己的汽车(虽然更换了汽车号牌仍可认出),遂前去拦车。在询问时,乙突然将车开走。甲追了一段路未追上,遂向公安机关陈述了这一事实,要求公安机关追究乙的法律责任。甲这一行为的法律性质是什么?( )

A. 报案　　B. 控告
C. 举报　　D. 扭送

㉒ 关于被害人在法庭审理中的诉讼权利,下列哪一选项是错误的?(　　)
A. 有权委托诉讼代理人
B. 有权申请回避
C. 无权参与刑事部分的法庭调查和辩论,只能参加附带民事诉讼部分的审理活动
D. 对刑事判决部分不能提起上诉

㉓ 聋哑被告人张某开庭审理前要求其懂哑语的妹妹担任他的辩护人和翻译。对于张某的要求,法院应当作出哪种决定?(　　)
A. 准予担任辩护人　　B. 不准担任辩护人
C. 准予担任翻译人员　　D. 既准予担任翻译人员,也准予担任辩护人

㉔ 王某因涉嫌报复陷害罪被立案侦查后,发现负责该案的侦查人员刘某与自己是邻居,两家曾发生过纠纷,遂申请刘某回避。对于刘某的回避应当由谁决定?(　　)
A. 公安局局长　　B. 检察院检察长
C. 法院院长　　D. 检察委员会

㉕ 王某担任甲省副省长期间受贿50多万元,有关法院指定乙省W市中级人民法院管辖。该项指定应当由下列哪一法院作出?(　　)
A. 甲省高级人民法院　　B. 乙省高级人民法院
C. W市中级人民法院　　D. 最高人民法院

㉖ 某市A区法院受理一起盗窃案件,因该案被告人与该法院院长具有亲属关系,市中级人民法院遂指定将该案移交B区法院审判。对于该案的全部案卷材料,A区法院应按下列哪一选项处理?(　　)
A. 应当退回A区检察院　　B. 应当直接移交B区法院
C. 可以直接移交B区法院　　D. 应当通过中级人民法院移交B区法院

㉗ 辩护律师乙在办理甲涉嫌抢夺一案中,了解到甲实施抢夺时携带凶器,但办案机关并未掌握这一事实。对于该事实,乙应当如何处理?(　　)
A. 应当告知公安机关　　B. 应当告知检察机关
C. 应当告知人民法院　　D. 应当为被告人保守秘密

㉘ 甲因涉嫌盗窃罪被逮捕。经其辩护人申请,公安机关同意对甲取保候审。公安机关应当如何办理变更手续?(　　)
A. 报请原批准机关审批　　B. 报请原批准机关备案
C. 自主决定并通知原批准机关　　D. 要求原批准机关撤销逮捕决定

㉙ 甲因琐事与乙发生争执,甲被乙打成轻伤。甲向法院提起自诉需要对伤情进行鉴定。对此,应当由下列哪类鉴定机构进行鉴定?(　　)
A. 公安机关设立的鉴定机构　　B. 省级人民政府指定的医院
C. 司法行政部门设立的鉴定机构　　D. 司法行政部门登记设立的鉴定机构

㉚ 甲因涉嫌故意泄漏国家秘密罪被立案侦查。羁押1个月后,被变更为监视居住。甲回家后,约请律师乙见面商谈聘请其担任自己律师的事宜。甲会见乙应否取得有关机关批准?(　　)
A. 须经侦查机关批准　　B. 不必经侦查机关批准

C. 须经执行机关批准　　D. 不必经执行机关批准

㉛ 无国籍人吉姆涉嫌在甲市为外国情报机构窃取我国秘密，侦查机关报请检察机关批准逮捕吉姆。甲市检察院应当如何审查批捕？（　　）

A. 可以直接审查批准逮捕吉姆

B. 应当报请省检察院审查批准

C. 应当审查并提出意见后，层报最高人民检察院审查，最高人民检察院经征求外交部的意见后，决定批准逮捕

D. 应当层报最高人民检察院审查，最高人民检察院经审查认为不需要逮捕的，报经外交部备案后，作出不批准逮捕的决定

㉜ 甲公司向公安机关报案，称高某利用职务便利侵占本公司公款320万元。侦查机关在侦查中发现，高某有存款380万元，利用侵占的公款购买的汽车1部和住房1套，还发现高某私藏军用子弹120发。公安机关对于上述财物、物品所作的下列哪种处理是错误的？（　　）

A. 扣押汽车1部　　B. 查封住房1套

C. 扣押子弹120发　　D. 冻结存款380万元

㉝ 黄某住甲市A区，因涉嫌诈骗罪被甲市检察院批准逮捕。由于案情复杂，期限届满侦查不能终结，侦查机关报请有关检察机关批准延长1个月。其后，由于该案重大复杂，涉及面广，取证困难，侦查机关报请有关检察机关批准后，又延长了2个月。但是，延长2个月后，仍不能侦查终结，且根据已查明的犯罪事实，对黄某可能判处无期徒刑，侦查机关第三次报请检察院批准再延长2个月。在报请延长手续问题上，下列哪一选项是错误的？（　　）

A. 第一次延长，须经甲市检察院批准

B. 第二次延长，须经甲市检察院的上一级检察院批准

C. 第二次延长，须经甲市所属的省检察院批准

D. 第三次延长，须经甲市所属的省检察院批准

㉞ 叶某涉嫌盗窃罪，甲市公安局侦查终结后移送该市检察院审查起诉。甲市检察院审查后，将该案交A区检察院审查起诉。A区检察院审查后认为需要退回公安机关补充侦查。A区检察院应当如何退回？（　　）

A. 应当退回甲市检察院　　B. 应当退回甲市公安局

C. 可以退回甲市公安局　　D. 应当通过甲市检察院退回甲市公安局

㉟ 检察院审查案件可以退回公安机关补充侦查。下列关于退回补充侦查的哪一表述是错误的？（　　）

A. 退回补充侦查应在1个月以内侦查完成

B. 退回补充侦查以两次为限

C. 审查起诉期间改变管辖的，改变管辖后退回补充侦查的次数不得超过两次

D. 审查起诉期间改变管辖的，改变管辖前后退回补充侦查的次数总共不得超过两次

㊱ 不服地方各级法院第一审未生效判决时，哪类人有权请求检察院提起抗诉？（　　）

A. 被害人及其近亲属　　B. 被害人及其诉讼代理人

C. 被害人及其法定代理人　　D. 被害人以及附带民事诉讼原告人

㊲ 甲在犯罪时不满18周岁，开庭审理时已满18周岁。法庭应如何确定审理的形式？（　　）

A. 应当公开审理　　B. 应当不公开审理

C. 可以不公开审理　　D. 可以公开审理

㊳ 对于公诉人向法庭提出的补充侦查延期审理的建议，法院应当如何处理？（ ）

A. 应当同意

B. 可以同意，也可以不同意

C. 可以同意延期审理，但限制延期审理的次数只能一次

D. 不应当同意

㊴ 下列关于行政法规解释的哪种说法是正确的？（ ）

A. 国务院各部门可以根据国务院授权解释行政法规

B. 行政法规条文本身需要作出补充规定的，由国务院解释

C. 在审判活动中行政法规条文本身需要进一步明确界限的，由最高人民法院解释

D. 对具体应用行政法规的问题，各级政府可以请求国务院法制机构解释

㊵ 下列哪一个选项是关于具体行政行为拘束力的正确理解？

①具体行政行为具有不再争议性，相对人不得改变具体行政行为

②行政主体非经法定程序不得任意改变或撤销具体行政行为

③相对人必须遵守和实际履行具体行政行为规定的义务

④具体行政行为在行政复议或行政诉讼期间不停止执行（ ）

A. ①②　　B. ①②④

C. ②③　　D. ③④

㊶ 甲村与乙村相邻，甲村认为乙村侵犯了本村已取得的林地所有权，遂向省林业局申请裁决。省林业局裁决该林地所有权归乙村所有，甲村不服。按照《行政复议法》和《行政诉讼法》规定，关于甲村寻求救济的下列哪种说法是正确的？（ ）

A. 只能申请行政复议

B. 既可申请行政复议，也可提起行政诉讼

C. 必须先经过行政复议，才能够提起行政诉讼

D. 只能提起行政诉讼

㊷ 某县公安局民警甲在一次治安检查中被乙打伤，公安局认定乙的行为构成妨碍公务，据此对乙处以200元罚款。甲认为该处罚决定过轻。下列哪种说法是正确的？（ ）

A. 对乙受到的处罚决定，甲既不能申请复议，也不能提起行政诉讼

B. 甲可以对乙提起民事诉讼

C. 对乙受到的处罚决定，甲可以申请复议但不能提起行政诉讼

D. 对乙受到的处罚决定，甲应当先申请复议，对复议决定不服可提起行政诉讼

㊸ 区工商局以涉嫌虚假宣传为由扣押了王某财产，王某不服诉至法院。在此案的审理过程中，法院发现王某涉嫌受贿犯罪需追究刑事责任。法院的下列哪种做法是正确的？（ ）

A. 终止案件审理，将有关材料移送有管辖权的司法机关处理

B. 继续审理，待案件审理终结后，将有关材料移送有管辖权的司法机关处理

C. 中止案件审理，将有关材料移送有管辖权的司法机关处理，待刑事诉讼程序终结后，恢复案件审理

D. 继续审理，将有关材料移送有管辖权的司法机关处理

㊹ 2005年4月5日，县交通局执法人员甲在整顿客运市场秩序的执法活动中，滥用职权致使乘坐在非法营运车辆上的孕妇乙重伤，检察机关对甲提起公诉。为保障自己的合法权益，乙的下列哪种做法是正确的？（ ）

A. 提起刑事附带民事诉讼，要求甲承担民事赔偿责任

B. 提起行政赔偿诉讼，要求甲所在行政机关承担国家赔偿责任

C. 提起刑事附带行政赔偿诉讼，要求甲所在行政机关承担国家赔偿责任

D. 提起刑事附带民事诉讼，要求甲及其所在的行政机关承担民事赔偿责任

㊺ 法院在审理某药品行政处罚案时查明，药品监督管理局在作出处罚决定前拒绝听取被处罚人甲的陈述申辩。下列关于法院判决的哪种说法是正确的？（　　）

A. 拒绝听取陈述申辩属于违反法定程序，应判决撤销行政处罚决定，并判令被告重新作出具体行政行为

B. 拒绝听取陈述申辩属于程序瑕疵，应判决驳回原告的诉讼请求

C. 拒绝听取陈述申辩属于违反法定程序，应判决确认行政处罚决定无效

D. 拒绝听取陈述申辩属于违反法定程序，应判决确认行政处罚决定不能成立

㊻ 法院因主要证据不足判决撤销被诉具体行政行为并判令被告重新作出具体行政行为后，被告以同一事实与理由作出与原具体行政行为基本相同的具体行政行为，原告向法院提起诉讼的，法院下列哪种做法是正确的？（　　）

A. 确认被告重新作出的具体行政行为违法

B. 确认被告重新作出的具体行政行为无效

C. 判决撤销该具体行政行为，并判令被告重新作出具体行政行为

D. 判决撤销该具体行政行为，并向该行政机关的上一级行政机关或者监察、人事机关提出司法建议

㊼ 因甲公司不能偿还到期债务，贷款银行向法院提起民事诉讼。2004 年 6 月 7 日，银行在诉讼中得知市发展和改革委员会已于 2004 年 4 月 6 日根据申请，将某小区住宅项目的建设业主由甲公司变更为乙公司。后银行认为行政机关的变更行为侵犯了其合法债权，于 2006 年 1 月 9 日向法院提起行政诉讼，请求确认市发展和改革委员会的变更行为违法。下列关于起诉期限的哪种说法符合法律规定？（　　）

A. 原告应当在知道具体行政行为内容之日起 5 年内提起行政诉讼

B. 原告应当在知道具体行政行为内容之日起 20 年内提起行政诉讼

C. 原告应当在知道具体行政行为内容之日起 2 年内提起行政诉讼

D. 原告应当在知道具体行政行为内容之日起 3 个月内提起行政诉讼

㊽ 关于行政许可程序，下列哪一选项是正确的？（　　）

A. 对依法不属于某行政机关职权范围内的行政许可申请，行政机关作出不予受理决定，应向当事人出具加盖该机关专用印章和注明日期的书面凭证

B. 行政许可听证均为依当事人申请的听证，行政机关不能主动进行听证

C. 行政机关作出的准予行政许可决定，除涉及国家秘密的，均应一律公开

D. 所有的行政许可适用范围均没有地域限制，在全国范围内有效

㊾ 下列哪种做法符合《公务员法》的规定？（　　）

A. 某卫生局副处长李某因在定期考核中被确定为基本称职，被降低一个职务层次任职

B. 某市税务局干部沈某到该市某国有企业中挂职锻炼一年

C. 某市公安局与技术员田某签订的公务员聘任合同，应当报该市组织部门批准

D. 某地环保局办事员齐某对在定期考核中被定为基本称职不服，向有关部门提出申诉

㊿ 行政诉讼中，起诉状副本送达被告后，下列关于行政诉讼程序的哪种说法是正确的？（　　）

A. 原告可以提出新的诉讼请求，但变更原诉讼请求的，法院不予准许

B. 法庭辩论终结前，原告提出新的诉讼请求的，法院应予准许

C. 法庭辩论终结前，原告提出新的诉讼请求或变更原诉讼请求的，法院应予准许

D. 原告提出新的诉讼请求的，法院不予准许，但有正当理由的除外

二、多项选择题。每题所设选项中至少有两个正确答案，多选、少选、错选或不选均不得分。本部分含51～90题，每题2分，共80分。

51 已满14周岁不满16周岁的人实施下列哪些行为应当承担刑事责任？（　　）

A. 参与运送他人偷越国(边)境，造成被运送人死亡的

B. 参与绑架他人，致使被绑架人死亡的

C. 参与强迫卖淫集团，为迫使妇女卖淫，对妇女实施了强奸行为的

D. 参与走私，并在走私过程中暴力抗拒缉私，造成缉私人员重伤的

52 甲举枪射击乙，但因没有瞄准而击中丙，致丙死亡。关于本案，下列哪些选项是正确的？（　　）

A. 甲的行为属于打击错误　　B. 甲的行为属于同一犯罪构成内的事实认识错误

C. 甲构成故意杀人(既遂)罪　　D. 甲构成故意杀人(未遂)罪与过失致人死亡罪

53 甲、乙、丙共谋犯罪。某日，三人拦截了丁，对丁使用暴力，然后强行抢走丁的钱包，但钱包内只有少量现金，并有一张银行借记卡。于是甲将丁的借记卡抢走，乙、丙逼迫丁说出密码。丁说出密码后，三人带着丁去附近的自动取款机上取钱。取钱时发现密码不对，三人又对丁进行殴打，丁为避免遭受更严重的伤害，说出了正确的密码，三人取出现金5000元。对甲、乙、丙行为的定性，下列哪些选项是错误的？（　　）

A. 抢劫(未遂)罪与信用卡诈骗罪　　B. 抢劫(未遂)罪与盗窃罪

C. 抢劫(未遂)罪与敲诈勒索罪　　D. 抢劫(既遂)罪与盗窃罪

54 下列哪些选项是错误的？（　　）

A. 甲、乙二人合谋抢劫出租车，准备凶器和绳索后拦住一辆出租车，谎称去郊区某地。出租车行驶到检查站，检查人员见甲、乙二人神色慌张便进一步检查，在检查时甲、乙意图逃离出租车被抓获。甲、乙二人的行为构成抢劫(未遂)罪

B. 甲深夜潜入某银行储蓄所行窃，正在撬保险柜时，听到窗外有响动，以为有人来了，因害怕被抓就悄悄逃离。甲的行为构成盗窃(未遂)罪

C. 甲意图杀害乙，经过跟踪，掌握了乙每天上下班的路线。某日，甲准备了凶器，来到乙必经的路口等候。在乙经过的时间快要到时，甲因口渴到旁边的小卖部买饮料。待甲返回时，乙因提前下班已经过了路口。甲等了一阵儿不见乙经过，就准备回家，在回家路上因凶器暴露被抓获。甲的行为构成故意杀人(未遂)罪

D. 甲意图陷害乙，遂捏造了乙受贿10万元并与他人通奸的所谓犯罪事实，写了一封匿名信给检察院反贪局。检察机关经初查发现根本不存在受贿事实，对乙未追究刑事责任。甲欲使乙受到刑事追究的意图未能得逞。甲的行为构成诬告陷害(未遂)罪

55 下列关于刑期起算的哪些选项是正确的？（　　）

A. 管制、拘役的刑期，从判决执行之日起计算

B. 有期徒刑的刑期，从判决确定之日起计算

C. 死刑缓期执行减为有期徒刑的刑期，从死刑缓期执行期满之日起计算

D. 附加剥夺政治权利的刑期，从徒刑、拘役执行完毕之日或者从假释期满之日起计算

56 下列哪些行为不应认定为过失致人死亡罪?( )

A. 甲遭受乙正在进行的不法侵害,在防卫过程中一棒将乙打倒,致乙脑部跌在一块石头上而死亡。法院认为甲的防卫行为明显超过必要限度造成了重大损害,应以防卫过当追究刑事责任

B. 甲对乙进行非法拘禁,在拘禁过程中,因长时间捆绑,致乙呼吸不畅窒息死亡

C. 甲因对女儿乙的恋爱对象丙不满意,阻止乙、丙正常交往,乙对此十分不满,并偷偷与丙登记结婚,甲获知后对乙进行打骂,逼其离婚。乙、丙不从,遂相约自杀而亡

D. 甲结婚以后,对丈夫与其前妻所生之子乙十分不满,采取冻饿等方式进行虐待,后又发展到打骂,致乙多处伤口腐烂,乙因未能及时救治而不幸身亡

57 对下列哪些行为不能认定为强奸罪?( )

A. 拐卖妇女的犯罪分子奸淫被拐卖的妇女的

B. 利用职权、从属关系,以胁迫手段奸淫现役军人的妻子的

C. 利用迷信奸淫妇女的

D. 组织卖淫的犯罪分子强奸妇女后迫使其卖淫的

58 甲到银行自动取款机提款后,忘了将借记卡退出便匆忙离开。该银行工作人员乙对自动取款机进行检查时,发现了甲未退出的借记卡,便从该卡中取出5000元,并将卡中剩余的3万元转入自己的借记卡。对乙的行为的定性,下列哪些选项是错误的?( )

A. 乙的行为构成盗窃罪　　B. 乙的行为构成侵占罪

C. 乙的行为构成职务侵占罪　　D. 乙的行为构成信用卡诈骗罪

59 下列哪些说法是错误的?( )

A. 甲盗窃乙的存折后,假冒乙的名义从银行取出存折中的5万元存款。甲的行为构成盗窃罪与诈骗罪

B. 甲盗窃了乙的200克海洛因,因本人不吸毒,就将海洛因转卖给丙。甲的行为构成盗窃罪和贩卖毒品罪

C. 甲盗窃了博物馆的一件国家珍贵文物,以20万元的价格转卖给乙。甲的行为构成盗窃罪和倒卖文物罪

D. 甲盗窃了乙的一块名表,以2万元的价格转卖给丙,甲的行为构成盗窃罪和销售赃物罪

60 下列哪些说法是错误的?( )

A. 甲将乙价值2万元的戒指扔入海中,由于戒指本身没有被毁坏,甲的行为不构成故意毁坏财物罪

B. 甲见乙迎面走来,担心自己的手提包被乙夺走,便紧抓手提包。乙见甲紧抓手提包,猜想包中有贵重物品,在与甲擦肩而过时,当面用力夺走甲的手提包。由于乙并非乘人不备而夺取财物,所以不构成抢夺罪

C. 甲将一张作废的IC卡插入银行的自动取款机试探,碰巧自动取款机显示能够取出现金,于是甲取出5000元。甲将IC卡冒充借记卡的欺骗行为在本案中起到了主要作用,因而构成诈骗罪

D. 甲系汽车检修厂职工,发现自己将要检修的一辆公交车为仇人乙驾驶,便在检修时破坏了刹车装置,然后交付使用。乙驾驶该车时,因刹车失灵,导致与其他车辆相撞,造成三人死亡,一人重伤。由于甲不是对正在使用中的交通工具实施破坏手段,所以不构成破坏交通工具罪

(61) 对下列哪些行为不应当认定为脱逃罪？（　　）

A. 犯罪嫌疑人在从甲地押解到乙地的途中，乘押解人员不备，偷偷溜走

B. 被判处管制的犯罪分子未经执行机关批准到外地经商，直至管制期满未归

C. 被判处有期徒刑的犯罪分子组织多人有计划地从羁押场所秘密逃跑

D. 被判处无期徒刑的8名犯罪分子采取暴动方法逃离羁押场所

(62) 甲、乙通过丙向丁购买毒品，甲购买的目的是为自己吸食，乙购买的目的是为贩卖，丙则通过介绍毒品买卖，从丁处获得一定的好处费。对于本案，下列哪些选项是正确的？（　　）

A. 甲的行为构成贩卖毒品罪　　B. 乙的行为构成贩卖毒品罪

C. 丙的行为构成贩卖毒品罪　　D. 丁的行为构成贩卖毒品罪

(63) 下列哪些行为不构成包庇罪？（　　）

A. 国家机关工作人员包庇黑社会性质的组织的

B. 帮助当事人毁灭、伪造证据的

C. 明知他人有间谍行为，在国家安全机关向其收集有关证据时，拒绝提供，情节严重的

D. 包庇走私、贩卖、运输、制造毒品的犯罪分子的

(64) 下列哪些选项属于“挪用公款归个人使用”？（　　）

A. 以个人名义将公款借给某国有企业使用

B. 以个人名义将公款借给某私营企业使用

C. 个人决定以单位名义将公款借给其他单位使用，谋取个人利益的

D. 以单位名义将公款借给其他自然人使用，未谋取个人利益的

(65) 下列哪些行为属于法定的从重处罚情节？（　　）

A. 国家机关工作人员甲利用职权对乙进行非法拘禁，时间长达3天

B. 军警人员甲持枪抢劫

C. 国家机关工作人员甲利用职权挪用数额巨大的救济款进行赌博

D. 国家机关工作人员甲徇私舞弊，滥用职权，致使公共财产、国家和人民利益遭受重大损失

(66) 甲非法拘禁乙于某市A区，后又用汽车经该市B区、C区，将乙转移到D区继续拘禁。对于甲所涉非法拘禁案，下列哪些法院依法享有管辖权？（　　）

A. A区法院　　B. B区法院

C. C区法院　　D. D区法院

(67) 犯罪嫌疑人甲委托其弟乙作为自己的辩护人。在审查起诉阶段，乙享有哪些诉讼权利？（　　）

A. 甲被超期羁押时，有权要求解除强制措施

B. 申请检察人员回避

C. 向检察机关陈述辩护意见

D. 经被害人同意，向其收集与本案有关的材料

(68) 为确定强奸案被害人甲受到暴力伤害的情况，侦查人员拟对她进行人身检查。下列哪些选项是正确的？（　　）

A. 如果甲拒绝检查，可以对她进行强制检查

B. 如果甲拒绝检查，不得对她进行强制检查

C. 如果甲同意检查，可以由医师进行检查

D. 如果甲同意检查，可以由女工作人员进行检查

69 某市检察院在审查甲杀人案中，发现遗漏了依法应当移送审查起诉的同案犯罪嫌疑人乙。对此检察院应该如何处理？（　　）

A. 应当建议公安机关对乙提请批准逮捕

B. 应当建议公安机关对乙补充移送审查起诉

C. 如果符合逮捕条件，可以直接决定逮捕乙

D. 如果符合起诉条件，可以直接将甲与乙一并提起公诉

70 下列关于合议庭评议笔录的哪些表述是正确的？（　　）

A. 合议庭意见有分歧的，应当按多数人的意见作出决定并写入笔录

B. 合议庭意见有分歧的，少数人的意见可以不写入笔录

C. 持少数意见的合议庭成员，也应当在评议笔录上签名

D. 合议庭的书记员，应当在评议笔录上签名

71 甲涉嫌过失致人重伤。在审查起诉阶段，检察院认为证据不足，遂作出不起诉决定。如果被害人对不起诉决定不服，依法可以采取下列哪些诉讼行为？（　　）

A. 可以向上一级检察院提起申诉　B. 可以直接向法院起诉

C. 向法院起诉后，可以与被告人自行和解　D. 向法院起诉后，可以请求法院调解

72 甲因遭受强奸住院治疗一个多月，出院后仍长期精神恍惚，后经多方医治才恢复正常。在诉讼过程中，甲提起附带民事诉讼。下列哪些赔偿要求具有法律依据？（　　）

A. 甲因住院支付的费用　B. 甲住院期间的陪护费用

C. 甲住院期间的误工费用　D. 甲医治精神恍惚支付的费用

73 在某案件的法庭审理中，旁听的被害人亲属甲对辩护律师的辩护发言多次表示不满，并站起来指责律师，经审判长多次警告制止无效。法院对甲可以作下列何种处理？（　　）

A. 由审判长责令甲具结悔过　B. 由审判长决定将甲强行带出法庭

C. 经法院院长批准对甲处以500元罚款　D. 经法院院长批准对甲处以20日拘留

74 甲（18岁）、乙（14岁）因故将丙打成轻伤。提起公诉后，法院同意适用简易程序进行审理。与此同时，丙对甲、乙提起附带民事诉讼。在本案中以下哪些人员可以不参加法庭审理？（　　）

A. 甲　B. 乙

C. 丙　D. 公诉人

75 第二审法院遇有下列哪些情形应当依法裁定撤销原判、发回重审？（　　）

A. 应当公开审理而没有公开审理的

B. 被告人未在庭审笔录上签名的

C. 人民陪审员独任审判案件的

D. 庭审中没有听取被告人最后陈述，可能影响公正审判的

76 甲因犯贪污罪经一审程序被判处死刑缓期2年执行。判决生效后发现本案第一审的合议庭成员乙在审理该案时，曾收受甲的贿赂。对于本案，下列哪些机关有权提起审判监督程序？（　　）

A. 审判该案的第一审中级人民法院　B. 该省高级人民法院

C. 该省人民检察院　D. 最高人民检察院

77 犯罪嫌疑人甲系不满18周岁的未成年人，在侦查阶段，依法享有下列哪些诉讼权利？（　　）

A. 在讯问时，侦查机关应当通知其法定代理人到场

B. 在讯问时,侦查机关可以通知其法定代理人到场

C. 被第一次讯问后,甲可以聘请辩护律师提供法律帮助

D. 被第一次讯问后,甲的亲属可以为其聘请律师

78 下列关于人民陪审员的哪些表述是错误的?( )

A. 人民陪审员不得担任审判长

B. 人民陪审员有权参加法院所有的审判活动

C. 人民陪审员参加中级人民法院审判活动的,应当从本院的人民陪审员名单中随机抽取确定

D. 合议庭评议案件时,对于法律适用问题,人民陪审员应当接受法官的指导

79 下列哪些选项属于法院应当终止审理的情形?

A. 张某涉嫌销售赃物一案,经审理认为情节显著轻微危害不大的

B. 赵某涉嫌抢劫一案,赵某在第一审开庭审理前发病猝死的

C. 李某以遭受遗弃为由提起自诉,法院审查后不予立案的

D. 王某以遭受虐待为由提起自诉,后又撤回自诉的

80 李某购买中巴车从事个体客运,但未办理税务登记,且一直未缴纳税款。某县国税局要求李某限期缴纳税款1500元并决定罚款1000元。后因李某逾期未缴纳税款和罚款,该国税局将李某的中巴车扣押,李某不服。下列哪些说法是不正确的?( )

A. 对缴纳税款和罚款决定,李某应当先申请复议,再提起诉讼

B. 李某对上述三行为不服申请复议,应向某县国税局的上一级国税局申请

C. 对扣押行为不服,李某可以直接向法院提起诉讼

D. 该国税局扣押李某中巴车的措施,可以交由县交通局采取

81 关于政府采购的供应商,下列哪些说法是不正确的?( )

A. 自然人不能作为政府采购的供应商

B. 除《政府采购法》规定的条件外,政府采购人不得规定供应商的特定条件,否则构成差别待遇或歧视待遇

C. 两个以上的法人可以组成联合体,以一个供应商的身份共同参加政府采购

D. 中标的供应商必须依法自行履行合同,不得采用分包方式履行合同

82 2006年5月2日,吴某到某县郊区旅社住宿,拒不出示身份证件,与旅社工作人员争吵并强行住入该旅社。该郊区派出所以扰乱公共秩序为由,决定对吴某处以300元罚款。下列哪些说法是正确的?( )

A. 派出所可以自己的名义作出该处罚决定

B. 派出所可以当场作出该处罚决定

C. 公安机关应当将此决定书副本抄送郊区旅社

D. 吴某对该罚款决定不服,应当先申请复议才能提起行政诉讼

83 1997年沈某取得一房屋的房产证。2001年5月其儿媳李某以委托代理人身份到某市房管局办理换证事宜,在申请书一栏中填写"房屋为沈某、沈某某(沈某的儿子)共有",但沈某后领取的房产证中在共有人一栏空白。2005年沈某将此房屋卖给赵某,并到某市房管局办理了房屋转移登记手续,赵某领取了房产证。沈某某以他是该房屋的共有人为由向某市人民政府申请复议,某市人民政府以房屋转移登记事实不清撤销了房屋登记。赵某和沈某不服,向法院提起行政诉讼。下列哪些说法是正确的?( )

A. 沈某某和李某为本案的第三人

B. 某市房管局办理此房屋转移登记行为是否合法不属本案的审查对象

C. 某市房管局为沈某办理换证行为是否合法不属本案的审查对象

D. 李某是否有委托代理权是法院审理本案的核心

84 关于行政监察机关及其职责、权限，下列哪些说法是正确的？（ ）

A. 在监察业务上，上级监察机关与下级监察机关之间是一种指导关系

B. 经本级人民政府批准，县级以上各级人民政府可以向政府所属部门派出监察机构或者监察人员

C. 监察机关的领导人员可以列席本级人民政府的有关会议

D. 县级人民政府监察机关对所属的乡人民政府任命的人员实施监察

85 甲、乙公司签订了甲公司向乙公司购买5辆“三星”牌汽车的合同。乙公司按约定将汽车运至甲公司所在地火车站。某市工商局接举报扣押了汽车，并最终认定乙公司提供的五辆“三星”牌汽车为国外某一品牌汽车，乙公司将其冒充国产车进行非法销售，遂决定没收该批汽车。乙公司在提起行政诉讼后，向法院提供了该批汽车的技术参数，某市工商局则提供了某省商检局对其中一辆车的鉴定结论。下列哪些说法是正确的？（ ）

A. 乙公司在提供图片及技术参数时，应附有说明材料

B. 若乙公司提供证据证明某省商检局的鉴定结论内容不完整，法院应不采纳该鉴定结论

C. 某省商检局的鉴定结论为某市工商局处罚乙公司的证据，是法院采纳此鉴定结论的条件之一

D. 对某市工商局的没收决定，甲公司具有原告资格

86 根据行政许可法的规定，下列关于行政许可的撤销、撤回、注销的哪些说法是正确的？（ ）

A. 行政许可的撤销和撤回都涉及到被许可人实体权利

B. 规章的修改可以作为行政机关撤回已经生效的行政许可的理由

C. 因行政机关工作人员滥用职权授予的行政许可被撤销的，行政机关应予赔偿

D. 注销是行政许可被撤销和撤回后的法定程序

87 某省甲市南区人民政府为改造旧城建设，成立一公司负责旧房拆除。郭某因与该公司达不成协议而拒不搬迁。南区人民政府决定对其住房强制拆迁。郭某对强制拆迁行为不服向南区人民法院提出行政诉讼，一个月未得到南区人民法院答复。下列哪些说法是正确的？（ ）

A. 郭某可以向甲市中级人民法院起诉

B. 郭某可以向甲市中级人民法院申诉

C. 郭某可以向某省高级人民法院起诉

D. 因此案不属行政诉讼受案范围，南区人民法院不予答复是正确的

88 经张某申请并缴纳了相应费用后，某县土地局和某乡政府将一土地（实为已被征用的土地）批准同意由张某建房。某县土地局和某乡政府还向张某发放了建设用地规划许可证和建设工程许可证。后市规划局认定张某建房违法，责令立即停工。张某不听，继续施工。市规划局申请法院将张某所建房屋拆除，张某要求赔偿。下列哪些说法是正确的？（ ）

A. 某县土地局、某乡政府和市规划局为共同赔偿义务机关

B. 某县土地局和某乡政府向张某发放规划许可证和建设工程许可证的行为系超越职权的行为

C. 市规划局有权撤销张某的规划许可证

D. 对张某继续施工造成的损失，国家不承担赔偿责任

89 在发生重大动物疫情后，国家对受威胁区可以采取下列哪些措施？（ ）

A. 扑杀并销毁染疫和疑似染疫动物及其同群动物

B. 对易感染的动物根据需要实施紧急免疫接种

C. 对易感染的动物进行监测

D. 关闭动物交易市场

(90) 甲公司与乙公司签订建设工程施工合同，甲公司向乙公司支付工程保证金30万元。后由于情况发生变化，原合同约定的工程项目被取消，乙公司也无资金退还甲公司，甲公司向县公安局报案称被乙公司法定代表人王某诈骗30万元。公安机关立案后，将王某传唤到公安局，要求王某与甲公司签订了还款协议书，并将扣押的乙公司和王某的财产移交给甲公司后将王某释放。下列哪些说法是正确的？（　　）

A. 县公安局的行为有刑事诉讼法明确授权，依法不属于行政诉讼的受案范围

B. 县公安局的行为属于以办理刑事案件为名插手经济纠纷，依法属于行政诉讼的受案范围

C. 乙公司有权提起行政诉讼，请求确认县公安局行为违法并请求国家赔偿，法院应当受理

D. 甲公司获得乙公司还款是基于两公司之间的债权债务关系，乙公司的还款行为有效

三、不定项选择题。每题所设选项中至少有一个正确答案，多选、少选、错选或不选均不得分。本部分含91～100题，每题2分，共20分。

(91) 法院对一起共同犯罪案件审理后分别判处甲死缓、乙无期徒刑。甲没有提出上诉，乙以量刑过重为由提出上诉，同时检察院针对甲的死缓判决以量刑不当为由提起抗诉。下列关于第二审程序的何种表述是错误的？（　　）

A. 二审法院可以不开庭审理

B. 二审法院应当开庭审理

C. 因上诉和抗诉都不是针对原审事实认定，二审法院对本案不能以事实不清为由撤销原判，发回重审

D. 因本案存在抗诉，二审法院不受上诉不加刑原则的限制

(92) 某市检察院审理市公安局移送审查起诉的下列案件中，具有何种情形时应当作出不起诉决定？（　　）

A. 犯罪嫌疑人甲，犯罪已过追诉时效期限

B. 犯罪嫌疑人乙，为犯罪准备工具、制造条件

C. 犯罪嫌疑人丙已死亡

D. 犯罪嫌疑人丁某为聋哑人

(93) 王某为某县劳动与社会保障局的一名科长，因违纪受到降级处分。下列何种说法不符合《公务员法》的规定？（　　）

A. 王某对处分不服，可自接到处分决定之日起30日内向某县人事局提出申诉

B. 王某对处分不服申请复核时，复核期间应暂停对王某的处分

C. 王某受处分期间，不得晋升级别和享受年终奖金

D. 处分解除后，王某的原级别即自行恢复

(94) 下列有关信访的何种做法是正确的？（　　）

A. 田某对乡政府的决定不服，可以采用走访形式到市政府提出信访事项

B. 某县人民政府信访局收到李某提出的信访事项，应当予以登记，并在15日内决定是否受理并书面告知李某

C. 某县工商局不设立专门的信访工作机构，违反了信访规定

D. 沈某对某县人民政府作出的信访事项处理意见不服，可以请求市政府复查

95 某县工商局以某厂擅自使用专利申请号用于产品包装广告进行宣传、销售为由，向某厂发出扣押封存该厂胶片带成品通知书。该厂不服，向法院起诉要求撤销某县工商局的扣押财物通知书，并提出下列赔偿要求：返还扣押财物、赔偿该厂不能履行合同损失100万元、该厂名誉损失和因扣押财物造成该厂停产损失100万元。后法院认定某县工商局的扣押通知书违法，该厂提出的下列何种请求事项不属于国家赔偿的范围？（　　）

A. 返还扣押财物　　B. 某厂不能履行合同损失100万元

C. 某厂名誉损失　　D. 某厂停产损失100万元

甲乙共谋教训其共同的仇人丙。由于乙对丙有夺妻之恨，暗藏杀丙之心，但未将此意告诉甲。某日，甲、乙二人共同去丙处。为确保万无一失，甲、乙以入室盗窃为由邀请不知情的丁在楼下望风。进入丙的房间后，甲、乙同时对丙拳打脚踢，致丙受伤死亡。甲、乙二人旋即逃离现场。在逃离现场前甲在乙不知情的情况下从丙家的箱子里拿走人民币5万元。出门后，甲背着乙向丁谎称从丙家窃取现金3万元，分给丁1万元，然后一起潜逃。潜逃期间，甲窃得一张信用卡，向乙谎称该卡是从街上捡的，让乙到银行柜台取出了信用卡中的3万元现金。犯罪所得财物挥霍一空后，丁因生活无着，向公安机关投案，交待了自己和甲共同盗窃的事实，但隐瞒了事后知道的甲、乙致丙死亡的事实。请回答96～100题。

96 就被害人丙的死亡而言，下列对甲、乙所应成立犯罪的何种判断是错误的？（　　）

A. 甲、乙均成立故意杀人(既遂)罪，属于共同犯罪

B. 甲、乙均成立故意伤害(致人死亡)罪，属于共同犯罪

C. 甲成立故意伤害(致人死亡)罪，乙成立故意杀人(既遂)罪，不属于共同犯罪

D. 甲成立故意伤害(致人死亡)罪，乙成立故意杀人(既遂)罪，在故意伤害罪的范围内成立共同犯罪

97 就被害人丙死亡这一情节，下列对与丁有关行为的何种判断是错误的？（　　）

A. 丁成立故意杀人罪的共犯　　B. 丁成立故意伤害罪的共犯

C. 丁成立抢劫罪(致人死亡)的共犯　　D. 丁对丙的死亡不承担刑事责任

98 对于甲从丙家的箱子里拿走人民币5万元，丁望风并分得赃物这一情节，下列何种判断是正确的？（　　）

A. 对甲应定抢劫罪、对丁应定盗窃罪

B. 对甲、丁的行为应定盗窃罪

C. 甲、丁都应对5万元承担刑事责任

D. 甲对5万元承担刑事责任，丁只对3万元承担刑事责任

99 对于甲、乙盗窃和使用信用卡的行为，下列何种判断是错误的？（　　）

A. 甲、乙构成盗窃罪的共同犯罪　　B. 甲、乙构成信用卡诈骗罪的共同犯罪

C. 甲构成盗窃罪，乙构成信用卡诈骗罪　　D. 甲构成盗窃罪，乙构成诈骗罪

100 对于丁的投案行为，下列何种判断是正确的？（　　）

A. 丁虽然投案，但隐瞒了甲、乙致丙死亡的事实，因而不构成自首

B. 丁虽然隐瞒了甲、乙致丙死亡的事实，但交待了本人与甲共同犯罪的事实，因而构成自首

C. 丁构成自首且揭发甲与自己共同犯罪的行为成立立功

D. 丁构成坦白但揭发甲与自己共同犯罪的行为成立立功

试卷三 自测

提示：本试卷为选择题，由计算机阅读。请将所选答案填涂在答题卡上，勿在卷面上直接作答。

一、单项选择题，每题所给的选项中只有一个正确答案。本部分 1～50 题，每题 1 分，共 50 分。

❶ 下列哪种情形成立民事法律关系？（ ）

A. 甲与乙约定某日商谈合作开发房地产事宜

B. 甲对乙说：如果你考上研究生，我就嫁给你

C. 甲不知乙不胜酒力而极力劝酒，致乙酒精中毒住院治疗

D. 甲应同事乙之邀前往某水库游泳，因抽筋溺水身亡

❷ 甲被法院宣告死亡，甲父乙、甲妻丙、甲子丁分割了其遗产。后乙病故，丁代位继承了乙的部分遗产。丙与戊再婚后因车祸遇难，丁、戊又分割了丙的遗产。现甲重新出现，法院撤销死亡宣告。下列哪种说法是正确的？（ ）

A. 丁应将其从甲、乙、丙处继承的全部财产返还给甲

B. 丁只应将其从甲、乙处继承的全部财产返还给甲

C. 戊从丙处继承的全部财产都应返还给甲

D. 丁、戊应将从丙处继承的而丙从甲处继承的财产返还给甲

❸ 关于企业法人对其法定代表人行为承担民事责任的下列哪一表述是正确的？（ ）

A. 仅对其合法的经营行为承担民事责任

B. 仅对其符合法人章程的经营行为承担民事责任

C. 仅对其以法人名义从事的经营行为承担民事责任

D. 仅对其符合法人登记经营范围的经营行为承担民事责任

❹ 甲欠丙 800 元到期无力偿还，乙替甲还款，并对甲说："这 800 元就算给你了。"甲称将来一定奉还。事后甲还了乙 500 元。后二人交恶，乙要求甲偿还余款 300 元，甲则以乙已送自己 800 元为由要求乙退回 500 元。下列哪种说法是正确的？（ ）

A. 甲应再还 300 元

B. 乙应退回 500 元

C. 乙不必退回甲 500 元，甲也不必再还乙 300 元

D. 乙应退还甲 500 元及银行存款同期利息

❺ A 公司经销健身器材，规定每台售价为 2000 元，业务员按合同价 5%提取奖金。业务员王某在与 B 公司洽谈时提出，合同定价按公司规定办，但自己按每台 50 元补贴 B 公司。B 公司表示同意，遂与王某签订了订货合同，并将获得的补贴款入账。对王某的行为应如何定性？（ ）

A. 属于无权代理 B. 属于滥用代理权

C. 属于不正当竞争 D. 属于合法行为

❻ 2001 年 4 月 1 日，范某从曹某处借款 2 万元，双方没有约定还款期。2003 年 3 月 22 日，曹某通知范某还款，并留给其 10 天准备时间。下列哪种说法是正确的？（ ）

A. 若曹某于 2003 年 4 月 2 日或其之后起诉，法院应裁定不予受理

B. 若曹某于2005年3月22日或其之后起诉,法院应判决驳回其诉讼请求

C. 若曹某于2005年4月2日或其之后起诉,法院应裁定驳回其起诉

D. 若曹某于2005年4月2日或其之后起诉,法院应判决驳回其诉讼请求

❼ 甲、乙共同继承平房两间,一直由甲居住。甲未经乙同意,接该房右墙加盖一间房,并将三间房屋登记于自己名下,不久又将其一并卖给了丙。下列哪种说法是正确的?(　　)

A. 甲、乙是继承房屋的按份共有人　　B. 加盖的房屋应归甲所有

C. 加盖的房屋应归甲、乙共有　　D. 乙有权请求丙返还所购三间房屋

❽ 方某向孙某借款1万元,孙某要求其提供担保,方某说:“我有一部手提电脑被刘某租去用了,就以它作质押吧,但租金不作质押。”孙同意,遂付款。下列哪种说法是正确的?(　　)

A. 孙某实际占有电脑时质押合同才生效

B. 如刘某书面同意,则质押合同生效

C. 如刘某收到关于质押的书面通知,则质押合同生效

D. 如质押合同生效,则孙某有权收取电脑租金

❾ 5月10日,甲以自有房屋1套为债权人乙设定抵押并办理了抵押登记。6月10日,甲又以该房屋为债权人丙设定抵押,但一直拒绝办理抵押登记。9月10日,甲擅自将该房屋转让给丁并办理了过户登记。下列哪种说法是错误的?(　　)

A. 乙可对该房屋行使抵押权　　B. 甲与丙之间的抵押合同已生效

C. 甲与丁之间转让房屋的合同无效　　D. 丙可以要求甲赔偿自己所遭受的损失

❿ 甲、乙签订货物买卖合同,约定由甲代办托运。甲遂与丙签订运输合同,合同中载明乙为收货人。运输途中,因丙的驾驶员丁的重大过失发生交通事故,致货物受损,无法向乙按约交货。下列哪种说法是正确的?(　　)

A. 乙有权请求甲承担违约责任　　B. 乙应当向丙要求赔偿损失

C. 乙尚未取得货物所有权　　D. 丁应对甲承担责任

⓫ 甲忘带家门钥匙,邻居乙建议甲从自家阳台攀爬到甲家,并提供绳索以备不测,丙、丁在场协助固定绳索。甲在攀越时绳索断裂,从三楼坠地致重伤。各方当事人就赔偿事宜未达成一致,甲诉至法院。下列哪种说法是正确的?(　　)

A. 法院可以酌情让乙承担部分赔偿责任

B. 损害后果应由甲自行承担

C. 应由乙承担主要责任,丙、丁承担补充责任

D. 应由乙、丙、丁承担连带赔偿责任

⓬ 陈某外出期间家中失火,邻居家10岁的女儿刘某呼叫邻居救火,并取自家衣物参与扑火。在救火过程中,刘某手部烧伤,花去医疗费200元,衣物损失100元。下列哪种说法是正确的?(　　)

A. 陈某应偿付刘某100元　　B. 陈某应偿付刘某200元

C. 陈某应偿付刘某300元　　D. 陈某无须补偿刘某

⓭ 某市国土局一名前局长、两名前副局长和一名干部因贪污终审被判有罪。薛某在当地晚报上发表一篇报道,题为“市国土局成了贪污局”,内容为上述四人已被法院查明的主要犯罪事实。该国土局、一名未涉案的副局长、被判缓刑的前局长均以自己名誉权被侵害为由起诉薛某,要求赔偿精神损害。下列哪种说法是正确的?(　　)

A. 三原告的诉讼主张均能够成立

B. 国土局的诉讼主张成立，副局长及前局长的诉讼主张不能成立

C. 国土局及副局长的诉讼主张成立，前局长的诉讼主张不能成立

D. 三原告的诉讼主张均不能成立

⑭ 甲在某酒店就餐，邻座乙、丙因喝酒发生争吵，继而动手打斗，酒店保安见状未出面制止。乙拿起酒瓶向丙砸去，丙躲闪，结果甲头部被砸伤。甲的医疗费应当由谁承担？（　）

A. 由乙承担，酒店无责任　　B. 由酒店承担，但酒店可向乙追偿

C. 由乙承担，酒店承担补充赔偿责任　　D. 由乙和酒店承担连带赔偿责任

⑮ 某杂志社的期刊名称设计新颖，具有独特的含义，并且产生了广泛而良好的社会声誉，特咨询某律师其名称可以获得哪些法律保护。就该问题，该律师的下列哪种回答既符合法律规定又能最大限度地保护当事人的利益？（　）

A. 著作权法、商标法、反不正当竞争法

B. 著作权法、商标法

C. 著作权法、反不正当竞争法

D. 商标法、反不正当竞争法

⑯ 甲公司委托乙公司开发一种浓缩茶汁的技术秘密成果，未约定成果使用权、转让权以及利益分配办法。甲公司按约定支付了研究开发费用。乙公司按约定时间开发出该技术秘密成果后，在没有向甲公司交付之前，将其转让给丙公司。下列哪种说法是正确的？（　）

A. 该技术秘密成果的使用权只能属于甲公司

B. 该技术秘密成果的转让权只能属于乙公司

C. 甲公司和乙公司均有该技术秘密成果的使用权和转让权

D. 乙公司与丙公司的转让合同无效

⑰ 国画大师李某欲将自已的传奇人生记录下来，遂请作家王某执笔，其助手张某整理素材。王某以李某的人生经历为素材完成了自传体小说《我的艺术人生》。李某向王某支付了5万元，但未约定著作权的归属。该小说的著作权应当归谁所有？（　）

A. 归王某所有　　B. 归李某所有

C. 归王某和张某共同所有　　D. 归王某、张某和李某三人共同所有

⑱ 甲电视台获得2006年德国世界杯足球赛A队与B队比赛的现场直播权。乙电视台未经许可将甲电视台播放的比赛实况予以转播，丙电视台未经许可将乙电视台转播的实况比赛录制在音像载体上以备将来播放，丁某未经许可将丙电视台录制的该节目复制一份供其儿子观看。下列哪种说法是正确的？（　）

A. 乙电视台侵犯了A队和B队的表演者权

B. 甲电视台有权禁止乙电视台的转播行为

C. 丙电视台的录制行为没有侵犯甲电视台的权利

D. 丁的行为侵犯了甲电视台的复制权

⑲ 甲公司研制开发出一项汽车刹车装置的专利技术，委托乙公司生产该刹车装置的专用零部件。乙公司在生产过程中擅自将该种零部件出售给丙公司，致使丙公司很快也开发出同种刹车装置并投入生产。下列哪种说法是错误的？（　）

A. 乙公司的行为构成违约行为

B. 丙公司侵犯了甲公司的专利权

C. 在甲公司提起的专利侵权诉讼中，丙公司应为被告，乙公司应列为第三人

D. 该案只能由特定的中级人民法院管辖

⑳ 甲公司于2000年3月为其生产的酸奶注册了“乐乐”商标，该商标经过长期使用，在公众中享有较高声誉。2004年8月，同一地域销售牛奶的乙公司将“乐乐”登记为商号并突出宣传使用，容易使公众产生误认。下列哪种说法是正确的？（　　）

A. 乙公司的行为必须实际造成消费者误认，才侵犯甲公司的商标权

B. 即使“乐乐”不属于驰名商标，乙公司的行为也侵犯了甲公司的商标权

C. 甲公司可以直接向法院起诉要求撤销该商号登记

D. 乙公司的商号已经合法登记，应受法律保护

㉑ 甲死后留有房屋1套、存款3万元和古画1幅。甲生前立有遗嘱，将房屋分给儿子乙，存款分给女儿丙，古画赠予好友丁，并要求丁帮丙找份工作。下列哪种说法是正确的？（　　）

A. 甲的遗嘱部分无效

B. 若丁在知道受遗赠后2个月内没有作出接受的意思表示，则视为接受遗赠

C. 如古画在交付丁前由乙代为保管，若意外灭失，丁无权要求乙赔偿

D. 如丁在作出了接受遗赠的意思表示后死亡，则其接受遗赠的权利归于消灭

㉒ 张某1岁时被王某收养并一直共同生活。张某成年后，将年老多病的生父母接到自己家中悉心照顾。2000年，王某、张某的生父母相继去世。下列哪种说法是正确的？（　　）

A. 张某有权作为第一顺序继承人继承生父母的财产

B. 张某有权作为第二顺序继承人继承生父母的财产

C. 张某无权继承养父王某的财产

D. 张某可适当分得生父母的财产

㉓ 汇票持票人甲公司在汇票到期后即请求承兑人乙公司付款，乙公司明知该汇票的出票人丙公司已被法院宣告破产仍予以付款。下列哪一表述是错误的？（　　）

A. 乙公司付款后可以向丙公司行使追索权

B. 乙公司可以要求甲公司退回所付款项

C. 乙公司付款后可以向出票人丙公司的破产清算组申报破产债权

D. 在持票人请求付款时乙公司不能以丙公司被宣告破产为由而抗辩

㉔ 王某依公司法设立了以其一人为股东的有限责任公司。公司存续期间，王某实施的下列哪一行为违反公司法的规定？（　　）

A. 决定由其本人担任公司执行董事兼公司经理

B. 决定公司不设立监事会，仅由其亲戚张某担任公司监事

C. 决定用公司资本的一部分投资另一公司，但未作书面记载

D. 未召开任何会议，自作主张制订公司经营计划

㉕ 杨某持有甲有限责任公司10%的股权，该公司未设立董事会和监事会。杨某发现公司执行董事何某（持有该公司90%股权）将公司产品低价出售给其妻开办的公司，遂书面向公司监事姜某反映。姜某出于私情未予过问。杨某应当如何保护公司和自己的合法利益？（　　）

A. 提请召开临时股东会，解除何某的执行董事职务

B. 请求公司以合理的价格收回自己的股份

C. 以公司的名义对何某提起民事诉讼要求赔偿损失

D. 以自己的名义对何某提起民事诉讼要求赔偿损失

㉖ 甲上市公司在成立6个月时召开股东大会，该次股东大会通过的下列决议中哪项符合法律

规定？（　　）

A. 公司董事、监事、高级管理人员持有的本公司股份可以随时转让

B. 公司发起人持有的本公司股份自即日起可以对外转让

C. 公司收回本公司已发行股份的4%用于未来1年内奖励本公司职工

D. 决定与乙公司联合开发房地产，并要求乙公司以其持有的甲公司股份作为履行合同的质押担保

㉗ 江某是一合伙企业的合伙事务执行人，欠罗某个人债务7万元，罗某在交易中又欠合伙企业7万元。后合伙企业解散。清算中，罗某要求以其对江某的债权抵销其所欠合伙企业的债务，各合伙人对罗某的这一要求产生了分歧。下列哪种看法是正确的？（　　）

A. 江某的债务如同合伙企业债务，罗某可以抵销其对合伙企业的债务

B. 江某所负债务为个人债务，罗某不得以个人债权抵销其对合伙企业债务

C. 若江某可从合伙企业分得7万元以上的财产，则罗某可以抵销其对合伙企业的债务

D. 罗某可以抵销其债务，但江某应分得的财产不足7万元时，应就差额部分对其他合伙人承担赔偿责任

㉘ 某合伙企业原有合伙人3人，后古某申请入伙，当时合伙企业负债20万元。入伙后，合伙企业继续亏损，古某遂申请退伙，获同意。古某退伙时，合伙企业已负债50万元，但企业尚有价值20万元的财产。后合伙企业解散，用企业财产清偿债务后，尚欠70万元不能偿还。对古某在该合伙企业中的责任，下列哪种说法是正确的？（　　）

A. 古某应对70万元债务承担连带责任

B. 古某仅对其参与合伙期间新增的30万元债务承担连带责任

C. 古某应对其退伙前的50万元债务承担连带责任

D. 古某应对其退伙前的50万元债务承担连带责任，但应扣除其应分得的财产份额

㉙ 依照我国《海商法》的规定，下列哪项是正确的？（　　）

A. 承运人对集装箱装运的货物的责任期间是从货物装上船起至卸下船止

B. 上海至广州的货物运输应当适用海商法

C. 天津至韩国釜山的货物运输应当适用海商法

D. 海商法与民法规定不同时，适用民法的规定

㉚ 下列关于中外合资经营行为的哪一表述是错误的？（　　）

A. 合营各方发生纠纷可按约定在境外仲裁机构申请仲裁

B. 合营企业所需原材料、燃料可在境外购买

C. 合营企业不允许向境外银行直接筹措资金

D. 合营企业应向中国境内的保险公司投保

㉛ 南翔物流有限责任公司因严重亏损，已无法清偿到期债务。2006年6月，各债权人上门讨债无果，欲申请南翔公司破产还债。下列各债权人中谁有权申请南翔公司破产？（　　）

A. 甲公司：南翔公司租用其仓库期间，因疏于管理于2005年12月失火烧毁仓库

B. 乙公司：南翔公司拖欠其燃料款40万元应于2004年1月偿还，但该公司一直未追索

C. 丙公司：法院于2005年10月终审判决南翔公司10日内赔偿该公司货物损失20万元，该公司一直未申请执行

D. 丁公司：南翔公司就拖欠该公司货款30万元达成协议，约定于2006年10月付款

㉜ 汪某与李某拟设立一注册资本为50万元的有限责任公司，其中汪某出资60%，李某出资

40%。在他们拟订的公司章程中,下列哪项条款是不合法的?( )

A. 公司不设董事会,公司的法人代表由公司经理担任

B. 公司不设监事会,公司的执行监事由股东汪某担任

C. 公司利润在弥补上一年度亏损并提取公积金后,由股东平均分配

D. 公司经营期限届满前,股东不得要求解散公司

㉝ 某保险公司开设一种人寿险:投保人逐年缴纳一定保费至60岁时可获得20万元保险金,保费随起保年龄的增长而增加。41岁的某甲精心计算后发现,若从46岁起投保,可最大限度降低保费,遂在向保险公司投保时谎称自己46岁。3年后保险公司发现某甲申报年龄不实。对此,保险公司应如何处理?( )

A. 因某甲谎报年龄,可以主张合同无效

B. 解除与某甲的保险合同,所收保费不予退还

C. 对某甲按41岁起保计算,对多收部分保费退还某甲或冲抵其以后应缴纳的保费

D. 解除与某甲的保险合同,所收保费扣除手续费后退还某甲

㉞ 下列关于公司分类的哪一表述是错误的?( )

A. 一人公司是典型的人合公司

B. 上市公司是典型的资合公司

C. 非上市股份公司是资合为主兼具人合性质的公司

D. 有限责任公司是以人合为主兼具资合性质的公司

㉟ 下列关于民事诉讼和仲裁异同的哪一表述是正确的?( )

A. 法院调解达成协议一般不能制作判决书,而仲裁机构调解达成协议可以制作裁决书

B. 从理论上说,诉讼当事人无权确定法院审理和判决的范围,仲裁当事人有权确定仲裁机构审理和裁决的范围

C. 对法院判决不服的,当事人有权上诉或申请再审,对于仲裁机构裁决不服的可以申请重新仲裁

D. 当事人对于法院判决和仲裁裁决都有权申请法院裁定不予执行

㊱ 甲公司与乙公司就某一合同纠纷进行仲裁,达成和解协议,向仲裁委员会申请撤回仲裁申请。后乙公司未按和解协议履行其义务。甲公司应如何解决此纠纷?( )

A. 甲公司可以依据原仲裁协议重新申请仲裁

B. 甲公司只能向法院提起诉讼

C. 甲公司既可以向法院提起诉讼,也可以与乙公司重新达成仲裁协议申请仲裁

D. 甲公司可以向仲裁委员会申请恢复仲裁程序

㊲ 根据我国民事诉讼法和相关司法解释的规定,下列关于审判组织的哪一表述是错误的?( )

A. 第二审程序中只能由审判员组成合议庭

B. 二审法院裁定发回重审的案件,原审法院可以由审判员与陪审员共同组成合议庭

C. 法院适用特别程序,只能采用独任制

D. 独任制只适用于基层法院及其派出法庭

㊳ 甲、乙为夫妻,育有一女丙。甲向法院起诉要求与乙离婚,一审法院判决准予离婚,乙不服提起上诉。在二审中,乙因病去世。下列关于本案后续程序的哪一表述是正确的?( )

A. 因上诉人死亡无法到庭参加审理,应当视为撤回上诉

B. 法院可以根据上诉材料缺席判决

C. 法院应当通知其女儿丙参加诉讼

D. 法院应当裁定终结诉讼程序

㊴ 甲起诉乙支付货款。一审判决后，乙提起上诉，并提出产品质量存在问题，要求甲赔偿损失。下列关于二审法院处理本案方式的哪一表述是正确的？（ ）

A. 应当将双方的请求合并审理一并作出判决

B. 应当将双方的请求合并进行调解，调解不成的，发回重审

C. 应当将双方的请求合并进行调解，调解不成的，对赔偿损失的请求发回重审

D. 应当将双方的请求合并进行调解，调解不成的，告知乙对赔偿损失的请求另行起诉

㊵ 甲县居民刘某与乙县大江房地产公司在丙县售房处签订了房屋买卖合同，购买大江公司在丁县所建住房1套。双方约定合同发生纠纷后，可以向甲县法院或者丙县法院起诉。后因房屋面积发生争议，刘某欲向法院起诉。下列关于管辖权的哪种说法是正确的？（ ）

A. 甲县和丙县法院有管辖权　　B. 只有丁县法院有管辖权

C. 乙县和丁县法院有管辖权　　D. 丙县和丁县法院有管辖权

㊶ 乙租住甲的房屋，甲起诉乙支付拖欠的房租。在诉讼中，甲放弃乙支付房租的请求，但要求法院判令解除与乙的房屋租赁合同。下列关于本案的哪种说法是正确的？（ ）

A. 甲的主张是诉讼标的的变更　　B. 甲的主张是诉讼请求的变更

C. 甲的主张是诉的理由的变更　　D. 甲的主张是原因事实的变更

㊷ 甲起诉乙请求离婚，一审判决不准离婚，甲不服提起上诉。二审法院审理后认为应当判决离婚。本案诉讼程序应当如何进行？（ ）

A. 对离婚、子女抚养和财产问题一并进行调解，调解不成的，发回重审

B. 直接改判离婚，并对子女抚养和财产问题进行调解，调解不成的，将子女抚养和财产问题发回重审

C. 直接改判离婚，并对子女抚养和财产问题进行调解，调解不成的，子女抚养和财产问题另案处理

D. 直接改判离婚，子女抚养和财产问题一并判决

㊸ 甲公司董事会作出一项决议，部分股东认为该决议违反公司章程，欲通过诉讼请求法院撤销董事会的决议。这些股东应当如何提起诉讼？（ ）

A. 以股东会名义起诉公司　　B. 以公司名义起诉董事会

C. 以股东名义起诉董事会　　D. 以股东名义起诉公司

㊹ 张某起诉周某人身损害赔偿一案，被告答辩提出原告的请求超过诉讼时效，法院应当如何处理？（ ）

A. 裁定不予受理　　B. 裁定驳回起诉

C. 受理后通过审理判决驳回诉讼请求　　D. 受理后通过审理裁定驳回起诉

㊺ 某法院对齐某诉黄某借款一案作出判决，黄某提起上诉。在一审法院将诉讼材料报送二审法院前，齐某发现黄某转移财产。下列关于本案财产保全的哪种说法是正确的？（ ）

A. 齐某向二审法院提出申请，由二审法院裁定财产保全

B. 齐某向二审法院提出申请，二审法院可以指令一审法院裁定财产保全

C. 齐某向一审法院提出申请，一审法院将申请报送二审法院裁定财产保全

D. 齐某向一审法院提出申请，由一审法院裁定财产保全

㊻ 甲公司诉乙公司合同纠纷一案，双方达成调解协议。法院制作调解书并送达双方当事人后，发现调解书的内容与双方达成的调解协议不一致，应当如何处理？（ ）

A. 应当根据调解协议，裁定补正调解书的相关内容

B. 将原调解书收回，按调解协议内容作出判决

C. 应当适用再审程序予以纠正

D. 将原调解书收回，重新制作调解书送达双方当事人

㊼ 民事诉讼中下列哪种证据属于间接证据？（ ）

A. 无法与原件、原物核对的复印件、复制品

B. 无正当理由未出庭作证的证人证言

C. 证明夫妻感情破裂的证据

D. 与一方当事人或者代理人有利害关系的证人出具的证言

㊽ 下列哪种民事诉讼案件不能适用简易程序审理？（ ）

A. 当事人协议不适用简易程序的案件

B. 起诉时被告被监禁的案件

C. 发回重审的案件

D. 共同诉讼案件

㊾ 某省高级人民法院依照审判监督程序审理某案，发现张某是必须参加诉讼的当事人，而一、二审法院将其遗漏。在这种情况下该省高级人民法院应当如何处理？（ ）

A. 可以通知张某参加诉讼，并进行调解，调解不成的，裁定撤销二审判决，发回二审法院重审

B. 可以通知张某参加诉讼，并进行调解，调解不成的，裁定撤销一、二审判决，发回一审法院重审

C. 应当直接裁定撤销二审判决，发回二审法院重审

D. 只能直接裁定撤销一、二审判决，发回一审法院重审

㊿ 李某诉赵某解除收养关系，一审判决解除收养关系，赵某不服提起上诉。二审中双方和解，维持收养关系，向法院申请撤诉。关于本案下列哪一表述是正确的？（ ）

A. 二审法院应当准许当事人的撤诉申请

B. 二审法院可以依当事人和解协议制作调解书，送达双方当事人

C. 二审法院可以直接改判

D. 二审法院可以裁定撤销原判

二、多项选择题。每题所设选项中至少有两个正确答案，多选、少选、错选或不选均不得分。本部分含51～90题，每题2分，共80分。

51 甲欠乙20万元到期无力偿还，其父病故后遗有价值15万元的住房1套，甲为唯一继承人。乙得知后与甲联系，希望以房抵债。甲便对好友丙说："反正这房子我继承了也要拿去抵债，不如送给你算了。"二人遂订立赠与协议。下列哪些说法是错误的？

A. 乙对甲的行为可行使债权人撤销权

B. 乙可主张赠与协议无效

C. 乙可代位行使甲的继承权

D. 丙无权对因受赠房屋瑕疵造成的损失请求甲赔偿

52 下列关于合同解除的哪些说法是正确的？（ ）

A. 委托人或者受托人都可以随时解除委托合同

B. 不定期租赁合同的双方当事人可以随时解除合同

C. 承揽合同中的定作人可以随时解除合同

D. 在承运人将货物交付收货人之前,托运人可以解除运输合同

53 育才中学委托利达服装厂加工500套校服,约定材料由服装厂采购,学校提供样品,取货时付款。为赶时间,利达服装厂私自委托恒发服装厂加工100套。育才中学按时前来取货,发现恒发服装厂加工的100套校服不符合样品要求,遂拒绝付款。利达服装厂则拒绝交货。下列哪些说法是正确的?(　　)

A. 育才中学可以以利达服装厂擅自外包为由解除合同

B. 如育才中学不支付酬金,利达服装厂可拒绝交付校服

C. 如育才中学不支付酬金,利达服装厂可对样品行使留置权

D. 育才中学有权要求恒发服装厂承担违约责任

54 甲企业借给乙企业20万元,期满未还。丙欠乙20万元货款也已到期,乙曾向丙发出催收通知书。乙、丙之间的供货合同约定,若因合同履行发生争议,由Y仲裁委员会仲裁。下列哪些选项是错误的?(　　)

A. 甲对乙的20万元债权不合法,故甲不能行使债权人代位权

B. 乙曾向丙发出债务催收通知书,故甲不能行使债权人代位权

C. 甲应以乙为被告、丙为第三人提起代位权诉讼

D. 乙、丙约定的仲裁条款不影响甲对丙提起代位权诉讼

55 甲、乙、丙、丁分别购买了某住宅楼(共四层)的一至四层住宅,并各自办理了房产证。下列哪些说法是正确的?(　　)

A. 甲、乙、丙、丁有权分享该住宅楼的外墙广告收入

B. 一层住户甲对三四层间楼板不享有民事权利

C. 若甲出卖其住宅,乙、丙、丁享有优先购买权

D. 如四层住户丁欲在楼顶建一花圃,须得到甲、乙、丙同意

56 甲为了能在自己房中欣赏远处风景,便与相邻的乙约定:乙不在自己的土地上建造高层建筑,作为补偿,甲一次性支付给乙4万元。两年后,甲将该房屋转让给丙,乙将该土地使用权转让给丁。下列哪些判断是错误的?(　　)

A. 甲、乙之间的约定为有关相邻关系的约定

B. 丙可禁止丁建高楼,且无须另对丁进行补偿

C. 若丁建高楼,丙只能要求甲承担违约责任

D. 甲、乙之间约定因房屋和土地使用权转让而失去效力

57 甲对乙享有10万元到期债权,乙对丙也享有10万元到期债权,三方书面约定,由丙直接向甲清偿。下列哪些说法是正确的?(　　)

A. 丙可以向甲主张其对乙享有的抗辩权

B. 丙可以向甲主张乙对甲享有的抗辩权

C. 若丙不对甲清偿,甲可以要求乙清偿

D. 若乙对甲清偿,则构成代为清偿

58 甲在某网站上传播其自拍的生活照,乙公司擅自下载这些生活照并配上文字说明后出版成书。丙书店购进该书销售。下列哪些说法是正确的?(　　)

A. 乙公司侵犯了甲的发表权

B. 乙公司侵犯了甲的复制权

C. 乙公司侵犯了甲的肖像权

D. 丙书店应当承担侵权责任

59 下列关于保证债务诉讼时效的哪些表述是正确的?( )

A. 保证期间届满后,不必再起算保证债务的诉讼时效

B. 保证债务的诉讼时效起算后,不必再计算保证期间

C. 保证债务的诉讼时效随主债务诉讼时效中止而中止

D. 保证债务的诉讼时效随主债务诉讼时效中断而中断

60 甲与乙结婚后因无房居住,于2000年8月1日以个人名义向丙借10万元购房,约定5年后归还,未约定是否计算利息。后甲外出打工与人同居。2004年4月9日,法院判决甲与乙离婚,家庭财产全部归乙。下列哪些说法是错误的?( )

A. 借期届满后,丙有权要求乙偿还10万元及利息

B. 借期届满后,丙只能要求甲偿还10万元

C. 借期届满后,丙只能要求甲和乙分别偿还5万元

D. 借期届满后,丙有权要求甲和乙连带清偿10万元及利息

61 甲根据乙的选择,向丙购买了1台大型设备,出租给乙使用。乙在该设备安装完毕后,发现不能正常运行。下列哪些判断是正确的?( )

A. 乙可以基于设备质量瑕疵而直接向丙索赔

B. 甲不对乙承担违约责任

C. 乙应当按照约定支付租金

D. 租赁期满后由乙取得该设备的所有权

62 甲大学与乙公司签订建设工程施工合同,由乙为甲承建新教学楼。经甲同意,乙将主体结构的施工分包给丙公司。后整个教学楼工程验收合格,甲向乙支付了部分工程款,乙未向丙支付工程款。下列哪些表述是错误的?( )

A. 乙、丙之间分包合同有效

B. 甲可以撤销与乙之间的建设工程施工合同

C. 丙可以以乙为被告诉请支付工程款

D. 丙可以以甲为被告诉请支付工程款,但法院应当追加乙为第三人

63 "花果山"市出产的鸭梨营养丰富,口感独特,远近闻名,当地有关单位拟对其采取的保护措施中,哪些是不合法的?( )

A. 将"花果山"申请注册为集体商标,使用于鸭梨上

B. 将"花果山"申请注册为证明商标,使用于鸭梨上

C. 将鸭梨的形状申请注册为立体商标,使用于鸭梨上

D. 将"香梨"申请注册为文字商标,使用于鸭梨上

64 甲公司的游戏软件工程师刘某利用业余时间开发的"四国演义"游戏软件被乙公司非法复制,丙书店从无证书贩手中低价购进该盗版软件,丁公司从丙书店以正常价格购买该软件在其经营的游戏机上安装使用。下列哪些说法是正确的?

A. 甲公司应当对刘某进行奖励

B. 丙书店应当承担赔偿损失等法律责任

C. 丁公司不承担赔偿责任

D. 乙公司、丙书店应当承担共同侵权的民事责任

65 某化工厂排放的废水流入某湖后,发生大量鱼类死亡事件。在是否承担赔偿责任问题上,该化工厂的哪些抗辩理由即使有证据支持也不能成立?( )

A. 其排放的废水完全符合规定的排放标准

B. 另一工厂排放的废水足以导致湖中鱼类死亡

C. 该化工厂主观上没有任何过错

D. 原告的赔偿请求已经超过2年的诉讼时效

66 网名“我心飞飞”的21岁女子甲与网名“我行我素”的25岁男子乙在网上聊天后产生好感，乙秘密将甲裸聊的镜头复制保存。后乙要求与甲结婚，甲不同意。乙威胁要公布其裸聊镜头，甲只好同意结婚并办理了登记。下列哪些说法是错误的？（ ）

A. 甲可以自婚姻登记之日起1年内请求撤销该婚姻

B. 甲可以在婚姻登记后以没有感情基础为由起诉要求离婚

C. 甲有权主张该婚姻无效

D. 乙侵犯了甲的隐私权

67 唐某有甲、乙、丙成年子女三人，于2002年收养了孤儿丁，但未办理收养登记。甲生活条件较好但未对唐某尽赡养义务，乙丧失劳动能力又无其他生活来源，丙长期和甲共同生活。2004年5月唐某死亡，因分配遗产发生纠纷。下列哪些说法是正确的？（ ）

A. 甲应当不分或者少分遗产

B. 乙应当多分遗产

C. 丙可以多分遗产

D. 丁可以分得适当的遗产

68 甲、乙二公司与刘某、谢某欲共同设立一注册资本为200万元的有限责任公司，他们在拟订公司章程时约定各自以如下方式出资。下列哪些出资是不合法的？（ ）

A. 甲公司以其企业商誉评估作价80万元出资

B. 乙公司以其获得的某知名品牌特许经营权评估作价60万元出资

C. 刘某以保险金额为20万元的保险单出资

D. 谢某以其设定了抵押担保的房屋评估作价40万元出资

69 金某是甲公司的小股东并担任公司董事，因其股权份额仅占10%，在5人的董事会中也仅占1席，其意见和建议常被股东会和董事会否决。金某为此十分郁闷，遂向律师请教维权事宜。在金某讲述的下列事项中，金某可以就哪些事项以股东身份对公司提起诉讼？（ ）

A. 股东会决定：为确保公司的经营秘密，股东不得查阅公司会计账簿

B. 董事会任期届满，但董事长为了继续控制公司，拒绝召开股东会改选董事

C. 董事会不顾金某反对制订了甲公司与另一公司合并的方案

D. 股东会决定：公司监事调查公司经营情况时，若无法证明公司经营违法的，其调查费用自行承担

70 甲、乙、丙、丁设立一合伙企业，乙是合伙事务的执行人。企业存续期间，甲转让部分合伙份额给丁用于偿债并告知了乙、丙。后甲经乙同意又将部分份额送给其情人杨某。甲妻知情后与甲发生冲突，失手杀死甲而被判刑。甲死后，其妻和16岁的儿子要求继承甲在合伙企业中的份额，各合伙人同意甲妻和甲子的请求。下列哪些表述是正确的？（ ）

A. 丁受让甲的合伙份额为有效

B. 杨某能够取得甲赠与的合伙份额

C. 甲妻可以取得合伙人资格

D. 甲子可以取得合伙人资格

71 甲、乙二公司拟募集设立一股份有限公司。他们在获准向社会募股后实施的下列哪些行为是违法的？（ ）

A. 其认股书上记载：认股人一旦认购股份就不得撤回

B. 与某银行签订承销股份和代收股款协议，由该银行代售股份和代收股款

C. 在招股说明书上告知:公司章程由认股人在创立大会上共同制订

D. 在招股说明书上告知:股款募足后将在60日内召开创立大会

❼❷ 依照我国《海商法》的规定,附于甲轮上的船舶优先权会因下列哪些原因而消灭?(　　)

A. 甲轮沉没

B. 甲轮原船东将该船出售给另一船公司

C. 甲轮被法院强制出售

D. 请求人在船舶优先权产生之日起满1年仍不行使

❼❸ 甲公司于2006年3月2日签发同城使用的支票1张给乙公司,金额为10万元人民币,付款人为丁银行。次日,乙公司将支票背书转让给丙公司。2006年3月17日,丙公司请求丁银行付款时遭拒绝。丁银行拒绝付款的正当理由有哪些?(　　)

A. 丁银行不是该支票的债务人

B. 甲公司在丁银行账户上的存款仅有2万元人民币

C. 该支票的债务人应该是甲公司和乙公司

D. 丙公司未按期提示付款

❼❹ 某房地产开发公司被法院宣告破产。就该破产企业清偿顺序问题,下列哪些说法是正确的?(　　)

A. 该破产企业所拖欠的民工工资按第一顺序清偿

B. 该破产企业拖欠施工单位的工程欠款可以在破产清算程序开始前受偿

C. 因延期交房给购房人造成的损失按照破产债权清偿

D. 该公司员工向公司的投资款按照破产债权清偿

❼❺ 下列关于保险合同原则的哪些表述是错误的?(　　)

A. 自愿原则是指保险当事人双方可以自由决定保险范围和保费费率

B. 保险利益原则的根本目的是有效弥补投保人的损失

C. 近因原则中的近因是指造成保险标的损害的主要的、决定性的原因

D. 最大诚信原则对保险人的主要要求是及时全面地赔付保险金

❼❻ 下列关于公示催告程序特点的哪些说法是正确的?(　　)

A. 公示催告程序仅适用于基层人民法院

B. 公示催告程序实行一审终审

C. 公示催告程序中没有答辩程序

D. 公示催告程序中没有开庭审理程序

❼❼ 当事人对法院作出的下列哪些民事决定有权申请复议?(　　)

A. 关于再审的决定　　B. 关于回避的决定

C. 关于罚款的决定　　D. 关于拘留的决定

❼❽ 甲向法院申请执行乙的财产,乙除对案外人丙享有到期债权外,并无其他财产可供执行。法院根据甲的申请,通知丙向甲履行债务。但丙提出其与乙之间的债权债务关系存在争议,拒不履行。法院对此如何处理?(　　)

A. 强制执行丙的财产　　B. 不得对丙强制执行

C. 中止对乙的执行　　D. 裁定驳回甲对乙的执行申请

❼❾ 甲因乙拒不归还到期借款而向法院申请支付令。法院审查后向乙发出支付令。下列哪些说

法是正确的？（　　）

A. 乙可以向法院提出异议，由法院审查异议理由是否成立

B. 乙可以向法院提出异议，法院不审查理由

C. 乙在法定期间既不提出异议也不履行的，甲可以向法院申请强制执行

D. 乙在法定期间内向本院就该借款纠纷起诉的，支付令失效

80 王某是某电网公司员工，在从事高空作业时受伤，为赔偿问题与电网公司发生争议。王某可以采用哪些方式处理争议？（　　）

A. 可以向本公司劳动争议调解委员会申请调解，调解不成的，可以申请劳动仲裁

B. 可以直接向劳动争议仲裁委员会申请仲裁，对仲裁裁决不服的，可以向法院提起诉讼

C. 可以不申请劳动仲裁而直接向法院起诉

D. 如果进行诉讼并按简易程序处理，法院开庭审理时，可以申请先行调解

81 关于法院按公示催告程序作出的判决，下列哪些表述是正确的？（　　）

A. 可称之为无效判决

B. 可称之为除权判决

C. 是可以再审的判决

D. 利害关系人可以在判决公告之日起 1 年内起诉

82 根据法律规定，权利人或利害关系人有证据证明他人正在实施或者即将实施侵犯其权利的行为，可以在起诉前向法院申请采取责令停止有关行为和财产保全的措施。下列哪些行为可以申请采取该措施？（　　）

A. 著作权人或者与著作权有关的权利人对于侵犯著作权的行为

B. 专利权人或者利害关系人对于侵犯其专利权的行为

C. 商标注册人或者利害关系人对于侵犯其注册商标专用权的行为

D. 继承人对于侵犯其应继承财产的行为

83 齐某被宏大公司的汽车撞伤，诉至法院要求赔偿损失。下列关于本案举证责任的哪些说法是正确的？（　　）

A. 原告齐某应当举证证明是被宏大公司的汽车所撞受伤

B. 原告齐某应当对自己受到的损失承担举证责任

C. 被告宏大公司应当对其主张的自己没有过错承担举证责任

D. 被告宏大公司应当对其主张的原告齐某有主观故意承担举证责任

84 根据民事诉讼法和有关司法解释，当事人可以约定下列哪些事项？（　　）

A. 约定合同案件的管辖法院　　B. 约定离婚案件的管辖法院

C. 约定举证时限　　D. 约定合议庭的组成人员

85 下列关于仲裁裁决的哪些观点是正确的？（　　）

A. 当事人可以请求仲裁庭根据双方的和解协议作出裁决

B. 仲裁庭可以根据双方当事人达成的调解协议作出裁决

C. 仲裁裁决应当根据仲裁庭多数仲裁员的意见作出，形不成多数意见的，由仲裁委员会讨论决定

D. 仲裁裁决一经作出立即发生法律效力

86 下列哪些民事案件法院不予调解？（　　）

A. 适用公示催告程序的案件　　B. 请求确认婚姻无效的案件

C. 请求确认收养无效的案件　　D. 选民资格案件

87 根据民事诉讼法的规定，下列哪些情况下，法院应当裁定终结执行？（　）

A. 申请执行人撤销申请　　B. 据以执行的法律文书被撤销

C. 追索赡养费案件的权利人死亡　　D. 案外人对执行标的提出了确有理由的异议

88 某大学4名师生联名起诉甲公司污染某条大河，请求判决甲公司出资治理该河流的污染。起诉者除列了4名师生外，还列了该河流中的某著名岛屿作为原告，法院没有受理。对此下列哪些说法符合法律规定？（　）

A. 只有自然人和法人能够成为民事诉讼当事人

B. 本案当事人不适格

C. 本案属于侵权诉讼，被污染河段流经地区的法院均有管辖权

D. 本案起诉属于公益诉讼，现行民事诉讼法没有规定

89 根据民事诉讼法的规定，第二审程序与审判监督程序具有下列哪些区别？（　）

A. 第二审程序与审判监督程序合议庭的组成形式不尽相同

B. 适用第二审程序以开庭审理为原则，而适用审判监督程序以书面审理为原则

C. 第二审程序中法院可以以调解方式结案，而适用审判监督程序不适用调解

D. 适用第二审程序作出的裁判是终审裁判，适用审判监督程序作出的裁判却未必是终审裁判

90 在民事诉讼中，法院对下列哪些事项可以不经当事人申请而作出处理？（　）

A. 诉讼中裁定财产保全　　B. 决定回避

C. 裁定移送管辖　　D. 裁定先予执行

三、不定项选择题。每题所设选项中至少有一个正确答案，多选、少选、错选或不选均不得分。本部分含91～100题，每题2分，共20分。

（一）

房地产开发企业甲急欲销售其开发的某住宅区的最后1套别墅，遂打电话向乙、丙、丁发出售房要约，并声明该要约的有效期为1个月。要约发出后第10日，甲与乙签订买卖合同并交付该别墅，乙支付了全部房款，但未办理产权变更登记。第21日，甲与不知情的丙签订买卖合同并办理了产权变更登记。第25日，甲又与不知情的丁签订了买卖合同。第26日，该别墅被意外焚毁。请回答91～93题。

91 下列关于甲、乙、丙之间关系的何种表述是正确的？（　）

A. 甲、乙之间买卖合同有效

B. 甲、丙之间买卖合同无效，因该合同损害乙的利益

C. 甲不应向丙承担不能交付房屋的违约责任，因为房屋系意外焚毁

D. 丙应负担房屋被焚毁的风险

92 下列关于甲、丁之间买卖合同的何种表述是正确的？（　）

A. 合同因欺诈而可撤销

B. 合同因自始履行不能而无效

C. 合同因无权处分而效力待定

D. 如果合同被撤销，则甲应向丁承担缔约过错责任

93 下列关于乙的权利义务的何种表述是正确的？（　）

A. 若房屋未焚毁，丙有权要求乙搬离房屋

B. 若房屋未焚毁，法院应确认该房屋为乙所有

C. 乙对房屋的占有为善意、自主占有

D. 乙应向丙赔偿因房屋焚毁而造成的损失

(二)

甲公司出资70%,乙公司出资30%共同设立有限责任公司丙(注册资本2000万元),双方的《投资协议》约定:丙公司董事会成员为三人,第一任董事长由乙公司推荐、财务总监由甲公司推荐;股东拒绝参加股东会会议的,不影响股东会决议的效力。请回答94～96题。

94 若丙公司章程对《投资协议》的内容予以确认,则丙公司董事会的下列何种行为符合法律规定?(　　)

A. 选举乙公司董事长帅某为丙公司董事长

B. 任命公司监事、甲公司代表马某为财务总监

C. 任命帅某为公司总经理

D. 决定斥资500万元参股某广告公司

95 丙公司成立后签订了收购乙公司资产的合同并已支付部分价款。甲公司为获得丙公司的经营控制权,于某日提请召开临时董事会,该次临时董事会作出的下列何种决议违反公司法的规定?(　　)

A. 收购乙公司资产的未付价款暂停支付

B. 同意甲公司代表秦某辞去丙公司监事职务,改任丙公司董事

C. 任命秦某担任丙公司总经理

D. 解除帅某的公司总经理职务

96 为控制丙公司,秦某以甲公司的名义和丙公司董事的名义提请召开临时股东会,并于合法时间内通知了乙公司,乙公司和帅某未到会。秦某与代表甲公司的另一董事决定由秦某主持会议,并作出了更换公司董事和董事长的临时股东会决议。下列关于该股东会决议效力的何种说法是正确的?(　　)

A. 该股东会提议程序违法,故决议无效

B. 该股东会召集和主持程序违法,故决议无效

C. 该股东会无乙公司参加,故决议无效

D. 该股东会程序合法,且乙公司是自动弃权,故决议有效

(三)

刘某从海塘公司购买红木家具1套,价款为3万元,双方签订合同,约定如发生纠纷可向北京仲裁委员会申请仲裁。交付后,刘某发现该家具并非红木制成,便向仲裁委员会申请仲裁,请求退货。请回答97～100题。

97 双方在仲裁过程中对仲裁程序所作的下列何种约定是有效的?(　　)

A. 双方不得委托代理人

B. 即使达不成调解协议,也以调解书的形式结案

C. 裁决书不写争议事实和裁决理由

D. 双方对裁决不得申请撤销

98 向海塘公司提供木材的红木公司可以以何种身份参加该案件的仲裁程序?(　　)

A. 证人　　B. 第三人

C. 鉴定人　　D. 被申请人

99 如果裁决退货,海塘公司不服,可以以何种方式获得救济?(　　)

A. 向仲裁委员会所在地的中级人民法院申请撤销仲裁裁决

B. 向本公司所在地的中级人民法院申请撤销仲裁裁决

C. 向仲裁委员会所在地的中级人民法院申请裁定不予执行

D. 向执行法院申请裁定不予执行

⑩⓪ 如果仲裁过程中海塘公司向仲裁委员会提交了双方在交付家具时签订的《补充协议》，该协议约定将纠纷处理方式变更为诉讼，这种情况下仲裁委员会应当如何处理？（　　）

A. 仲裁委员会有权对是否继续仲裁审理作出裁决

B. 仲裁委员会应当裁决驳回仲裁申请，当事人可向法院起诉

C. 仲裁委员会应当继续仲裁，裁决作出后当事人可以以没有有效的仲裁协议为由申请撤销仲裁裁决

D. 仲裁委员会应当继续仲裁，裁决作出后当事人不得以没有有效的仲裁协议为由申请撤销仲裁裁决

试 卷 四 自测

提示：本试卷为简答题、案例分析题、论述题。请按题序在答题纸对应位置上书写答案，勿在卷面上直接作答。

一、(本题16分)

案情：王某与甲公司于2004年2月签订合同，约定王某以40万元向甲公司购买1辆客车，合同签订之日起1个月内支付30万元，余款在2006年2月底前付清，并约定在王某付清全款之前该车所有权仍属甲公司。王某未经其妻同意，以自家住房(婚后购买，房产证登记所有人为王某)向乙银行抵押借款30万元，并办理了抵押登记。王某将30万元借款支付给甲公司后购回客车。王某请张某负责跟车经营，并商定张某按年终纯收入的5%提成，经营中发生的一切风险责任由王某承担。2005年6月，该车营运途中和一货车相撞，车内乘客李某受重伤，经救治无效死亡。客车因严重受损被送往丁厂修理，需付费3万元。经有关部门认定，货车驾驶员唐某违章驾驶，应对该交通事故负全责。后王某以事故责任在货车方为由拒付修理费，丁厂则拒绝交车。2005年12月，因王某借款到期未还，乙银行申请法院对该客车采取财产保全措施，并请求对王某住房行使抵押权。

问题：

1. 王某和张某之间是否成立合伙关系？为什么？
2. 乙银行能否对王某住房行使抵押权？为什么？
3. 丁厂拒绝交车是否合法？为什么？
4. 王某应否对李某的继承人承担支付赔偿金的责任？为什么？
5. 法院对客车采取财产保全措施是否合法？为什么？
6. 唐某应否承担刑事责任？为什么？

二、(本题20分)

案情：甲公司签发金额为1000万元、到期日为2006年5月30日、付款人为大满公司的汇票一张，向乙公司购买A楼房。甲乙双方同时约定：汇票承兑前，A楼房不过户。

其后，甲公司以A楼房作价1000万元、丙公司以现金1000万元出资共同设立丁有限公司。某会计师事务所将未过户的A楼房作为甲公司对丁公司的出资予以验资。丁公司成立后占有使用A楼房。

2005年9月，丙公司欲退出丁公司。经甲公司、丙公司协商达成协议：丙公司从丁公司取得退款1000万元后退出丁公司；但顾及公司的稳定性，丙公司仍为丁公司名义上的股东，其原持有丁公司50%的股份，名义上仍由丙公司持有40%，其余10%由丁公司总经理贾某持有，贾某暂付200万元给丙公司以获得上述10%的股权。丙公司依此协议获款后退出，据此，丁公司变更登记为：甲公司、丙公司、贾某分别持有50%、40%和10%的股权；注册资本仍为2000万元。

丙公司退出后，甲公司要求丁公司为其贷款提供担保，在丙公司代表未到会、贾某反对的情况下，丁公司股东会通过了该担保议案。丁公司遂为甲公司从B银行借款500万元提供了连带责任保证担保，同时，乙公司亦将其持有的上述1000万元汇票背书转让给陈某。陈某要求丁公司提供担保，丁公司在汇票上签注："同意担保，但A楼房应过户到本公司。"陈某向大满公司提示承兑该汇票时，大满公司在汇票上批注："承兑，到期丁公司不垮则付款。"

2006年6月5日，丁公司向法院申请破产获受理并被宣告破产。债权申报期间，陈某以汇票未获兑付为由、贾某以替丁公司代垫了200万元退股款为由向清算组申报债权，B银行也以丁公司应负担保责任为由申报债权并要求对A楼房行使优先受偿权。同时乙公司就A楼房向清算组申请行使取回权。

问题：

1. 丁公司的设立是否有效？为什么？
2. 丙退出丁公司的做法是否合法？为什么？
3. 丁公司股东会关于为甲公司提供担保的决议是否有效？为什么？
4. 陈某和贾某所申报的债权是否构成破产债权？为什么？
5. B银行和乙公司的请求是否应当支持？为什么？
6. 各债权人若在破产程序中得不到完全清偿，还可以向谁追索？他们各自应承担什么责任？

三、(本题18分)

案情：老方创作的纪实小说《村支书的苦与乐》，以某县吴村村支部书记吴某为原型进行创作，其中描述了他与村霸林申(以林甲为原型)之间斗智斗勇的冲突场面。小说在《山南海北》杂志发表后，林甲认为小说将村支书作为正义的化身进行描述，将自己作为“村霸”进行刻画，侵犯其名誉权。林甲起诉老方，请求赔偿经济损失2万元并赔礼道歉。

法院受理本案后，追加杂志社为共同被告。由于林甲死亡，法院变更其子林乙为原告，其后又准许林乙将请求赔偿经济损失的数额变更为3万元。一审过程中，被告提出了当地镇党委处理林甲相关问题的决定(档案材料)作为证据，证明小说的描述有事实根据。一审判决认为，镇党委办公室虽然给老方提供了处理决定(档案材料)，但并未明确同意可据此创作小说，故该材料不能作为证据；同时认为，杂志社编辑与作家老方和林甲虽不认识，难以核实有关事实，但也不能免除侵权责任，故认定老方和杂志社构成侵权，判决赔偿经济损失3万元，并在《山南海北》上刊登小说情节失实的声明以消除影响。判决未涉及赔礼道歉的问题。

林乙、老方和杂志社均提出了上诉，二审法院经过书面审查，未接触当事人，直接裁定撤销原判发回重审。一审法院经过重审，判决支持了原告的全部诉讼请求，双方当事人均未再提出上诉。老方和杂志社在判决确定的期限内履行了赔偿义务，但拒绝赔礼道歉。

问题：

1. 林甲起诉后能否申请法院责令杂志社停止本期的发行？依据何在？
2. 林乙在诉讼结束后能否另案起诉，请求老方赔偿精神损害？为什么？
3. 如何评价法院在一审程序中的做法？
4. 如何评价法院一审判决？为什么？
5. 本案二审当事人的诉讼地位应当如何确定？如何评价二审法院裁定发回重审的程序？
6. 若林乙对赔礼道歉的判决内容申请强制执行，法院对本案义务人可采取哪些措施？

四、(本题26分)

案情：甲在2003年10月15日见路边一辆面包车没有上锁，即将车开走，前往A市。行驶途中，行人乙拦车要求搭乘，甲同意。甲见乙提包内有巨额现金，遂起意图财。行驶到某偏僻处时，甲谎称发生故障，请乙下车帮助推车。乙将手提包放在面包车座位上，然后下车。甲乘机发动面包车欲逃。乙察觉出甲的意图后，紧抓住车门不放，被面包车拖行10余米。甲见乙仍不松手并跟着车跑，便加速疾驶，使乙摔倒在地，造成重伤。乙报警后，公安机关根据汽车号牌将甲查获。

讯问过程中，虽有乙的指认并查获赃物，但甲拒不交代。侦查人员丙、丁对此十分气愤，对甲进行殴打，造成甲轻伤。在这种情况下，甲供述了以上犯罪事实，同时还交代了其在B市所犯的以下罪行：2003年6月的一天，甲于某小学放学之际，在校门前拦截了一名一年级男生，将其骗走，随即带该男生到某个体商店，向商店老板购买价值5000余元的高档烟酒。在交款时，甲声称未带够钱，将男生留在商店，回去拿钱交款后再将男生带走。商店老板以为男生是甲的儿子便同意了。甲携带烟酒逃之夭夭。公安机关查明，甲身边确有若干与甲骗来的烟酒名称相同的烟酒，但未能查找到商店老板和男生。

本案移送检察机关审查起诉后，甲称其认罪口供均系侦查人员丙、丁对他刑讯逼供所致，推翻了以前所有的有罪供述。经检察人员调查核实，确认了侦查人员丙、丁对甲刑讯逼供的事实。

问题：

请根据我国《刑法》和《刑事诉讼法》的有关规定，对上述案例中甲、丙、丁的各种行为及相关事实分别进行分析，并提出处理意见。

五、(本题35分)

案情：2002年7月，某港资企业投资2.7亿元人民币与内地某市自来水公司签订合作合同，经营该市污水处理。享有规章制定权的该市政府为此还专门制定了《污水处理专营管理办法》，对港方作出一系列承诺，并规定政府承担污水处理费优先支付和差额补足的义务，该办法至合作期结束时废止。

2005年2月市政府以合作项目系国家明令禁止的变相对外融资举债的“固定回报”项目，违反了《国务院办公厅关于妥善处理现有保证外方投资固定回报项目有关问题的通知》的精神，属于应清理、废止、撤销的范围为由，作出“关于废止《污水处理专营管理办法》的决定”，但并未将该决定告知合作公司和港方。港方认为市政府的做法不当，理由是：其一，国务院文件明确要求，各级政府对涉及固定回报的外商投资项目应“充分协商”、“妥善处理”，市政府事前不做充分论证，事后也不通知对方，违反了文件精神；其二，1998年9月国务院通知中已明令禁止审批新的“固定回报”项目，而污水处理合作项目是2002年经过市政府同意、省外经贸厅审批、原国家外经贸部备案后成立的手续齐全、程序合法的项目。

请：

1. 运用行政法原理对某市政府的上述做法进行评论；
2. 结合上述事件论述依法治国和公平正义的法治理念。

答题要求：

1. 观点明确，论证充分，逻辑严谨，文字通顺；
2. 不少于600字。

六、(本题35分)

某民法典第1条规定：“民事活动，法律有规定的，依照法律；法律没有规定的，依照习惯；没有习惯的，依照法理。”

请：

1. 比较该条规定与刑法中“法无明文规定不为罪”原则的区别及理论基础；
2. 从法的渊源的角度分析该条规定的含义及效力根据；
3. 从法律解释与法律推理的角度分析该条规定在法律适用上的价值与条件。

答题要求：

1. 在上述3个问题中任选其一作答，或者自行选择其他角度作答；
2. 在分析、比较、评价的基础上，提出观点并运用法学知识阐述理由；
3. 观点明确，论证充分，逻辑严谨，文字通顺；
4. 不少于600字。

◆2006年◆

试卷一讲解

一、单项选择题

1. [答案] A

[解析] 本题中,《合同法》第41条规定的内容具体、明确,不具有一般性、抽象性,当合同条文出现不同理解时,为其提供具体的解释方法,具有明确的指导性,因而属于法律规则。故A项错误,当选。

格式条款是当事人为了重复使用而预先拟定,并在订立合同时未与对方协商的条款。通常提供格式条款一方总是制定对己方有利的条款,所以该法律条文规定"对格式条款有两种以上解释的,应当作出不利于提供格式条款一方的解释。格式条款和非格式条款不一致的,应当采用非格式条款",从而保护非提供方的利益,追求的是法的正义价值,故B项正确。

这一条文规定了格式条款的理解发生争议时的三种解决方案,为效率和正义两种价值冲突时的解决办法,是价值位阶原则、个案平衡及比例原则的具体化,故C项正确。

该条文规定了法律解释的方法是"对格式条款的理解发生争议的,应当按照通常理解予以解释",法律解释应遵循的标准是"对格式条款有两种以上解释的,应当作出不利于提供格式条款一方的解释。格式条款和非格式条款不一致的,应当采用非格式条款",故D项正确。

2. [答案] C

[解析] 法在起源阶段同宗教有着一致性关系,每一种法律体系确立之初,总是与宗教典礼和仪式密切相关,二者在历史上曾经是浑然一体,在当今世界上政教合一的国家里仍紧密结合,故C项错误。

法与宗教作为社会价值观的表现形态,都属于文化现象的范畴。法作为统治阶级意志的反映,在一定程度上反映了统治阶级的世界观和人生观;宗教是人的意识对自然与社会力量的虚幻反映,反映了其教徒的世界观和人生观。故A、B项正确。

法律只调整那些对社会生活秩序的稳定有较高价值的社会关系,而宗教规范则覆盖了几乎全部的社会关系;法律规范一般只规范人的外部行为,宗教规范不但规范人的外部行为,而且更侧重于规范人的内心活动。故D项正确。

3. [答案] D

[解析]《立法法》第86条规定:"地方性法规、规章之间不一致时,由有关机关依照下列规定的权限作出裁决:(一)同一机关制定的新的一般规定与旧的特别规定不一致时,由制定机关裁决;(二)地方性法规与部门规章之间对同一事项的规定不一致,不能确定如何适用时,由国务院提出意见,国务院认为应当适用地方性法规的,应当决定在该地方适用地方性法规的规定;认为应当适用部门规章的,应当提请全国人民代表大会常务委员会裁决;(三)部门规章之间、部门规章与地方政府规章之间对同一事项的规定不一致时,由国务院裁决。根据授权制定的法规与法律规定不一致,不能确定如何适用时,由全国人民代表大会常务委员会裁决。"故本题答案为D项。

4. [答案] A

[解析] 法作为一种特殊的、重要的社会规范和社会现象,是人类社会发展到一定历史阶段的必然产物。法是社会的产物,社会性质决定法的性质;社会是法的基础,法的性质与功能决定于社会,但社会并不是以法律为基础的,旧的法律不可能成为新社会的基础。因此A项表述不成立。

法是一定社会阶段的一种社会调控手段,是社会关系的调整器,为了有效地通过法律控制社会,必须使法律与宗教、道德、政策等社会规范和资源分配进行配合。社会通过许多社会规范进行资源分配,法律仅为其中之一,为了更好地实现法律对社会的调整功能,法律需与宗教、道德、政策等协调、配合。因此B项正确。

而构建和谐社会,必须建立理性的法律制度,确立实质法治,理性、社会正义和法律统治三者间的有机联系,构成新世纪新阶段科学的法治精神内涵。应当从现代法治的内涵、要求角度理解理性、正义、法律统治三者之间的关系。"法律统治"强调的是通过法律的社会治理,法律至上的社会管理。因此C项正确。

建设节约型社会是由我国基本国情决定的,是全面建设小康社会的重要保障。建设节约型社会,需要综合运用经济、法律、行政、科技和教育等多种手段,全面节约资源,加快经济发展模式转变,因此D项正确。

5.［答案］C

［解析］法律责任的竞合是指由于某种法律事实的出现，导致两种或两种以上的法律责任的产生，而这些责任之间相互冲突的现象。法律责任的竞合可以作广义和狭义的分类：广义的法律责任竞合是指同一行为在不同的法律部门间引发多种责任的产生；狭义的法律责任竞合是指同一行为违反了同一个法律部门中的不同的法律规范从而导致多个法律责任的出现。因此A项正确。

法律责任竞合来自于法律规范竞合。法律规范的抽象规定，从各种不同角度对社会关系加以规范调整，因此引起法律规范竞合，即某种法律事实的出现引起多种法律关系的产生，符合数个法律规范的要件，致使数个法律规范都可适用的现象。因此法律责任竞合往往是在法律事实的认定过程中发现的，所以B项正确。

世界上各个国家对法律责任竞合的解决方式是多样的，这与各个国家的立法体制和法律冲突解决机制的不同有关。因此C项不正确。

解决法律责任竞合需要正确理解法律规定，因此要用法律解释解决法律适用的问题，所以D项正确。

6.［答案］C

［解析］法与科技有着紧密的联系，一方面，科技对法的影响主要体现在立法、司法、法律思想、法律方法论等各个方面，但科学技术并不能直接改变法律的内容，直接改变法律内容的只有立法活动；另一方面，法律对科技有很大的促进作用，也有可能制约科技发展，但这些作用都是间接的，仅仅是促进、指导和规范作用，都不能直接影响和改变科技，故A、B项错误。

任何立法都必须考虑具体国家的伦理道德和风俗习惯，科技立法虽然具有较多的共同性，但这并不否认立法时需要考虑具体国家的历史、文化方面的特点，故D项错误。

法对科技进步的作用表现在：运用法律管理科技活动，指导科技活动，并起到组织、管理、协调的作用；法律促进科技经济一体化，特别是科技成果商品化；法律也可以预防科技引发的各种社会问题。可见，法律既能促进科技发展，也能抑制科技发展所导致的不良后果，故C项正确。

7.［答案］C

［解析］法律解释是指一定的人和组织对法律规定含义的说明。法律解释既是日常法律实践的重要组成部分，又是法律实施的一个重要前提，是法律适用中不可或缺的一部分，因此，C项正确。

法律解释是法律职业技术的核心，但是由于各国的立法技术和文化传统的差异，各国在法律解释上的规则和标准有一定的差别，故A项错误的。

法律解释的方法包括文义解释、历史解释、体系解释、目的解释等几种方法，这些方法有时是单独使用的，但在一些有争议的法律问题上，解释者往往同时使用多种方法，故B项错误。

法律解释具有一定的价值取向性，是指法律解释的过程是一个价值判断、价值选择的过程，但法律解释作为人类的一种实践活动，它需要遵循一定规律，不可能主观臆断、想当然地进行解释。必须依据一定的客观情况，不是纯主观的活动，故D项错误。

8.［答案］B

［解析］1789年《美国宪法》由序言、7条正文组成，它明确规定了立法权、行政权、司法权之间的相互关系、修宪程序、前政府的债务、条约的效力、联邦宪法和法律与州宪法和法律的关系以及联邦宪法的批准等问题，并没有规定公民的基本权利，直到1791年通过了一个由10条宪法修正案组成的《权利法案》，才明确、详细列举了公民的基本权利。因此B项没有明确规定公民的基本权利，为本题正确答案。

而1791年法国宪法是以1789年《人权宣言》作为序言的，其正文有8篇。其中，第一篇即“宪法所保障的基本条款”明确列举了公民的平等权、迁徙自由、宗教自由、请愿权、私有财产权等基本权利。因此C项不合题意，不当选。

1918年《苏俄宪法》共有6篇，其中第二篇“总纲”中明确规定了信仰自由、表达自己意见的自由、结社自由、居留权等公民的基本权利。因此A项不合题意，不当选。

1923年《中华民国宪法》即曹锟的“贿选宪法”，其特点之一就是用民主的形式掩盖军阀专制的本质，这部宪法共有13章，其中第四章即“国民”主要规定了中华民国人民的资格及其基本权利与义务，具体权利主要包括平等权、结社自由、言论自由、信仰自由、人身自由、诉权、请愿权等，对公民的民主权利做了具体规定。因此D项不合题意，不当选。

9.［答案］D

［解析］制宪权即宪法的制定权，是制宪主体按照一定原则创制作为国家根本法的宪法的一种权力。也由于制宪是一种主权行为，所以制宪主体应该是国家主权的所有者，近代以来的宪法历史表明人民是制宪主体，但人民并不直接行使制宪权，而是通过或主要通过间接民主的形式制定宪法，故A、B两项表述错误。制宪机关是指为了宪法的制定专门成立的机关，它不同于宪法起草机构，宪法起草机构只是制宪机关的具体工作部门，不具有独立的法律主体地

位。中华人民共和国的成立标志着以中国共产党为代表的中国人民事实上成为我国的制宪主体。1954年中华人民共和国第一届全国人民代表大会第一次全体会议通过了《中华人民共和国宪法》,它标志着第一届全国人民代表大会第一次全体会议是我国的制宪机关 。虽然建国以后,我国共有过四部宪法,但严格来说后三部都是对第一部宪法的修改,有的是部分修改,有的是全面修改。因此我国的制宪机关只有一个,就是第一届全国人大第一次会议。因此,C项错误,D项正确。

10. [答案] A

[解析] 根据宪法制定的机关不同,可以把宪法分为钦定宪法、民定宪法和协定宪法。钦定宪法是由君主或以君主的名义制定和颁布的宪法,它奉行主权在君的原则,它往往产生于封建势力还很强大,资产阶级虽有一定力量但还不能占据优势的情况下。钦定宪法代表:1814年法国路易十八宪法;1889年日本宪法;1908年《钦定宪法大纲》。故C项错误。

民定宪法是指由民意机关或者由全民公决制定的宪法,民定宪法奉行人民主权原则,因而在形式上强调以民意为依归,以民主政体为价值追求。当今世界大多数国家的宪法都属于民定宪法。本题中B、D项均为民定宪法,不当选。

协定宪法则指由君主与国民或者国民的代表机关协商制定的宪法,它往往是阶级妥协的结果,而封建君主又不能实行绝对专制统治的情况下,协定宪法也就成为必然。协定宪法代表:1215年英国《自由大宪章》;法国1830年宪法。故A项正确。

11. [答案] A

[解析] 1789年法国《人权宣言》称"凡权利无保障和分权未确立的社会,就没有宪法"。1776年美国《独立宣言》宣布"联合殖民地从此成为,而且名正言顺地应当成为自由独立的合众国"。其中,并没有明确确立分权原则;1688年的英国《权利法案》确认了英国人自古以来应该享有的13项权利,但它也没有明确分权原则;1918年的苏俄《被剥削劳动人民权利宣言》主要宣布了被剥削劳动人民取得国家政权,成为国家主人,并建立了社会主义联邦。它确立了权利保障原则,但没有确立分权原则。综上述分析可以判断,A项符合本题要求,当选,B、C、D项不符合本题要求。

12. [答案] D

[解析] 基层政权是相对于其他层次或级别的政权而言的,因而这里的"基层"是同行政区划相联系的,它指的是国家最低一级的政权机关。在城市中指的是不设区的市、市辖区的人民代表大会及其常委会和人民政府及其权力的统一体(街道办事处属于派出机构,也属于基层政权);在农村指的是乡镇人民代表大会和乡镇人民政府及其职权的统一体。因此县人民政府不属于基层政权的范畴,故D项表述错误,当选。

《城市居民委员会组织法》第2条规定:"居民委员会是居民自我管理、自我教育、自我服务的基层群众性自治组织。不设区的市、市辖区的人民政府或者它的派出机关对居民委员会的工作给予指导、支持和帮助。居民委员会协助不设区的市、市辖区的人民政府或者它的派出机关开展工作。"《村民委员会组织法》第5条规定:"乡、民族乡、镇的人民政府对村民委员会的工作给予指导、支持和帮助,但是不得干预依法属于村民自治范围内的事项。村民委员会协助乡、民族乡、镇的人民政府开展工作。"这两个条文明确指出了"基层政权"的含义,从而表明了乡、民族乡、镇的人民政府,不设区的市、市辖区的人民政府,不设区的市、市辖区人民政府的派出机构属于基层政权的范畴。故A、B、C项表述正确,不当选。

13. [答案] B

[解析] 根据《宪法》相关规定,全国人大常委会有权决定同外国缔结条约以及批准和废除重要协定,国家主席根据全国人大常委会的决定,批准和废除同外国缔结的条约和重要协定,国务院没有约定与协定的批准权。但由于《中英联合声明》不是一个一般意义的协定,而是一个涉及特别行政区的设立及其制度的协定,根据《宪法》第62条的规定,"决定特别行政区的设立及其制度"的权力属于全国人大。故B项正确。

14. [答案] C

[解析] 公民指具有一国国籍的自然人。我国《宪法》第33条第1款规定:"凡具有中华人民共和国国籍的人都是中华人民共和国公民。"这就表明,任何自然人要成为我国公民,除必须具有我国国籍外,并无其他资格要求。故本题答案为C项。

15. [答案] A

[解析] 秦律规定,故意捏造事实与罪名诬告他人,即构成诬告罪。诬告者实行反坐原则,即以被诬告者所受的处罚反过来制裁诬告者。因此,按照秦律的诬告反坐原则,诬告者乙应以被诬告人所受的处罚进行处罚即处死刑。故本题选A项。

16. [答案] C

[解析]《春秋》决狱是法律儒家化在司法领域的反映。《春秋》决狱实行"论心定罪"原则,如犯罪

人主观动机符合儒家“忠”、“孝”精神，即使其行为构成社会危害，也可以减免刑事处罚。相反，犯罪人的主观动机严重违背儒家倡导的精神，即使没有造成严重危害后果，也要认定是犯罪，给以严惩，故A、B项是正确的。

“论心定罪”学说对传统的司法和审判是一种积极的补充，但如仅以主观动机的善、恶来决定罪行的有无和轻重，在某种程度上也容易导致官吏判案的随意性。故D项正确。

《春秋》决狱是汉代的司法原则，可见“论心定罪”作为《春秋》决狱的一种原则，已被汉代统治者所采用，故C项错误。因此，本题的正确答案为C项。

17. [答案] D

[解析]《唐律·名例律》规定：“诸化外人，同类自相犯者，各依本俗法；异类相犯者，以法律论。”即同国籍外国侨民在中国犯罪的，由唐王朝按其所属本国法律处理，实行属人主义原则；不同国籍侨民在中国犯罪者，按唐律处罚，实行属地主义原则。突某与和某来自不同的国家，属于异类相犯，应适用唐律。故本题答案为D项。

18. [答案] B

[解析] 在明代会审制度的基础上，清代进一步完善了重案会审制度，形成了秋审、朝审、热审等比较规范的会审体制。秋审的审理对象是全国上报的斩、绞监候案件；朝审的审理对象为刑部判决的重案及京师附近斩、绞监候案件；而热审是对发生在京师的笞杖刑案件进行重审的制度。三司会审是明代在唐代三司推事基础上形成的，是指刑部、大理寺、都察院三大中央司法机关对疑难案件的共同会审。

本题中，案情为“四川重庆府某甲‘因戏而误杀旁人’，被判处绞监候”，而清代秋审审理的对象正是全国上报的斩监候、绞监候案件。本题应选择B项。

19. [答案] C

[解析] 德国封建时代后期出现了一部以帝国名义颁布的刑法典——《加洛林纳法典》(1532年颁布)，该法典共179条，主要包括刑法和刑事诉讼法方面的内容，被多数邦国长期援用，在德国封建法中具有重要影响，故A项正确。

潘德克顿学派，又称“学说汇纂”学派，在这一学派里聚集着一些有很高造诣的民法学者。起草《德国民法典》第一草案的委员会，以“潘德克顿学派”的代表人物温德莎德为委员长，花了13年时间，草拟了《德国民法典》第一草案。此草案虽多次修改，但编制、结构、概念、语言，完全是潘德克顿法学的结晶，故B项正确。

希特勒上台后，开始了法西斯独裁统治，颁布了《消除人民和国家痛苦法》、《德国改造法》等一系列法西斯法令，废除了资产阶级议会民主制度和联邦制，维护希特勒个人独裁和纳粹一党专政。故C项错误，当选。

1919年，德国进入魏玛共和国时期，由于政体的变化和社会化思潮的影响，德国加快了民主政治的进程，在沿用原有法律的同时，颁布了大量的“社会化”法律，强调社会本位，使德国成为经济立法和劳工立法的先导。故D项正确。

20. [答案] B

[解析] 罗马法根据法律所调整的不同对象可划分为公法与私法，根据立法方式不同可划分为市民法与长官法。其中长官法专指由罗马高级官吏发布的告示、命令等所构成的法律，内容多为私法，其主要是靠裁判官的司法实践活动形成的。故A项正确。

罗马法中的继承分为遗嘱继承和法定继承，遗嘱继承优于法定继承，早期采取“概括继承”原则，后来逐步确立了“限定继承”原则，故B项错误，依题意，当选。

罗马私法包括人法、物法和诉讼法三部分，其中人法又包括自然人、法人、婚姻家庭法三部分。罗马法规定自然人必须具有人格，否则不能成为权利义务主体。人格由自由权、市民权和家庭权三种身份构成，只有同时具备上述三种身份权的人，才能在法律上享有完全的权利能力，故C项正确。

罗马婚姻实行一夫一妻制。婚姻制度包括“有夫权婚姻”和“无夫权婚姻”两种形式。“有夫权婚姻”为市民法上的婚姻，为要式婚姻，包括共食婚、买卖婚和时效婚。“无夫权婚姻”为万民法上的婚姻，为略式婚姻，该制度最初只有外国人适用，后来罗马市民也适用，故D项正确。

21. [答案] B

[解析]《土地管理法》第31条第2款规定：“国家实行占用耕地补偿制度。非农业建设经批准占用耕地的，按照‘占多少，垦多少’的原则，由占用耕地的单位负责开垦与所占用耕地的数量和质量相当的耕地；没有条件开垦或者开垦的耕地不符合要求的，应当按照省、自治区、直辖市的规定缴纳耕地开垦费，专款用于开垦新的耕地。”故A、C项正确。该条第3款规定：“省、自治区、直辖市人民政府应当制定开垦耕地计划，监督占用耕地的单位按照计划开垦耕地或者按照计划组织开垦耕地，并进行验收。”故D项正确。《土地管理法》第47条第1款规定：“征收土地的，按照被征收土地的原用途给予补偿。”故B项错误。

22. [答案] C

[解析]《土地管理法》第4条规定:"国家实行土地用途管制制度。

国家编制土地利用总体规划,规定土地用途,将土地分为农用地、建设用地和未利用地。严格限制农用地转为建设用地,控制建设用地总量,对耕地实行特殊保护。"故本题选C项。

23. [答案] D

[解析] 依据《土地管理法实施条例》第27条规定:"抢险救灾等急需使用土地的,可以先行使用土地。其中,属于临时用地的,灾后应当恢复原状并交还原土地使用者使用,不再办理用地审批手续;属于永久性建设用地的,建设单位应当在灾情结束后6个月内申请补办建设用地审批手续。"本题是因抢险救灾急需使用土地,可以先行使用土地,对其临时征用,A项合法。使用土地包括在土地上搭建建筑,B项合法。临时用地在灾后应恢复原状并交还使用者,并不再办理用地审批手续,C项合法。D项属于永久性建设用地,应办理审批手续,故D项不合法,当选。

24. [答案] D

[解析]《农村土地承包法》第46条第1款规定:"荒山、荒沟、荒丘、荒滩等可以直接通过招标、拍卖、公开协商等方式实行承包经营,也可以将土地承包经营权折股分给本集体经济组织成员后,再实行承包经营或者股份合作经营。"根据上述规定,可以将"四荒"土地的承包经营权折股分给本集体经济组织成员后,再实行承包经营或股份合作经营,而不是将"四荒"土地直接发给农村股份合作单位,故D项表述错误,当选。

25. [答案] B

[解析] 依据《税收征收管理法》第15条第1款规定:"企业,企业在外地设立的分支机构和从事生产、经营的场所,个体工商户和从事生产、经营的事业单位(以下统称从事生产、经营的纳税人)自领取营业执照之日起30日内,持有关证件,向税务机关申报办理税务登记。税务机关应当自收到申报之日起30日内审核并发给税务登记证件。"从事生产、经营的事业单位需办理税务登记,A项错误,B项正确。办理税务登记应在领取营业执照之后,C项错误。税务机关应在收到申报之后30日内核发税务登记的证件,D项错误。故本题选B项。

26. [答案] C

[解析] 依据《个人所得税法实施条例》第10条规定:"个人所得的形式,包括现金、实物、有价证券和其他形式的经济利益。所得为实物的,应当按照取得的凭证上所注明的价格计算应纳税所得额;无凭证的实物或者凭证上所注明的价格明显偏低的,参照市场价格核定应纳税所得额。所得为有价证券的,根据票面价格和市场价格核定应纳税所得额。所得为其他形式的经济利益的,参照市场价格核定应纳税所得额。"故本题选C项。

27. [答案] A

[解析] 依据《商业银行法》第40条规定:"商业银行不得向关系人发放信用贷款;向关系人发放担保贷款的条件不得优于其他借款人同类贷款的条件。前款所称关系人是指:(一)商业银行的董事、监事、管理人员、信贷业务人员及其近亲属;(二)前项所列人员投资或者担任高级管理职务的公司、企业和其他经济组织。"故本题答案选A项。

28. [答案] D

[解析] 依据《劳动合同法》第51条第1款规定,企业职工一方与用人单位通过平等协商,可以就劳动报酬、工作时间、休息休假、劳动安全卫生、保险福利等事项订立集体合同。集体合同草案应当提交职工代表大会或者全体职工讨论通过。集体合同由职工一方与用人单位协商签订,并非所有的企业都必须签订集体合同,由此可以看出C项正确。

根据《劳动法》第33条第2款的规定:"集体合同由工会代表职工与企业签订;没有建立工会的企业,由职工推举的代表与企业签订。"依《劳动合同法》第51条第2款可知,尚未建立工会的用人单位,由上级工会指导劳动者推举的代表与用人单位签订。则该集体合同仍由职工推举的代表与用人单位签订,上级工会只是对职工代表进行指导,故A项正确。

依据《劳动合同法》第55条规定:"集体合同中劳动报酬和劳动条件等标准不得低于当地人民政府规定的最低标准;用人单位与劳动者订立的劳动合同中劳动报酬和劳动条件等标准不得低于集体合同规定的标准。"故劳动合同中的劳动条件和劳动报酬可以高于集体合同的规定,B项正确。

依据《劳动合同法》第54条规定:"集体合同订立后,应当报送劳动行政部门;劳动行政部门自收到集体合同文本之日起15日内未提出异议的,集体合同即行生效。依法订立的集体合同对用人单位和劳动者具有约束力。行业性、区域性集体合同对当地本行业、本区域的用人单位和劳动者具有约束力。"可见,集体合同并不需要明确的审批,只要劳动行政部门在15日内不提出异议即可生效。即默示生效,而非审批生效。D项错误,当选。

29. [答案] C

［解析］《联合国宪章》规定，联合国秘书长是联合国的行政首长。《联合国宪章》对于秘书长的确定规定了比较严格的程序，其产生办法是：由安理会推荐，并经联合国大会简单多数票通过。由此可知秘书长的产生需要安理会和大会共同参与决定，因此A、B项均错误。根据宪章规定，安理会在向大会推荐新会员国或秘书长人选、建议中止会员国权利和开除会员国等问题上，适用非程序性（即实质性）事项表决程序。所以D项错误，C项正确。

30.［答案］D

［解析］纳列温河是两国的界水，界水的利用和保护通常由边界文件加以规定。通常情况下，沿岸国对界水有共同的使用权，一国在使用界水时，不得损害邻国的利益。渔民只能在界水本国的一侧捕鱼；除遇难或有其他特殊情况外，一方船舶未经允许不得在对方河岸靠岸停泊；一方欲在界水上建造工程设施的，应取得另一方的同意。因此，A、B、C项的三种行为都须经乙国同意。而界水的沿岸国都拥有平等的在界水主航道上的航行权，都可以在主航道上航行，不需要征得其他国家同意，故D项正确。

31.［答案］C

［解析］安全理事会是联合国在维持国际和平与安全方面负主要责任的机关，也是联合国中惟一有权采取行动的机关。安理会可以在任何时候依职权主动采取措施以实现停火和维护和平。故A项错误。

根据《联合国宪章》，安理会表决采取每一理事国一票。对于程序事项决议的表决采取9个同意票即可通过。对于非程序事项或称实质性事项的决议表决，要求包括全体常任理事国在内的9个同意票，此又称为“大国一致原则”，即任何一个常任理事国都享有否决权。本题中甲、乙两国冲突的事项属于非程序性事项或称实质性事项。实践中，常任理事国的弃权或缺席不被视为否决，不影响决议的通过。故B项表述错误，C项正确。

安理会在制止侵略、维持和平方面作出的决议对于当事国和所有成员国都具有拘束力，无需得到当事国同意，故D项错误。

32.［答案］D

［解析］依上引《国籍法》第9条规定，可知戴某在出国继承遗产期间自愿加入外国国籍，由于并非是在外国定居，不能自动丧失中国国籍。故A项错误。其它情形退出中国国籍，依照《国籍法》第16条规定，加入、退出和恢复中国国籍的申请，由中华人民共和国公安部审批。经批准的，由公安部发给证书。可见，退出中国国籍需经有关部门批准，登报不是法律规定的退籍程序，所以B项错误。

《国籍法》第12条规定，国家工作人员和现役军人，不得退出中国国籍。由于戴某是国家工作人员，根据《国籍法》的规定，属于不得退出中国国籍的情况，因此C项错误，D项正确。

33.［答案］D

［解析］根据《维也纳条约法公约》规定，条约未经第三国同意对第三国既不创设义务，亦不创设权利。

当一个条约有意为第三国创设一项权利时，原则上仍应得到第三国的同意。但是，如果第三国没有相反的表示，应推断其同意接受这项权利，不必须以书面形式明示接受。

条约使第三国担负义务时，该项义务一般必须经条约各当事国与该第三国的同意方得取消或变更。条约使第三国享有权利时，如果经确定原意为非经该第三国同意不得取消或变更该项权利，当事国不得随意取消或变更。

本题中，甲、乙两国缔结的条约，开放一条流经甲、乙、丙三国的河流给丁国，对于该项条约，丙国和丁国都是第三国。丙国已经正式表示接受该义务，此项义务对丙国已经产生了约束力，必须经条约各当事国与该第三国的同意方得取消或变更。因此，丙国不能单方以照会的方式，取消其承担的上述义务。B项错误。

而丁国为接受权利的第三国，其既可以接受，也可以拒绝此项权利，故C项错误。当其没有相反意思表示时，应推定其接受了上述权利，故D项正确。条约使第三国享有权利时，当事国不得随意取消或变更。因此，当条约规定该项权利未经丁国同意不得撤销时，甲、乙、丙三国不得片面修改或撤销丁国的该项权利，故A项错误。

34.［答案］D

［解析］根据《日内瓦第三公约》的规定，战俘自其被俘至其丧失战俘身份前应享受规定的合法待遇和相关权利：战俘的金钱和贵重物品可由拘留国保存，但不得没收，因此C项的做法错误，不当选；准许战俘与其家庭通讯和收寄邮件，因此A项违背国际法，不当选；不得侮辱战俘的人格和尊严，禁止对战俘施以暴行或恫吓及公众好奇的烦扰，因此B项中对战俘作为战利品在电视中展示是对战俘人格的侮辱，所以B项也违背国际法，不当选；不得歧视，即不得因种族、民族、宗教、国籍或政治观点不同对其加以歧视，战俘除因其军职等级、性别、健康、年龄及职业资格外，一律享有平等待遇。故可以对战俘因军职等级

不同而给予不同的生活待遇，D项不违背国际法。

35. ［答案］C

［解析］《民通意见》第185条规定，当事人有2个以上营业所的，应以与产生纠纷的民事关系有最密切联系的营业所为准；当事人没有营业所的，以其住所或者经常居住地为准。这一规则受到现代国际私法理论中"最密切联系原则"的影响，与《联合国国际货物销售合同公约》规定一致。本题中，甲公司是在中国进行商业活动时与中国的乙公司发生商务纠纷的，且其在中国有营业所，因此可认定中国营业所是最密切联系的营业所，故C项当选。

36. ［答案］B

［解析］《民通意见》第187条规定："侵权行为地的法律包括侵权行为实施地法律和侵权结果发生地法律。如果两者不一致时，人民法院可以选择适用。"因此侵权行为地既包括侵权行为实施地，也包括侵权结果发生地。如果侵权行为的结果发生在我国境内，我国法院也具有管辖权，所以A项表述不全面。

根据前引《民事诉讼法》第242条规定可知，B项正确。

《民事诉讼法》第243条规定："涉外民事诉讼的被告对人民法院管辖不提出异议，并应诉答辩的，视为承认该人民法院为有管辖权的法院。"可见，只有在被告人不提出管辖权异议的前提下应诉答辩的，才能推定其承认我国法院的管辖权。若被告对法院管辖权提出了异议，则无论其是否出庭答辩，均不可视为其承认该法院有管辖权。故C项错误。

《民事诉讼法》第244条规定："因在中华人民共和国履行中外合资经营企业合同、中外合作经营企业合同、中外合作勘探开发自然资源合同发生纠纷提起的诉讼，由中华人民共和国人民法院管辖。"此条文虽然规定了我国法院对此类案件的专属管辖，但如果国际民商事争议的当事人在合同中订有仲裁条款或事后达成仲裁协议，只要该仲裁协议或仲裁条款是有效的，该仲裁条款或仲裁协议便排除了法院的管辖，包括专属管辖，如《民事诉讼法》第255条的规定："涉外经济贸易、运输和海事中发生的纠纷，当事人在合同中订有仲裁条款或者事后达成书面仲裁协议，提交中华人民共和国涉外仲裁机构或者其他仲裁机构仲裁的，当事人不得向人民法院起诉。当事人在合同中没有订有仲裁条款或者事后没有达成书面仲裁协议的，可以向人民法院起诉。"，因此，发生纠纷后，当事人还可以凭仲裁协议申请仲裁或者采取其他方式解决，而不是"只能"向中国法院提起诉讼，故D项错误。

37. ［答案］A

［解析］我国《继承法》第36条规定："中国公民继承在中华人民共和国境外的遗产或者继承在中华人民共和国境内的外国人的遗产，动产适用被继承人住所地法律，不动产适用不动产所在地法律。外国人继承在中华人民共和国境内的遗产或者继承在中华人民共和国境外的中国公民的遗产，动产适用被继承人住所地法律，不动产适用不动产所在地法律。中华人民共和国与外国订有条约、协定的，按照条约、协定办理。"《涉外民事关系法律适用法》第31条规定："法定继承，适用被继承人死亡时经常居所地法律，但不动产法定继承适用不动产所在地法律。"第51条规定，《继承法》第36条，与本法不一致的适用本法。《民法通则》第149条也规定："遗产的法定继承，动产适用被继承人死亡时住所地法律，不动产适用不动产所在地法律。"

本题中，由于李某的股权和存款属于动产，因此应适用被继承人死亡时经常居所地法律即乙国法律。虽然按照乙国法律的规定会形成反致适用我国法律，但我国不采用反致制度。因此，本案直接适用乙国法律即可，故A项正确。

38. ［答案］C

［解析］国际民商事争议解决方式主要有和解、调解、仲裁和司法诉讼等。调解是当事人自愿将争议提交第三者，并在第三者的主持和促使下，达成和解协议，解决争议的一种方法。调解与协商的最大区别在于调解是在第三者介入的情况下进行的，故A项正确。和解协议具有合同的法律效力，如果一方当事人反悔或不履行协议，另一方当事人仍需要通过诉讼或仲裁程序以获得一项可以强制执行的判决或裁决，不能以调解书为依据向法院申请强制执行，故B项正确。调解在仲裁程序和诉讼程序都可以进行，但如果仲裁庭希望在仲裁程序中对有关争议进行调解，需要先确定双方当事人确定有调解的愿望，这与诉讼中调解的要求是一致的。故C项错误，D项正确。

39. ［答案］A

［解析］公共秩序在英美法系中又称为"公共政策"（public policy），指一国国家和社会的重大利益或法律和道德的基本原则，故B项正确。

公共秩序保留是指在一国依内国冲突规范的指定应对某一国际民商事法律关系适用外国法时，如其适用将与自己的公共秩序相抵触，便可排除该外国法的适用。公共秩序保留作为国际私法上的一项制度已被各国立法和司法实践所肯定，尤其是二战以后，越来越多的冲突法公约订立了这项条款。故C项正确。

我国法律中常常将"公共秩序"表述为"社会公共利益",如我国《民法通则》第 150 条规定,依照本章规定适用外国法律或者国际惯例的,不得违背中华人民共和国的社会公共利益。故 D 项正确。

应注意的是,我国的公共秩序保留制度矛头所向不仅是依我国冲突规范本应适用但却违背我国社会公共利益的外国法律,还包括那些违背我国社会公共利益的国际惯例。此外,公共秩序保留制度不仅在确定准据法时适用,而且在其他问题(如外国法院判决的承认与执行)上也可以适用。故 A 项错误,当选。

40. [答案] B

[解析]《海事诉讼特别程序法》第 7 条第(一)项规定:"因沿海港口作业纠纷提起的诉讼,由港口所在地海事法院管辖。"故 A 项错误,B 项正确。

《民法通则》第 145 条规定:"涉外合同的当事人可以选择处理合同争议所适用的法律,法律另有规定的除外。涉外合同的当事人没有选择的,适用与合同有最密切联系的国家的法律。"本题中,出口合同属于涉外商事合同,其所应适用的准据法允许当事人自行约定,当事人可以选择适用《美国统一商法典》的有关规则,我国法律对此并没有限制,故 C 项表述错误。

本案中的运输合同也应视为涉外合同,其当事人可以约定该合同的准据法或其他的适用规则,不必非要适用中国法,所以 D 项表述也不正确。

41. [答案] C

[解析] 依《票据法》第 96 条规定,题目中没有指出甲公司的国籍,故 A 项错误。依第 97 条规定,可知 C 项正确。依第 98 条规定,票据的背书、承兑、付款和保证行为,适用行为地法律,可知,B 项错误。依第 99 条规定,可知,D 项错误。

42. [答案] B

[解析] 最惠国待遇是世贸组织中最重要的基本原则和义务。根据世贸组织的规定,对最惠国待遇原则的修改,必须经全体成员国同意才有效。最惠国待遇原则表现出普遍性、自动性和同一性的特点。世贸组织的任何成员都可以享有其他成员给予任何国家的待遇,每一成员既是施惠者也是受惠者。故 B 项正确。

最惠国待遇义务具有立即性和无条件性,不歧视其中任何一个成员,每一成员国自动享有其它成员给与其它任何国家的最惠国待遇,故 A 项错误。

最惠国待遇义务的例外包括:边境贸易、普遍优惠制度(对发展中国家的优惠待遇)、关税同盟和自由贸易区(区域经济安排)。故 D 项错误。

依据 WTO 规则,对最惠国待遇原则的修改需经全体成员一致同意才有效,故 C 项错误。因此本题答案为 B 项。

43. [答案] D

[解析]《巴黎公约》的优先权并不是对所有工业产权都适用,它只适用于发明专利、实用新型、外观设计和商品商标,故 A 项错误。公约还对成员国的工业产权规定了最低要求,其中关于驰名商标的特殊保护是公约成员国商标权保护的最低要求之一,故 B 项错误。国民待遇原则适用于公约缔约国的国民和在任何一个缔约国领域内设有住所或真实有效的工商营业所的非缔约国国民,故 C 项错误。我国是《巴黎公约》的缔约国,有义务遵守公约的规定,故 D 项正确。

44. [答案] B

[解析] 反倾销税是我国政府部门近年来采取较多的一种贸易救济措施。《反倾销条例》第 43 条规定:"终裁决定确定存在实质损害,并在此前已经采取临时反倾销措施的,反倾销税可以对已经实施临时反倾销措施的期间追溯征收。终裁决定确定存在实质损害威胁,在先前不采取临时反倾销措施将会导致后来作出实质损害裁定的情况下已经采取临时反倾销措施的,反倾销税可以对已经实施临时反倾销措施的期间追溯征收。"这就是说反倾销税通常只对终局裁定公告之日后进口的产品适用,但在特殊情况下也可以追溯性地适用。故 A 项错误。

第 42 条规定:"反倾销税税额不超过终裁决定确定的倾销幅度。"否则将是不合理的。故 B 项正确。

第 40 条规定:"反倾销税的纳税人为倾销进口产品的进口经营者。"故 D 项错误。

第 31 条规定:"倾销进口产品的出口经营者在反倾销调查期间,可以向商务部作出改变价格或者停止以倾销价格出口的价格承诺。商务部可以向出口经营者提出价格承诺的建议。商务部不得强迫出口经营者作出价格承诺。"第 33 条第 1 款规定:"商务部认为出口经营者作出的价格承诺能够接受并符合公共利益的,可以决定中止或者终止反倾销调查,不采取临时反倾销措施或者征收反倾销税。中止或者终止反倾销调查的决定由商务部予以公告。"由此可知,确定征收反倾销税是在终局裁定做出之后,而价格承诺只在终局裁定之前具有意义,所以价格承诺和反倾销税不能同时使用,且如果有价格承诺,就没有再征收反倾销税的必要了,故 C 项错误。

45. [答案] C

[解析] 依最高人民法院《关于审理信用证纠纷案件若干问题的规定》第 8 条规定:"凡有下列情

形之一的，应当认定存在信用证欺诈：(一)受益人伪造单据或者提交记载内容虚假的单据；(二)受益人恶意不交付货物或者交付的货物无价值；(三)受益人和开证申请人或者其他第三方串通提交假单据，而没有真实的基础交易；(四)其他进行信用证欺诈的情形。”以及第9条规定：“开证申请人、开证行或者其他利害关系人发现有本规定第8条的情形，并认为将会给其造成难以弥补的损害时，可以向有管辖权的人民法院申请中止支付信用证项下的款项。”可知，在信用证欺诈的情况下，开证行是直接受害者，因此根据上述规定，B项正确。

依第12条第1款规定：“人民法院接受中止支付信用证项下款项申请后，必须在48小时内作出裁定；裁定中止支付的，应当立即开始执行。”故D项正确。

依第11条规定：“当事人在起诉前申请中止支付信用证项下款项符合下列条件的，人民法院应予受理：(一)受理申请的人民法院对该信用证纠纷案件享有管辖权；(二)申请人提供的证据材料证明存在本规定第八条的情形；(三)如不采取中止支付信用证项下款项的措施，将会使申请人的合法权益受到难以弥补的损害；(四)申请人提供了可靠、充分的担保；(五)不存在本规定第十条的情形。当事人在诉讼中申请中止支付信用证项下款项的，应当符合前款第(二)、(三)、(四)、(五)项规定的条件。”和第8条规定，可知，X公司具有信用证欺诈的事实，是Y公司的法院申请止付令的条件之一，故A项正确。

依前引第10条规定，C项之所以错误，是因为议付行善意地履行付款义务的情形只是各种善意付款、议付和承兑情形中的一种，其他情形也可能限制法院做出中止支付的决定。

46. [答案] D

[解析] 关于海上货物运输中的迟延交货的责任，在有关的海上货物运输的几个国际公约中是逐步发展的。1924年的《海牙规则》没有规定迟延交货的责任，因此A项错误。1968年的《维斯比规则》主要是对《海牙规则》的补充和修改，也没有明确规定承运人迟延交付的责任，故B项错误。《汉堡规则》首次规定了承运人应对迟延交货负责，该规则规定迟延交货是指未在约定的时间内交付，或在无约定的情况下未在合理的时间内交付。承运人对迟延交货的赔偿责任的限额为迟交货物应付运费的2.5倍，但不应超过应付运费的总额。故C项错误，D项正确。

47. [答案] D

[解析] 审判制度，即法院制度，是指国家有关法院组织和活动的法律制度。任何国家都有自己的一整套审判制度，而不同的国家，因政治制度的差异，其审判制度往往有着很大的区别，即使在政治制度相同的国家，由于历史发展，经济状况和文化传统的差异，其审判制度也会呈现不同的特点。例如，资本主义国家由于实现三权分立的政治制度，因而其法院与政府、议会互不隶属但又互相牵制，因此D项错误，当选。

社会主义国家则实行“议行合一”的政治制度，法院与政府一样都由立法机关(苏维埃或人民代表大会)产生，向它负责，受它监督。因此A项正确，不当选。

根据《宪法》第126条规定，人民法院依照法律规定独立行使审判权，不受行政机关、社会团体和个人的干涉。因此B项正确，不当选。

审判制度是一国法律制度中的重要组成部分，在司法制度中占有特殊的地位。在世界上，许多国家的诉讼活动都是为审判作准备的，因而侦查起诉程序被统称为“审判前程序”。因此C项正确，不当选。

48. [答案] C

[解析]《刑事诉讼法》第152条第2款规定：“14岁以上不满16岁未成年人犯罪的案件，一律不公开审理。16岁以上不满18岁未成年人犯罪的案件，一般也不公开审理。”故A项属于不公开审理的范围。

《民事诉讼法》第120条规定：“人民法院审理民事案件，除涉及国家秘密、个人隐私或者法律另有规定的以外，应当公开进行。离婚案件，涉及商业秘密的案件，当事人申请不公开审理的，可以不公开审理。”B项属于离婚案件，D项属于涉及商业秘密的案件，由于当事人均申请不公开审理，故B、D项也属于不公开审理的范围。

C项涉及对“个人隐私”这一概念的理解。隐私是指当事人不愿意公开的个人秘密，那么作为隐私必是为大众所不知的个人情况，很显然，著名艺人的肖像，由于其职业的特殊性，常常曝光于大众之前，故不能称之为“个人隐私”，依法不属于不公开审理的范畴，故C项为正确答案。

49. [答案] D

[解析] 根据《律师法》、《刑事诉讼法》、《民事诉讼法》和《行政诉讼法》的规定，我国律师在执业过程中享有11个方面的权利，这些权利如下：(1)查阅案卷与有关材料权；(2)同犯罪嫌疑人、被告人会见、通信权；(3)为犯罪嫌疑人、被告人申请解除强制措施权；(4)拒绝代理或者辩护权；(5)调查取证权；(6)得到法院开庭通知权；(7)诉讼权，其中包括发问权、质证权、辩论权、提出新证据权、拒绝回答权等；(8)代为上诉权；(9)代理申诉权；(10)人身权利不受

侵犯权;(11)获取诉讼公文副本权。故A、B、C项均为律师的执业权利。

依据《律师法》第35条规定:"受委托的律师根据案情的需要,可以申请人民检察院、人民法院收集、调取证据或者申请人民法院通知证人出庭作证。律师自行调查取证的,凭律师执业证书和律师事务所证明,可以向有关单位或者个人调查与承办法律事务有关的情况。"可见,律师无要求法官签发调查令的权利,D项符合题意,当选。

50. [答案] A

[解析]《法律援助条例》第3条第1款规定:"法律援助是政府的责任,县级以上人民政府应当采取积极措施推动法律援助工作,为法律援助提供财政支持,保障法律援助事业与经济、社会协调发展。"由此可知,法律援助的责任主体应当是政府,因此,A项错误。依题意,当选。

法律援助机构,是指有关部门根据国家有关立法或者计划设立的,或各社会团体或个人基于自己的社会责任感自发建立的实施法律援助的特定组织形式。我国的法律援助机构基本形成了四级组织的框架,在国家一级,建立司法部法律援助中心;在省级地方,建立省(自治区、直辖市)法律援助中心;在地市级(含副省级)的地方,建立地区(市)法律援助中心;在具备条件的县、区级地方,建立县(区)法律援助中心,不具备建立法律援助机构条件的地方,由县(区)司法局具体组织实施法律援助工作,直接依托现有的律师事务所、公证处和基层法律服务机构开展工作。在我国的法律援助活动中,除了上述四级组织机构外,在社会中还有许多社会团体(如工会、妇联、共青团、残联等)以及民间机构、高等学校的法律院系所建立的法律援助组织。故B项正确。

法律援助的实施形式是指受法律援助机构指派的法律援助人员依法为受援人提供法律援助服务的方式,我国法律援助实施形式主要有法律援助咨询、法律援助代理、刑事法律援助保护、法律援助调解、法律援助公证等。故C项正确。

《法律援助条例》第23条规定:"办理法律援助案件的人员遇有下列情形之一的,应当向法律援助机构报告,法律援助机构经审查核实的,应当终止该项法律援助:(一)受援人的经济收入状况发生变化,不再符合法律援助条件的;(二)案件终止审理或者已被撤销的;(三)受援人又自行委托律师或者其他代理人的;(四)受援人要求终止法律援助的。"因此,法律援助人员不得自行终止法律援助或者委托他人代为办理法律援助事项,除非事先经过法律援助机构批准。故D项表述正确。

二、多项选择题

51. [答案] BCD

[解析] 法律关系是在法律规范调整社会关系的过程中所形成的人们之间的权利和义务关系。本案中既有刑事问题又有民事问题,法律关系错综复杂。范某与检察院之间因刑事诉讼存在法律关系,范某与汪某的家属因民事赔偿责任也同样存在实体法律关系。因此,A项说法正确,C、D两项表述错误。

法律事实依据是否以人们的意志为转移可以分为法律事件和法律行为。法律事件是指法律规范规定的不以当事人的意志为转移而引起法律关系形成、变更或消灭的客观现实。法律行为是指法律规定或调整的,能够引起法律关系产生、变更和消灭的当事人有意识的活动。本案中,引起范某与司法机关的法律关系的法律事实是范某行凶致汪某死亡,范某具有故意的目的,应属于法律行为,而非法律事件。但如果因为该死亡引起的汪某的继承人的继承问题,则属于法律事件,故B项错误。

52. [答案] ABCD

[解析] 从《民法通则》第7条可以判断、衡量传销活动的合法与否,从而体现了A项的"法律原则具有评价作用"。

法的规范作用中没有裁判作用,法律原则是否有裁判作用实际上是考查法律原则在法律适用中的作用、功能,即法律原则能否直接作为规范标准用于案件的裁判过程,一般在穷尽法律规则、实现个案正义等条件下应当适用法律原则解决纠纷,故B项"法律原则具有裁判作用"可以成立。

立法者确立法律原则就是为了弥补法律漏洞,根据《民法通则》第7条,人们自然可以预先估计人们的相互间将怎样行为及行为的后果等,故C项"法律原则具有预测作用"能够成立。

执法机关和司法机关依据《民法通则》第7条对传销案件进行处理,表现了国家强制力,体现了D项的"法律原则具有强制作用"。

53. [答案] BCD

[解析] 中国法的现代化明显属于外源型法的现代化,西方法律资源成为了中国法的现代化的主要参照。到现在,依法治国,建设社会主义法治国家成为了我国社会主义现代化建设的重要组成部分。但是在中国传统法律意识中,人民群众更多的依赖伦理规范解决相互之间的矛盾。例如本题中,当地有女儿无继承权的风俗习惯,这属于村规民约之类的"民间法"规范;姚某儿子认为其妹不能继承姚某财产,当地大部分村民敢指责姚某的女儿无理取闹,这些都是中国人的传统观念的表现,这些规范和观念与我国

《继承法》等法律存在一定的矛盾和冲突,法与习惯、习俗的正当性之间存在一定的紧张关系。因此,在当代中国的现代法治建设中,需要处理好国家的制定法与这类家法族规、村规民约、行业规范等"民间法"之间的关系。风俗习惯与社会公共利益不相抵触,经过国家认可的部分就具有正式法的效力,其他的部分则不能违背法律的规定,因此A项说法错误,B、C、D项为正确答案。

54.［答案］ABD

［解析］法律与道德都是调整人们行为的方法,但法律只是最低限度的道德,因此法律与道德并不是完全相同的。本题中,不参加祖父葬礼这一不道德之举没有在法律上得到否定性评价,故A项说法正确。

法在生成上往往与有组织的国家活动相关,由权威主体经程序主动制定认可,具有形式上的建构性,法的一元化存在形态,使它具有统一性和普适性;而道德在本质上是自由、多元、多层次的,故国家在立法时有可能会忽略某些道德观念。而法院根据国家法律没有采纳孙某的理由,由此可以发现国家法律在这方面没有将道德要求转化为法律义务,这表明国家的立法可以不考虑某些道德观念。当然,这并不否认国家的立法需要考虑某些道德观念,因此B项说法正确。

法律调整和道德调整各具优势,且在调整人们行为的过程中形成互补。近现代后,各国一般都倾向于强调法律调整的突出作用,依法治国成为普遍的政治主张。但在法律的适用过程中,法官并不是机械的、消极的,还要考虑道德的调整作用,以便使依法治国和以德治国能有机结合起来互相补充,故C项表述过于绝对,不符合司法原理。

法的评价作用是指法律作为一种行为标准,具有判断、衡量他人行为合法与否的评判作用。因此法律的评价作用是以法律作为基本标准的,故D项说法正确。

55.［答案］BC

［解析］法律规则依照规则对人们行为规定和限定的范围和程度不同,可以分为强行性规则和任意性规则。任意性法律规则是指规定在一定范围内,允许人们自行选择或协商确定为与不为、为的方式以及法律关系中的权利义务内容的法律规则;强行性规则是指内容规定具有强制性质,不允许人们随便加以更改的法律规则。本题中,根据我国《刑法》第257条的规定进行判决,《刑法》条款所规定的内容具有强制性质,不允许人们随便加以更改,故A项错误。法律对人的行为的指引通常采用两种方式:一种是确定的指引即通过设置法律义务要求人们做出或抑制一定行为,使社会成员明确自己必须从事或不得从事的行为界限;一种是不确定的指引是指通过宣告法律权利,给人们一定的选择范围。该刑法条款对小丽的起诉行为起到了一种确定性的指引作用,故选项B的说法是正确的。演绎推理是从一般到特殊的逻辑推理方法,即根据一般性的知识推出关于特殊性的知识,主要表现为三段论推理。事实和法律是法官在审理案件进行法律条例时的两个已知的评断(前提),法官必须根据这两个前提才能作出判决或裁定(结论)。本题中,法官作出判决的前提是陈某暴力干涉小丽婚姻自由的行为(事实)和《刑法》第257条第1款(法律),符合演绎推理特征,故C项说法正确。法官在进行法律推理时,要受到现行法律的约束,但同时法官也在进行价值判断,综合考虑价值、利益、历史、目的诸因素,认定案件事实的过程为法律适用过程的组成部分,这表明法院在认定案件事实的过程中需要运用价值导引的思考方式,故D项表述错误。因此本题答案为B、C项。

56.［答案］BD

［解析］本题中,法官甲认为,持仿真手枪抢劫系本条款规定的持枪抢劫,而且立法者的立法意图也应是这样。因为如果立法者在制定法律时不将仿真手枪包括在枪之内,就会对该条款作出例外规定。因此,法官甲对《刑法》第263条的规定的解释是文义解释,而非体系解释,故A项错误。

法官乙的解释结合了《刑法》立法者的目的,认为只有持枪抢劫才是立法者立法的对象,持仿真枪抢劫没有危害性,不是立法者所要禁止的行为,这种解释的方法是目的解释,故B项正确。

法的事实判断是指对客观存在的法律原则、规则、制度等所进行的客观分析与判断,与法的价值判断不同的是,法律中的事实判断主要解决客观存在的法律究竟是怎样的这一问题,它并不主张或者说抵制从"应然"的角度追问法律应当怎样的问题。本题中,法官甲与法官乙对仿真手枪是不是枪的判断各异,这说明在判断过程中受到法官价值观的影响,因而这一判断非为纯粹的事实判断,故C项错误。

解释学循环是解释学的一个中心问题,它是指整体只有通过理解它的部分才能得到理解,而对部分的理解只能通过对整体的理解。本题中法官之间的争议表明,法律条文所规定的"词"的意义并不是完全确定的、封闭的,而法律解释存在解释循环,可以帮助人们防止孤立地、断章取义地曲解法律,故D项正确。

57.［答案］AB

［解析］当代宪法的发展趋势主要体现在以

下几个方面:第一,对社会制度的安排上加强行政权力及中央集权的趋势明显。第二,随着国家权力进入社会经济和文化生活领域,宪法对经济和文化的规定越来越多,因而在宪法中形成基本经济制度和文化制度,而且内容日益丰富和完备。第三,宪法越来越重视公民基本权利的保护。第四,宪法保障加强,建立专门的宪法监督机关成为一种潮流。第五,宪法发展的国际化趋势进一步扩大。

综上所述,可以判断A项与B项表述正确,符合题干要求,是本题的正确答案。而行政权力扩大,议会的立法权必然随之削弱;中央集权的扩大必然导致地方自治权的缩小,故C、D项均有悖于宪法的发展趋势,不当选。

58.［答案］BC

［解析］《人民法院组织法》第34条第1、2款规定:"地方各级人民法院院长由地方各级人民代表大会选举,副院长、庭长、副庭长和审判员由地方各级人民代表大会常务委员会任免。在省内按地区设立的和在直辖市内设立的中级人民法院院长,由省、直辖市人民代表大会选举,副院长、庭长、副庭长和审判员由省、直辖市人民代表大会常务委员会任免。"因此,B、C项是正确的。

59.［答案］AD

［解析］依据2004年《宪法修正案》第20条规定,《宪法》第10条第3款"国家为了公共利益的需要,可以依照法律规定对土地实行征用"修改为:"国家为了公共利益的需要,可以依照法律规定对土地实行征收或者征用并给予补偿"。1988年《宪法修正案》第2条规定,《宪法》第10条第4款"任何组织或者个人不得侵占、买卖、出租或者以其他形式非法转让土地"修改为:"任何组织或个人不得侵占、买卖或者以其他形式非法转让土地,土地的使用权可以依照法律的规定转让。"可知,本题A、D两项正确,当选。

60.［答案］ABCD

［解析］《宪法》第101条第1款规定:"地方各级人民代表大会分别选举并且有权罢免本级人民政府的省长和副省长、市长和副市长、县长和副县长、区长和副区长、乡长和副乡长、镇长和副镇长。"因此A项关于副县长可以由上级委派的说法错误,符合题干要求,当选。

根据《宪法》第112条规定可知,民族自治地方的法院和检察院并不属于自治机关,其领导人不是必须为自治民族的公民。因此B项错误,当选。

《地方各级人民代表大会和地方各级人民政府组织法》第68条规定:"省、自治区的人民政府在必要的时候,经国务院批准,可以设立若干派出机关。县、自治县的人民政府在必要的时候,经省、自治区、直辖市的人民政府批准,可以设立若干区公所,作为它的派出机关。市辖区、不设区的市的人民政府,经上一级人民政府批准,可以设立若干街道办事处,作为它的派出机关。"区公所的审批权属于省级人民政府,因此C项错误,当选。

依据《宪法》第111条规定,城市和农村按居民居住地区设立的居民委员会或者村民委员会是基层群众性自治组织。居民委员会、村民委员会的主任、副主任和委员由居民选举。因此村民委员会主任和副主任的任职应由居民选举产生,故D项错误,当选。

61.［答案］BD

［解析］《地方各级人民代表大会和地方各级人民政府组织法》第13条规定:"县级以上的地方各级人民代表大会每次会议举行预备会议,选举本次会议的主席团和秘书长,通过本次会议的议程和其他准备事项的决定。预备会议由本级人民代表大会常务委员会主持。每届人民代表大会第一次会议的预备会议,由上届本级人民代表大会常务委员会主持。县级以上的地方各级人民代表大会举行会议的时候,由主席团主持会议。县级以上的地方各级人民代表大会会议设副秘书长若干人;副秘书长的人选由主席团决定。"A项说法太笼统,因此错误。

第15条规定:"乡、民族乡、镇的人民代表大会举行会议的时候,选举主席团。由主席团主持会议,并负责召集下一次的本级人民代表大会会议。乡、民族乡、镇的人民代表大会主席、副主席为主席团的成员。"故B项正确。

第16条规定:"地方各级人民代表大会每届第一次会议,在本届人民代表大会代表选举完成后的两个月内,由上届本级人民代表大会常务委员会或者乡、民族乡、镇的上届人民代表大会主席团召集。""召集"而非"主持",故C项错误。

第11条规定:"地方各级人民代表大会会议每年至少举行一次。经过1/5以上代表提议,可以临时召集本级人民代表大会会议。"故D项正确。

62.［答案］ABD

［解析］宪法实施保障体制主要有以下三种:

1. 由司法机关保障宪法实施的体制。由司法机关负责保障宪法实施的体制起源于美国。1803年,美国联邦最高法院审理马伯里诉麦迪逊一案开创了由联邦最高法院审查国会制定的法律是否符合宪法的先例,通过具体案件的审理以审查确定其所适用的法律是否符合宪法。

2. 由立法机关保障宪法实施的体制。由立法机关负责保障宪法实施的体制起源于英国。英国长期奉行“议会至上”原则，由作为立法机关的议会负责保障宪法实施。社会主义国家采取的也大多是由立法机关负责保障宪法实施的体制。我国现行宪法规定，全国人大及其常委会负有监督宪法实施的职责。

3. 由专门机关保障宪法实施的体制。由专门机关(宪法法院、宪法委员会等)负责保障宪法实施的体制起源于1799年法国宪法设立的护法元老院，并日益受到许多国家的重视，有可能成为占据主导地位的体制之一。奥地利规范法学派代表人物汉斯·凯尔森最早提出了设立宪法法院作为主管宪法诉讼的专门机关，根据他的计划，奥地利于1920年最先设立了宪法法院。故A、B、D项正确。

我国现行宪法规定，我国行使监督宪法实施职权的是全国人大及其常委会。可见，我国实行的是立法机关保障宪法实施的体制，而非由专门机关保障宪法实施，故C项错误。

63. [答案] ABC

[解析]《疑狱集》由五代后晋和凝父子编著，共四卷，是中国现存最早的一部案例选编，书中辑录了汉至五代情节复杂、争讼难决而最后获得了正确处理的案例，是一部影响较大的著作。古代官府在审理案件时，多使用酷刑，汉代以后直至明清，法律承认刑讯的合法性。唐律也确认了刑讯逼供的合法性，但也规定了严格的程序。《唐律》规定，审判时“必先以情，审察辞理，反复参验，尤未能决，事需拷问者，立案同判，然后拷问，违者杖六十”。也就是要求承审官员在拷问之前，必须先审核证据的真实性，然后反复查验证据。证据确凿，仍狡辩否认的，经过主审官与参审官共同决定，可以使用刑讯；未依法定程序拷讯的，承审官要负刑事责任。同时规定对那些人赃俱获，经拷讯仍不认罪的，也可以“据状断之”，即根据证据定罪。

综上所述，本题中的A项“作为县令的张举重视证据，一般用猪来作为证据”纯粹是干扰项，肯定是不正确的。B项、C项表述错误是因为当时法律已经规定了刑讯的条件和程序。而D项中的“据状断之”的“状”指的是证据，而非状况、案情，因此“张举在这个案件中对事实的判断体现了当时法律所规定的‘据状断之’的要求”的表述可以成立，即张举根据证据处理该案。

64. [答案] ABCD

[解析] 英国法的源头是盎格鲁·萨克逊时代的习惯法，随着王权的强大和完善的皇家司法机构的建立，逐渐形成了普通法、衡平法和制定法三大法律渊源，从而确立了英国封建法律体系。普通法是英国法中最主要的渊源，是12世纪前后发展起来的、由普通法院创制的通行于全国的普遍适用的法律，它的形成是中央集权和司法统一的直接后果。英国的普通法是以“令状制”为基础发展起来的，令状制要求原告只有在申请到特定的以国王名义签发的令状后，才能向法院主张实体权利的保护。令状成为诉权凭证，无令状就不能起诉，在此基础上形成了“程序先于权利”的普通法特点，故A、B项正确。

随着社会经济的发展，普通法的令状制度已不能满足人们的需要，于是在15世纪又形成了大法官法院，并根据大法官的审判实践，逐渐发展出一套与普通法不同的法律规则，即根据“公平”、“正义”的原则形成的衡平法。相对于普通法，衡平法重内容而轻形式，诉讼程序简便灵活，在审判时既不需要令状也不采用陪审制，故C项正确。

普通法和衡平法在管辖范围上存在交叉重叠，两者之间的矛盾随着社会的发展也日益增多，17世纪初，普通法院法官科克与衡平法院法官埃尔斯密将冲突引向白热化，这场争端以国王詹姆斯一世确立“衡平法优先”的原则而告终，故D项正确。

65. [答案] ABD

[解析] 依据《消费者权益保护法》第25条规定：“经营者不得对消费者进行侮辱、诽谤，不得搜查消费者的身体及其携带的物品，不得侵犯消费者的人身自由。”而A项侵犯了消费者的人格权中的隐私权，当选。

该法第20条规定：“经营者应当标明其真实名称和标记。租赁他人柜台或者场地的经营者，应当标明其真实名称和标记。”因此B项违反了经营者应当标明真实名称和标记的义务，当选。

该法第21条规定：“经营者提供商品或者服务，应当按照国家有关规定或者商业惯例向消费者出具购货凭证或者服务单据；消费者索要购货凭证或者服务单据的，经营者必须出具。”法律并没有对发票最低限额作出规定，因此，D项违反了法律规定，当选。

C项中的情况并不属于退货的法定情形，商家也无义务退货，不当选。

66. [答案] CD(原答案为ACD)

[解析] 依《关于贯彻执行〈中华人民共和国劳动法〉若干问题的意见》第39条规定：“用人单位依据劳动法第25条解除劳动合同，可以不支付劳动者经济补偿金。”《劳动法》第25条规定：“劳动者有下列情形之一的，用人单位可以解除劳动合同：(一)在试用期间被证明不符合录用条件的；(二)严重违反劳动纪律或者用人单位规章制度的；(三)严重失职，营私

舞弊,对用人单位利益造成重大损害的;(四)被依法追究刑事责任的。”因此企业在提前解除试用合同时,不必支付全部试用期的工资,但法律并未禁止,所以A选项中,企业自主决定支付全部工资,似无不妥,故A项企业的做法不违法。

依据《劳动法》第28条的规定,只有用人单位与劳动者协商解除劳动合同或用人单位主动解除劳动合同的,用人单位才有义务支付经济补偿金,劳动者主动解除合同关系的,用人单位没有义务支付经济补偿金,所以B项中的企业的做法并不违法。

《关于贯彻执行〈中华人民共和国劳动法〉若干问题的意见》第43条规定:“劳动合同解除后,用人单位对符合规定的劳动者应支付经济补偿金,不能因劳动者领取了失业救济金而拒付或克扣经济补偿金,失业保险机构也不得以劳动者领取了经济补偿金为由,停发或减发失业救济金。”企业不能从经济补偿金中扣除失业救济金,C项企业的做法违反法律规定。

依劳动部《违反和解除劳动合同的经济补偿办法》第6条规定:“劳动者患病或者非因工负伤,经劳动鉴定委员会确认不能从事原工作、也不能从事用人单位另行安排的工作而解除劳动合同的,用人单位应按其在本单位的工作年限,每满1年发给相当于1个月工资的经济补偿金,同时还应发给不低于6个月工资的医疗补助费,患重病和绝症的还应增加医疗补助费,患重病的增加部分不低于医疗补助费的50%,患绝症的增加部分不低于医疗补助费的100%。”不能用医疗补助费抵偿经济补偿金,D项中企业的做法违反法律规定。因此本题答案为C、D项。

67.［答案］ ABD

［解析］ 依据《税收征收管理法》第38条规定:“税务机关有根据认为从事生产、经营的纳税人有逃避纳税义务行为的,可以在规定的纳税期之前,责令限期缴纳应纳税款;在限期内发现纳税人有明显的转移、隐匿其应纳税的商品、货物以及其他财产或者应纳税的收入的迹象的,税务机关可以责成纳税人提供纳税担保。如果纳税人不能提供纳税担保,经县以上税务局(分局)局长批准,税务机关可以采取下列税收保全措施:(一)书面通知纳税人开户银行或者其他金融机构冻结纳税人的金额相当于应纳税款的存款;(二)扣押、查封纳税人的价值相当于应纳税款的商品、货物或者其他财产。纳税人在前款规定的限期内缴纳税款的,税务机关必须立即解除税收保全措施;限期期满仍未缴纳税款的,经县以上税务局(分局)局长批准,税务机关可以书面通知纳税人开户银行或者其他金融机构从其冻结的存款中扣缴税款,或者依法拍卖或者变卖所扣押、查封的商品、货物或者其他财产,以拍卖或者变卖所得抵缴税款。个人及其所扶养家属维持生活必需的住房和用品,不在税收保全措施的范围之内。”

《税收征收管理法》第40条规定:“从事生产、经营的纳税人、扣缴义务人未按照规定的期限缴纳或者解缴税款,纳税担保人未按照规定的期限缴纳所担保的税款,由税务机关责令限期缴纳,逾期仍未缴纳的,经县以上税务局(分局)局长批准,税务机关可以采取下列强制执行措施:(一)书面通知其开户银行或者其他金融机构从其存款中扣缴税款;(二)扣押、查封、依法拍卖或者变卖其价值相当于应纳税款的商品、货物或者其他财产,以拍卖或者变卖所得抵缴税款。税务机关采取强制执行措施时,对前款所列纳税人、扣缴义务人、纳税担保人未缴纳的滞纳金同时强制执行。个人及其所扶养家属维持生活必需的住房和用品,不在强制执行措施的范围之内。”故C项表述是正确的。税收保全与税收强制措施只适用于从事生产、经营的纳税人、扣缴义务人,而非所有纳税人,故A项错误。税务机关必须先采取税收保全措施,而不能直接采取税收强制措施,D项错误。依据第40条规定可知,从纳税人的存款中扣缴税款属于《税收征收管理法》强制措施之一,故B项错误。

68.［答案］ ABCD

［解析］《城市房地产管理法》第3条规定:“国家依法实行国有土地有偿、有限期使用制度。但是,国家在本法规定的范围内划拨国有土地使用权的除外。”该法第22条第1款规定:“土地使用权划拨,是指县级以上人民政府依法批准,在土地使用者缴纳补偿、安置等费用后将该幅土地交付其使用,或者将土地使用权无偿交付给土地使用者使用的行为。”由此可知,土地使用权可以通过划拨方式无偿取得,也可以通过出让方式有偿取得,故A项正确。用益物权是指对他人所有的物,在一定范围内进行占有、使用、收益、处分的他物权,因为土地的所有权属于国家或集体,因此土地使用权从性质上来说属于用益物权,故B项正确。《土地管理法》第9条规定:“国有土地和农民集体所有的土地,可以依法确定给单位或者个人使用。使用土地的单位和个人,有保护、管理和合理利用土地的义务。”因此无论是个人还是法人均可以依法取得土地使用权,故C项表述正确。《农村土地承包法》第22条第1款规定:“承包合同自成立之日起生效。承包方自承包合同生效时取得土地承包经营权。”因此,登记不是土地承包经营权的取得要件,故D项表述正确。因此本题答案为A、B、C、D项。

69.［答案］ AD

［解析］依据《消费者权益保护法》第22条第1款规定："经营者应当保证在正常使用商品或者接受服务的情况下其提供的商品或者服务应当具有的质量、性能、用途和有效期限；但消费者在购买该商品或者接受该服务前已经知道其存在瑕疵的除外。"商场已经提前告知消费者瑕疵了，故不再承担退货、换货的责任，当然销售者可以进行有偿的修理，因此A、D项说法正确，当选。B、C项说法错误，不选。

70.［答案］ABC

［解析］依据《证券法》第65条规定："上市公司和公司债券上市交易的公司，应当在每一会计年度的上半年结束之日起2个月内，向国务院证券监督管理机构和证券交易所报送记载以下内容的中期报告，并予公告：(一)公司财务会计报告和经营情况；(二)涉及公司的重大诉讼事项；(三)已发行的股票、公司债券变动情况；(四)提交股东大会审议的重要事项；(五)国务院证券监督管理机构规定的其他事项。"

依据《证券法》第66条规定："上市公司和公司债券上市交易的公司，应当在每一会计年度结束之日起四个月内，向国务院证券监督管理机构和证券交易所报送记载以下内容的年度报告，并予公告：(一)公司概况；(二)公司财务会计报告和经营情况；(三)董事、监事、高级管理人员简介及其持股情况；(四)已发行的股票、公司债券情况，包括持有公司股份最多的前十名股东的名单和持股数额；(五)公司的实际控制人；(六)国务院证券监督管理机构规定的其他事项。"比较这两条规定可知A、B、C项正确。公司的中期报告并没有要求记载持有公司股份最多的前10名股东的名单和持股数额，故D项错误。

71.［答案］ABCD

［解析］《银行业监督管理法》第45条规定："银行业金融机构有下列情形之一，由国务院银行业监督管理机构责令改正，有违法所得的，没收违法所得，违法所得50万元以上的，并处违法所得1倍以上5倍以下罚款；没有违法所得或者违法所得不足50万元的，处50万元以上200万元以下罚款；情节特别严重或者逾期不改正的，可以责令停业整顿或者吊销其经营许可证；构成犯罪的，依法追究刑事责任……"故A项是正确的。

《银行业监督管理法》第48条规定："银行业金融机构违反法律、行政法规以及国家有关银行业监督管理规定的，银行业监督管理机构除依照本法第43条至第47条规定处罚外，还可以区别不同情形，采取下列措施：(一)责令银行业金融机构对直接负责的董事、高级管理人员和其他直接责任人员给予纪律处分；(二)银行业金融机构的行为尚不构成犯罪的，对直接负责的董事、高级管理人员和其他直接责任人员给予警告，处5万元以上50万元以下罚款；(三)取消直接负责的董事、高级管理人员一定期限直至终身的任职资格，禁止直接负责的董事、高级管理人员和其他直接责任人员一定期限直至终身从事银行业工作。"故B项是正确的。

《银行业监督管理法》第44条规定："擅自设立银行业金融机构或者非法从事银行业金融机构的业务活动的，由国务院银行业监督管理机构予以取缔；构成犯罪的，依法追究刑事责任；尚不构成犯罪的，由国务院银行业监督管理机构没收违法所得，违法所得50万元以上的，并处违法所得1倍以上5倍以下罚款；没有违法所得或者违法所得不足50万元的，处50万元以上200万元以下罚款。"故C项是正确的。

《银行业监督管理法》第43条规定："银行业监督管理机构从事监督管理工作的人员有下列情形之一的，依法给予行政处分；构成犯罪的，依法追究刑事责任……"故D项是正确的。

72.［答案］ABD

［解析］依据《银行业监督管理法》第36条规定："银行业监督管理机构应当责令银行业金融机构按照规定，如实向社会公众披露财务会计报告、风险管理状况、董事和高级管理人员变更以及其他重大事项等信息。"故A、B、D项是正确的。

73.［答案］ABCD

［解析］依据《商业银行法》第71条："商业银行不能支付到期债务，经国务院银行业监督管理机构同意，由人民法院依法宣告其破产。商业银行被宣告破产的，由人民法院组织国务院银行业监督管理机构等有关部门和有关人员成立清算组，进行清算。商业银行破产清算时，在支付清算费用、所欠职工工资和劳动保险费用后，应当优先支付个人储蓄存款的本金和利息。"《破产法》第7条："债务人不能清偿到期债务，债权人可以申请宣告债务人破产。"第37条："清算组提出破产财产分配方案，经债权人会议讨论通过，报请人民法院裁定后执行。破产财产优先拨付破产费用后，按照下列顺序清偿：(一)破产企业所欠职工工资和劳动保险费用；(二)破产企业所欠税款；(三)破产债权。破产财产不足清偿同一顺序的清偿要求的，按照比例分配。"第24条："人民法院应当自宣告企业破产之日起15日内成立清算组，接管破产企业。清算组负责破产财产的保管、清理、估价、处理和分配。清算组可以依法进行必要的民事活动。清算组成员由人民法院从企业上级主管部门、政府财政部门等有关部门和专业人员中指定。清算组可以聘任必要的工作人员。清算组对人民法院负责并且报

告工作。”对比以上法条可以看出A、B、C、D四种表述都是商业银行破产的特殊之处。

74.［答案］ABCD

［解析］依据《劳动法》第70条规定：“国家发展社会保险事业，建立社会保险制度，设立社会保险基金，使劳动者在年老、患病、工伤、失业、生育等情况下获得帮助和补偿。”故A项正确。《劳动法》第72条规定：“社会保险基金按照保险类型确定资金来源，逐步实行社会统筹。用人单位和劳动者必须依法参加社会保险，缴纳社会保险费。”故B项正确。《劳动法》第73条第2款规定：“劳动者死亡后，其遗属依法享受遗属津贴。”故C项正确。《劳动法》第74条第1款规定：“社会保险基金经办机构依照法律规定收支、管理和运营社会保险基金，并负有使社会保险基金保值增值的责任。”故D项正确。

75.［答案］AB

［解析］《公司法》第11条规定：“设立公司必须依法制定公司章程。公司章程对公司、股东、董事、监事、高级管理人员具有约束力。”因为前一种义务是公司章程中规定的，所以其对一般劳动者没有约束力，故A项正确。

《公司法》第149条第(七)项规定，董事、高级管理人员不得擅自披露公司秘密；《劳动法》第22条规定：“劳动合同当事人可以在劳动合同中约定保守用人单位商业秘密的有关事项。”

因此保密义务对于董事、高级管理人员来说属于法定义务，对于企业员工此种义务属于约定义务，故B项正确。

根据《公司法》第149条的规定可知，董事、高级管理人员的保密义务是无偿义务，劳动法上的保密义务由劳动者和用人单位约定，可能为有偿义务，也可能为无偿义务，故C项错误。《公司法》第150条规定：“董事、监事、高级管理人员执行公司职务时违反法律、行政法规或者公司章程的规定，给公司造成损失的，应当承担赔偿责任。”

《劳动合同法》第90条规定：“劳动者违反本法规定解除劳动合同，或者违反劳动合同中约定的保密义务或者竞业限制，给用人单位造成损失的，应当承担赔偿责任。”因此劳动者违反保密义务应当承担民事赔偿责任，而不是行政责任，故D项错误。

76.［答案］ABCD

［解析］依据《环境保护法》第6条规定：“一切单位和个人都有保护环境的义务，并有权对污染和破坏环境单位和个人进行检举和控告。”由以上规定可知，所有影响环境的行为都受《环境保护法》的约束，所以A项错误。第7条规定：“国务院环境保护行政主管部门，对全国环境保护工作实施统一监督管理。县级以上地方人民政府环境保护行政管理部门，对本辖区的环境保护工作实施统一监督管理。国家海洋行政主管部门、港务监督、渔政渔港监督、军队环境保护部门和各级公安、交通、铁道、民航管理部门，依照有关法律的规定对环境污染防治实施监督管理。县级以上人民政府的土地、矿产、林业、农业、水利行政主管部门，依照有关法律的规定对资源的保护实施监督管理。”环境保护管理部门对环境保护工作进行全面管理，所以B项错误。国务院环境保护行政主管部门，对全国环境保护工作实行统一监督管理，所以C项错误。对于演出组的行为，《环境保护法》有明确的处罚措施，依前引第38条规定D项错误。因此本题答案为A、B、C、D项。

77.［答案］CD

［解析］国家行为指引起国际责任的行为必须是能够根据国际法归因于国家的不当行为。一般私人或私人团体本身对外国或外国人的不法侵害不引起国家责任，但是该行为如果由于国家的失职造成或国家对该行为进行纵容，则可能引起国家对本身失职或放纵行为的责任，这称之为间接责任。该国警察的行为构成对哄抢行为的放纵，即只构成间接国家行为。乙国中央政府有义务调查处理肇事者，并追究当地警察的渎职行为，否则应承担相应的国家责任。故A项错误，C项正确。

外交保护是指一国国民在外国受到不法侵害，且依该外国法律程序得不到救济时，其国籍国可以通过外交方式要求该外国进行救济或承担责任，以保护其国民或国家的利益。国家行使外交保护一般应符合三个条件：(1)一国国民权利受到侵害是由于所在国的国家不当行为所致；(2)受害人自受害行为发生起到外交保护结束的期间内，必须持续拥有保护国的国籍；(3)在提出外交保护之前，受害人必须用尽当地法律规定的一切可以利用的救济办法，包括行政和司法救济手段。对照本题，可以得出结论：廖某应先寻求用尽当地救济，若救济未果，甲国才能行使外交保护权，故B项错误，D项正确。

78.［答案］BC

［解析］根据《联合国宪章》及相关决议，注册咨商地位的组织属于非政府组织。关于非政府组织，其目前主要是由各相关国家的国内法加以规范。一个国际非政府组织，首先是在某个国家注册或登记的该国国内合法团体，这种注册或登记依照该国相关的国内法进行；其行动应当受到该注册国法律的规范。同时，在国际法层面，这类国际非政府组织也不

是由政府间的协议创立，而是一种民间性的跨国联合。该组织若在其他国家进行活动，也应当尊重所涉及国家的相关法律，不得从事违法活动，所以A项错误，B、C项正确。

联合国经社理事会通过给予一些非政府组织"咨商地位"的方式，与一些重要的非政府组织建立了联系。获得"咨商"地位的非政府组织可以为经社理事会的一些工作提供咨询，但都不会改变它非政府组织的性质。D项错误。

79.［答案］ABCD

［解析］南极地区的法律地位依照1959年《南极条约》的规定，已经冻结各国对南极地区的领土要求，包括对南极领土不得提出新的或扩大现有要求，所有国家都可以对南极进行科学研究和考察，因此，南极已不可能成为先占获取主权的对象，故A项正确。

北极地区位于北极圈以内，主要部分是北冰洋，其中大部分为公海，虽然有少数国家曾按照"扇形原则"提出对北极部分地区的领土主张，但遭到了大多数国家的反对，因此，也不能成为先占的对象，故B项正确。

《联合国海洋法公约》规定："国际海底区域及其自然资源是人类共同继承财产，任何国家不得对'区域'或其任何部分主张主权或行使主权，任何人不能将'区域'或其资源的任何部分据为己有。"故C项正确。

《外空条约》规定，任何国家对月球的探索、利用和开发，都必须是为全体人类谋取福利和利益，任何国家不得通过主权要求、使用或占领的方法，或采取其他任何措施，将月球据为己有，故D项正确。

80.［答案］AC

［解析］关于争议的可仲裁性问题，我国法律通过列举的方式排除了若干类型争议通过仲裁解决的可能性。《仲裁法》第2条规定："平等主体的公民、法人和其他组织之间发生的合同纠纷和其他财产权益纠纷，可以仲裁。"第3条规定："下列纠纷不能仲裁：(一)婚姻、收养、监护、扶养、继承纠纷；(二)依法应当由行政机关处理的行政争议。"第3条第(一)项所列纠纷中的权利也属于当事人可以自由处分的权利，但对此不能仲裁。故A项错误。

《仲裁法》第39条规定："仲裁应当开庭进行。当事人协议不开庭的，仲裁庭可以根据仲裁申请书、答辩书以及其他材料作出裁决。"故B项正确。

《仲裁法》第20条第1款规定："当事人对仲裁协议的效力有异议的，可以请求仲裁委员会作出决定或者请求人民法院作出裁定。一方请求仲裁委员会作出决定，另一方请求人民法院作出裁定的，由人民法院裁定。"因此，仲裁机构可以就仲裁协议的有效性作出决定。故C项表述不准确。

《仲裁法》第53条规定："裁决应当按照多数仲裁员的意见作出，少数仲裁员的不同意见可以记入笔录。仲裁庭不能形成多数意见时，裁决应当按照首席仲裁员的意见作出。"由此可知，当仲裁庭不能形成多数意见时，此时裁决应当按照首席仲裁员一个人的意见作出，故D项正确。

81.［答案］AC

［解析］当案件的审理需要适用外国法律时，法院需要查明外国法律的内容。依据我国《民通意见》第193条规定可知，A、C项表述正确，B、D项说法错误。

82.［答案］ABD

［解析］《海商法》第275条规定："海事赔偿责任限制，适用受理案件的法院所在地法律。"故A项正确。同法第272条规定："船舶优先权，适用受理案件的法院所在地法律。"故B项正确。同法第273条规定："船舶碰撞的损害赔偿，适用侵权行为地法律。船舶在公海上发生碰撞的损害赔偿，适用受理案件的法院所在地法律。同一国籍的船舶，不论碰撞发生于何地，碰撞船舶之间的损害赔偿适用船旗国法律。"故C项错误，D项正确。因此本题答案为A、B、D项。

83.［答案］ABCD

［解析］国内程序救济和多边程序救济在性质上是两种根本不同的救济，一个是一国之内的，一个是世界贸易组织项下的。其主要区别：(1)当事人不同。在国内程序中，当事人是原调查的利害关系方，而在多边程序中，当事人是出口国政府和进口国政府，故A项正确。(2)申诉对象不同。在国内程序中，申诉对象是主管机关做出的决定或采取的措施，在多边程序中申诉对象可以是主管机关做出的决定或采取的措施，也可以是复审法院的裁决，甚至还可以包括立法本身(统称进口成员国措施)，故B项正确。(3)实体规则或审查标准不同。国内程序中据以判断主管机关的决定是否合法的依据是进口国国内法，而在多边程序中审查成员国措施的依据是世贸组织的相关规则，故C项正确。(4)处理争议的程序不同。在国内程序中遵循的是进口国的行政复议或诉讼程序法，而在多边程序中遵循的是世贸组织的争端解决规则和程序以及相关协议规定的特殊或额外的规则和程序，故D项正确。另外两者还在复议审判结构和救济结果方面存在着不同。

84.［答案］ABC

［解析］《公约》第 49 条规定："买方有权在下列情况下解除合同：第一，卖方根本违反合同，第二，卖方在买方规定的宽限时间内没有交货或声明不交货。"故 A 项正确。

《公约》第 50 条的规定是："如果货物不符合同，不论价款是否已付，买方都可以减低价格，减价按实际交付的货物在交货时的价值与符合合同的货物在当时的价值两者之间的比例计算。但是，如果卖方按照第 37 条或第 48 条的规定对任何不履行义务做出补救，或者买方拒绝接受卖方按照该两条规定履行义务，则买方不得减低价格。"根据《公约》第 74 条～77 条的规定，损害赔偿是可以和其他任何一种救济方式并用的违约救济方式。因此，B 项正确。

《公约》第 46 条第 2 款规定："如果货物不符合同，买方只有在此种不符合同情形构成根本违反合同时，才可以要求交付替代货物"，因此 C 项正确。

《公约》第 52 条第 2 款规定："如果卖方交付的货物数量大于合同规定的数量，买方可以收取也可以拒绝收取多交部分的货物。如果买方收取多交部分货物的全部或一部分，他必须按合同价格付款。"因此，当卖方交付的货物数量超过合同约定的数量时，买方有选择权，他可以拒绝，也可以接受多出的货物，如果接受则应按照合同价格付款，故 D 项错误。

85.［答案］AC

［解析］《与贸易有关的知识产权协议》对《保护文学艺术作品伯尔尼公约》进行了补充，除了疾病的诊断方法、治疗方法和外科手术方法以及动植物新品种等例外，一切技术领域内具有新颖性和创造性并能付诸工业应用的任何发明，不论是产品还是方法，均有可能获得专利，故 B、D 两项错误。

协议在保护版权和相关权利时将独创性数据汇编作为版权的课题加以保护，计算机程序及电影作品的出租权也是版权保护的对象，故 A、C 项正确。

86.［答案］ACD

［解析］依《公约》第 86 条规定："(1)如果买方已收到货物，但打算行使合同或本公约规定的任何权利，把货物退回，他必须按情况采取合理措施，以保全货物。他有权保有这些货物，直至卖方把他所付的合理费用偿还给他为止。……"从上述规定可以得知 A 项正确。

第 87 条规定："有义务采取措施以保全货物的一方当事人，可以把货物寄放在第三方的仓库，由另一方当事人担负费用，但该项费用必须合理。"故 C 项正确。

第 88 条第(2)项规定："如果货物易于迅速变坏，或者货物的保全牵涉到不合理的费用，则按照第 85 条或第 86 条规定有义务保全货物的一方当事人，必须采取合理措施，把货物出售，在可能的范围内，他必须把出售货物的打算通知另一方当事人。"根据上述规定，买方可以处理货物，但应尽可能通知卖方。故 B 项错误，D 项正确。

87.［答案］BD

［解析］我国古代并无"司法"这一概念，"司法"一词是我国清朝末年从西方引进的，但没有司法概念并不意味着没有司法活动的存在，我国古代即存在一系列的司法机关和诉讼制度，以保障司法活动的顺利进行，故 A 项错误。

我国清末引进的司法制度，在法律中明确规定司法权由法院行使，那时的司法权就是指审判权，而各级检察院附设于大理院或同级审判厅，受专门负责司法行政的法部领导，故 B 项正确。

新中国建立后，我国在政治体制包括司法制度上借鉴了前苏联的经验，故 C 项错误。

我国的司法具有以下几个特征：独立性、被动性、交涉性、终局性、普遍性。其中的终局性是现代司法的一个根本属性。检察院是我国的司法机关之一，其作出的决定有时也具有终局性，如其作出的不起诉决定，一经作出，立即生效，诉讼活动即告终结，因此也具有终局性，故 D 项正确。

88.［答案］AD

［解析］根据《律师法》第 3 条第 3 款的规定："律师执业应当接受国家、社会和当事人的监督。"因此，律师违反敬业尽职义务的，不仅其客户，任何单位都有权向律师协会或司法行政机关投诉，对于律师违反敬业义务给客户以外的第三人造成损害的，第三人也可以向法院起诉，故 A 项错误。

根据《律师法》第 47～50 条的规定，可以看出，当律师和律所收到了费用而从事违法犯罪行为时，可以对其收取的律师费用予以没收，故 B 项正确。

根据《律师法》第 49 条第 2 款规定，律师因故意犯罪受刑事处罚的，由省、自治区、直辖市人民政府司法行政部门吊销其律师执业证书。本题中甲、乙律师被起诉的罪名是"提供虚假证明文件罪"，而此罪的主观方面必然是故意。所以，如果甲和乙构成该项犯罪，司法行政机关可以吊销其律师执业证。故 C 项正确。

律师执业责任险是《保险法》第 65 条规定的第三者责任险的一种，但目前律师责任险尚未成为我国法律法规规定的强制性保险，在实践中，最大诚信原则是保险合同应当遵守的基本原则，律师明显违背职业道德、执业纪律显然有违诚信原则，保险公司对因此而造成的损失没有赔付义务。本题中，律师甲与乙的行为严重违背律师职业执业道德和执业纪律，保险公司对他们此种行为造成的损失没有赔付义务，故D项错误。

89.［答案］ACD

［解析］审判制度的基本原则是指人民法院在审判活动中必须遵循的基本行为准则，它贯穿于审判活动的全过程，并对审判活动具有普遍的指导意义。这些原则包括：不告不理原则、审判独立原则、直接言词原则、审判及时原则、集中审理原则等。

(1)不告不理，是指没有原告的起诉，法院就不能进行审判，具体包括两层含义：一是没有原告的起诉法院不得启动审判程序；二是法院审判的范围应与原告起诉的范围一致，法院不得对原告未提起诉讼请求的事项进行审判。实行不告不理原则，是审判中立的根本要求，对于维护司法公正具有十分重要的意义。故A项正确。

(2)直接言词原则，是直接原则和言词原则的合称，是指审理案件的审判人员必须在法庭上亲自听取当事人、证人和其他诉讼参与人的陈述，对于案件事实和口头证据，必须由双方当事人当庭口头提出，并以口头辩论和质证的方式进行庭审调查。我国《民事诉讼法》、《刑事诉讼法》虽然没有明确规定直接言词原则，但许多具体规定体现了这一精神。一般来说，人民法院在按普通程序审理案件时应当严格遵循直接言词原则，而按简易程序审理案件时则可以有所例外。这是因为，简易程序是普通程序的简化，按照法律规定可以不询问当事人、证人和鉴定人，也可以不出示证据，因而也就无须严格遵循直接言词原则。故B项错误。

(3)审判权独立行使原则，指人民法院依照法律规定独立行使审判权，不受行政机关、社会团体和个人的干涉，但法院在独立行使审判权的时候仍要受到各级人大及其常委会、检察院以及上级人民法院的监督，因此C项正确。

(4)审判及时原则，是指人民法院审判案件应在法律规定的期限内进行，而且应尽量做到快速结案，审判及时是现代审判活动的重要特征，体现了现代审判活动中的效率价值。故D项正确。

(5)集中审理原则，又称不间断审理原则，是指法庭对各类诉讼案件的审理原则上应当持续进行，除了必要的休息时间以外，不得中断审理。实行集中审理原则，有利于审判人员通过持续的庭审活动对案件事实和证据形成清晰完整的印象；有利于审判人员免受庭外各种因素的干扰和影响，保持其独立与公正地位；还有利于人民法院及时审结案件，提高审判效率。

90.［答案］AD

［解析］检察院的职权包括：(1)依法对国家工作人员职务犯罪案件进行立案侦查的权力；(2)代表国家依法提起公诉、追究犯罪的权力；(3)在刑事诉讼中依法批准或决定逮捕犯罪嫌疑人的权力；(4)在刑事诉讼中依法对立案、侦查、审判、执行活动进行监督的权力；(5)发现人民法院已经生效的刑事、民事和行政案件的判决、裁定确有错误的，依法按照审判监督程序提出抗诉的权力；(6)对劳动教养机关的活动进行监督的权力。因此并不是重案都要求检察院直接立案侦查，因为检察院自侦案件并非以案件是否重案来决定，而是以是否构成国家工作人员的职务犯罪为标准，故A项错误。

最高人民法院《关于严格执行公开审判制度的若干规定》第11条第1款规定："依法公开审理案件，经人民法院许可，新闻记者可以记录、录音、录像、摄影、转播庭审实况。"《刑诉解释》第58条规定："证据必须经过当庭出示、辨认、质证等法庭调查程序查证属实，否则不能作为定案的根据……"故B项正确。

《律师法》第28条规定："律师可以从事下列业务：……(三)接受刑事案件犯罪嫌疑人的委托，为其提供法律咨询，代理申诉、控告，为被逮捕的犯罪嫌疑人申请取保候审，接受犯罪嫌疑人、被告人的委托或者人民法院的指定，担任辩护人，接受自诉案件自诉人、公诉案件被害人或者其近亲属的委托，担任代理人，参加诉讼……"第33条规定："犯罪嫌疑人被侦查机关第一次讯问或者采取强制措施之日起，受委托的律师凭律师执业证书、律师事务所证明和委托书或者法律援助公函，有权会见犯罪嫌疑人、被告人并了解有关案件情况。律师会见犯罪嫌疑人、被告人，不被监听。"第34条规定："受委托的律师自案件审查起诉之日起，有权查阅、摘抄和复制与案件有关的诉讼文书及案卷材料。受委托的律师自案件被人民法院受理之日起，有权查阅、摘抄和复制与案件有关的所有材料。"综上所述，律师在执业中享有同犯罪嫌疑人会见权；查阅案卷权；为犯罪嫌疑人提供法律咨询、代理申诉、控告、申请取保候审的权利。故C项正确。

两审终审制度，是指一个案件经过相临两级法院的审判即宣告终结的制度。在我国审判程序中一般实行两审终审制，但也有例外的情况，如最高人民法院管辖的一审案件以及《民事诉讼法》第161条规定："依照本章程序审理的案件，实行一审终审，选民资格案件或者重大、疑难的案件，由审判员组成合议庭审理；其他案件由审判员一人独任审理。"故D项错误。

三、不定项选择题

91.［答案］A

［解析］本案中一审法院的法官在认定杨某的行为时，把《刑法》第 385 条的规定作为大前提，然后认定杨某的行为是这个大前提中的“受贿行为”，最后得出杨某应该受到大前提《刑法》第 385 条规定的刑罚的结论，从而作出判决。这个推理过程是演绎推理，而不是辩证推理，因而 A 项错误，C 项正确。

辩证推理侧重对法律规定和案件实施的实质内容进行价值评价或者在相互冲突的利益间进行选择的推理，具体包括类比推理、法律解释、论辩、劝说、推定等方法。其中类比推理的具体方法分为三个步骤：首先，识别一个权威性的基点或判例。本案中的《刑法》第 385 条的规定，就是这样一个基点。其次，在判例和一个问题案件间识别事实上的相同点和不同点，本案二审中对该工程的建设指挥部性质的认定属于此种识别。再次，判断是事实上的相同点和不同点更为重要，如果属于前一种情况，就要依照基点或判例所指示的方法；如果是后一种情况，就要区别对待，本案中二审法院认定其行为性质是与基点即《刑法》第 385 条的规定不相同的情况。综上所述，二审法院运用了类比的推理方法，而类比属于辩证推理的方法之一，故 B、D 项正确。

92.［答案］ACD

［解析］对于条约在国内的适用和地位，目前我国法律没有作出统一明确的规定。由于缺乏宪法或基本法的依据，在民商事法律范围以外，条约在国内的地位和适用问题存在不一致的实践。而民商事条约的直接适用得到了我国某些立法和司法实践的支持，因此本题 A 项“一切国际条约不得直接作为国内法适用”的说法是错误的。

法律渊源是指一定的国家机关依照法定的职权和程序制定或认可的具有不同法律效力和地位的法律的不同表现形式，即根据法律的效力来源不同而划分的法律的不同形式。当代中国法的渊源主要为以宪法为核心的各种制定法，包括宪法、法律、行政法规、地方性法规、经济特区的规范性文件、特别行政区的法律法规、规章、国际条约、国际惯例等。根据《民法通则》第 142 条规定：“涉外民事关系的法律适用，依照本章的规定确定。中华人民共和国缔结或者参加的国际条约同中华人民共和国的民事法律有不同规定的，适用国际条约的规定，但中华人民共和国声明保留的条款除外。中华人民共和国法律和中华人民共和国缔结或者参加的国际条约没有规定的，可以适用国际惯例。”可知，《伯尔尼保护文学艺术作品公约》作为民事公约在我国是有优先适用效力的，故 B 项正确。

法律体系是一国现行国内法构成的体系，不包括完整意义上的国际法，即国际公法。《伯尔尼保护文学艺术作品公约》作为我国缔结和参加的国际条约，属于国际知识产权法领域，在我国具有优先适用的效力，是我国法律体系的组成部分，C 项的表述是错误的。

我国缔结或者参加的国际条约与我国法律同属于我国的法律体系，所以 D 项的表述是错误的。并且，根据前引《民法通则》第 142 条的规定，《中华人民共和国著作权法》和《伯尔尼保护文学艺术作品公约》有不同规定的，应当适用公约的规定。

93.［答案］ABCD

［解析］我国《宪法》和有关法律只规定了全国人大委员会委员长、副委员长，国家主席、副主席，国务院总理、副总理、国务委员的连续任职不得超过两届，对地方各级政府的任职届数没有做出限制，故 A 项错误。

《地方各级人民代表大会和地方各级人民政府组织法》第 21 条第 1 款规定：“县级以上的地方各级人民代表大会常务委员会的组成人员，乡、民族乡、镇的人民代表大会主席、副主席，省长、副省长，自治区主席、副主席，市长、副市长，州长、副州长，县长、副县长，区长、副区长，乡长、副乡长，镇长、副镇长，人民法院院长，人民检察院检察长的人选，由本级人民代表大会主席团或者代表依照本法规定联合提名。”因此，县长没有提名副县长的权力，故 B 项错误。

第 64 条第 2 款规定：“县级以上的地方各级人民政府设立审计机关。地方各级审计机关依照法律规定独立行使审计监督权，对本级人民政府和上一级审计机关负责。”第 4 款规定：“自治州、县、自治县、市、市辖区的人民政府的局、科等工作部门的设立、增加、减少或者合并，由本级人民政府报请上一级人民政府批准，并报本级人民代表大会常务委员会备案。”因此，县人民代表大会无权决定增减机构，且审计机关是必设机关，不得删减，故 C 项错误。

依据该法第 44 条第（五）项规定，决定对本行政区域内的国民经济和社会发展计划、预算的部分变更属于县级以上的地方各级人民代表大会常务委员会的职权，不得转授，故 D 项错误。

94.［答案］BCD

［解析］我国关于合同的准据法的规定主要有国际条约优先原则和当事人意思自治原则。关于意思自治方面，我国《民法通则》第 145 条第 1 款规定，涉外合同的当事人可以选择处理合同争议所适用的法律。法律另有规定的除外。如：在中华人民共和国境内履行的中外合资经营企业合同、中外合作经营企业合同、中外合作勘探开发自然资源合同，适用中

华人民共和国法律。因此,我国并不是所有的法律都允许涉外合同的当事人自行约定合同准据法的,故A项错误。

《民法通则》第145条第2款规定,涉外合同的当事人没有选择的,适用与合同有最密切联系的国家的法律。故B项正确。

国际私法关于合同准据法有分割论和单一论之分,两者的分歧表现在:(1)对于同一合同,单一论主张对整个合同适用同一法律,分割论主张合同的不同方面适用不同的法律;(2)对于不同性质的合同,单一论主张不分类型,统一确定其准据法,分割论主张不同类型的合同适用不同的法律,因此,C项正确。

特征性履行方法是合同准据法的确定方法之一,指的是国际合同的当事人未选择适用于合同的法律时,根据合同的特殊性质确定合同准据法的理论,故D项正确。

95. [答案] AD

[解析] EXW意为"工厂交货(指定地点)",此术语的卖方义务最小,卖方只要将货物在约定地点交给买方处置即可,此约定的地点指卖方的工厂、仓库等,由于是在卖方的内陆交货,因此又称"内陆交货合同",此术语下货物的风险自交货时转移,本案中,修格公司作为买方,选择EXW贸易术语,则义务最大,故A项正确。

CFR意为"成本加运费(指定目的港)",因此CFR后应当跟目的港,而不是发货港。辉泉公司是中国公司,货物要出口,目的港不可能为天津港口,而应是南美某港口才符合CFR贸易术语要求,故B项错误。

CIF意为"成本加运费加保险费(指定目的港)",在此种术语下,货物的风险在装货港船舷转移,而卖方为了自己的利益应当办理保险并支付保险费。故C项中作为卖方的辉泉公司对货物在公海上因船舶沉没而导致的货损不应承担赔偿责任,修格公司应向保险公司要求赔偿,故C项错误。

F组共有三个术语,即FCA意为"货交承运人(指定地点)",FAS意为"船边交货(指定装运港)",FOB意为"船上交货(指定装运港)"。适用的运输方式上,FAS和FOB只适用于海运和内河运输,FCA则可以适用于各种运输方式,本案中买卖双方都有可能接受F组中的某项贸易术语,故D项正确。

96. [答案] CD

[解析] 根据律师职业行为规范,律师不得乱许诺、高收费、搞风险代理等,但可以做广告,但应坚持真实、严谨、适度的原则,故A项说法错误。

我国审判制度中,审判权独立是指法院作为一个集体独立行使审判权,法官判案应坚持"以事实为依据,以法律为准绳",在法官职业道德基本准则中,也明确要求法官独立判案必须忠实于事实、忠实于法律,而不是任凭自己内心去判案,故B项错误。

《公证法》第42条规定:"公证机构及其公证员有下列行为之一的,由省、自治区、直辖市或者设区的市人民政府司法行政部门对公证机构给予警告,并处2万元以上10万元以下罚款,并可以给予1个月以上3个月以下停业整顿的处罚;对公证员给予警告,并处2000元以上1万元以下罚款,并可以给予3个月以上12个月以下停止执业的处罚;有违法所得的,没收违法所得;情节严重的,由省、自治区、直辖市人民政府司法行政部门吊销公证员执业证书;构成犯罪的,依法追究刑事责任:(一)私自出具公证书的;(二)为不真实、不合法的事项出具公证书的;(三)侵占、挪用公证费或者侵占、盗窃公证专用物品的;(四)毁损、篡改公证文书或者公证档案的;(五)泄露在执业活动中知悉的国家秘密、商业秘密或者个人隐私的;(六)依照法律、行政法规的规定,应当给予处罚的其他行为。因故意犯罪或者职务过失犯罪受刑事处罚的,应当吊销公证员执业证书。"故C项正确。

以事实为依据,以法律为准绳是法律职业人员贯彻社会主义法制基本原则和正确适用法律的基本要求,故D项正确。

97. [答案] B

[解析]《拍卖法》第22条规定:"拍卖人及其工作人员不得以竞买人的身份参与自己组织的拍卖活动,并不得委托他人代为竞买。"第23条规定:"拍卖人不得在自己组织的拍卖活动中拍卖自己的物品或者财产权利。"比较这两条款可以发现,对于拍卖公司的工作人员在拍卖活动中拍卖自己的物品,法律并未禁止。故本题中A、C、D项的表述是错误的,正确答案为B项。

98. [答案] B

[解析]《拍卖法》第51条规定:"竞买人的最高应价经拍卖师落槌或者以其他公开表示买定的方式确认后,拍卖成交。"第52条规定:"拍卖成交后,买受人和拍卖人应当签署成交确认书。"根据以上规定可知,竞买人的应价为要约行为,拍卖师的落槌为承诺行为,承诺生效即合同成立,合同只要具备生效的法定要件,该合同即生效,签署成交确认书不是合同成立或生效的要件,仅是证明合同成立的证据。故正确答案为B项。

99. [答案] B

[解析]《拍卖法》第63条规定:"违反本法

第23条的规定，拍卖人在自己组织的拍卖活动中拍卖自己的物品或者财产权利的，由工商行政管理部门没收拍卖所得。”故正确答案为B项。

100.［答案］ABC

［解析］《拍卖法》第39条规定：“买受人应当按照约定支付拍卖标的的价款，未按照约定支付价款的，应当承担违约责任，或者由拍卖人征得委托人的同意，将拍卖标的再行拍卖。拍卖标的再行拍卖的，原买受人应当支付第一次拍卖中本人及委托人应当支付的佣金。再行拍卖的价款低于原拍卖价款的，原买受人应当补足差额。”故A、B、C项正确。第40条规定：“买受人未能按照约定取得拍卖标的的，有权要求拍卖人或者委托人承担违约责任。买受人未按照约定受领拍卖标的的，应当支付由此产生的保管费用。”本案中，拍卖公司只能要求张某支付该轿车第二次拍卖所产生的保管费用，故D项错误。

试卷二讲解

一、单项选择题

1.［答案］C

［解析］罪刑法定原则作为刑法的基本原则，它产生的思想渊源是三权分立学说与心理强制说。但该原则的思想基础是民主主义与尊重人权主义。民主主义要求，什么是犯罪，对犯罪如何处罚，必须由人民群众决定，具体表现为由人民群众选举产生的立法机关来决定；尊重人权主义要求，为了保障公民的自由，必须使得公民能够事先预测自己行为的性质与后果，故什么是犯罪，对犯罪如何处罚，必须在事前明文规定。

罪刑法定中的"法"不能是习惯法，必须是明文规定的成文法，而且必须是由人民群众选举产生的立法机关制定的法律。行政机关是根据宪法和组织法成立的行使行政权的组织，而不是立法机关，所以它无权制定关于犯罪与刑罚的法律。故A、B项错误。

罪刑法定原则禁止事后法(禁止新法溯及既往)。但如果对行为人有利，则允许事后法溯及既往，这是因为它的基础是民主主义与尊重人权主义。故C项正确。

罪刑法定原则并不要求所有的条文都必须详细描述犯罪的状况，它仅要求所有条文的规定都要明确。如果简单列举罪名就能使人民群众感到明确，那就不需要具体、详细的描述罪状。故D项错误。

2.［答案］D

［解析］A项，乙被送往医院救治，医院失火，导致乙死亡，属于介入"第三者"因素独立、完整地造成了危害结果的发生，从而使甲的行为与乙死亡之间的因果关系中断，A项正确。

B项，甲隐藏尸体的行为导致乙死亡，甲的行为与乙死亡之间有直接的因果关系，属于事前的故意，即行为人误认为第一个行为已造成结果，出于其他目的实施第二个行为，实际上是第二个行为才导致预期的结果的情况。B项正确。

C项，本来甲的行为不足以导致乙死亡，但因为偶然遇到了其他因素，乙为心脏病人而心脏病发作，致乙死亡。基于因果关系的相对性，甲的行为与乙的死亡之间有偶然的因果联系，注意要明确具有因果关系不等于要承担刑事责任，C项正确。

D项，甲明知其行为会导致乙的死亡，基于因果关系的重叠性，即存在着没有前者就没有后者的条件关系，其投毒行为与丙的死亡之间存在因果关系，D项错误。

3.［答案］B

［解析］故意与过失是以一般人为标准来判断其主观上是否"明知"。通常而言，在汽车疾驶时突然刹车的行为会导致刚上车而在车门口的人站立不稳而摔下车去造成重伤，行为人不可能没有预见到该种危害结果，所以本题中甲主观上不属于过失而属于故意。间接故意是指行为人明知自己的行为会产生危害社会的结果并放任该结果的发生，而直接故意则是希望这种结果发生。

因此，甲在疾驶时突然急刹车，明知自己的行为会产生致乙死亡的结果，其目的是"摆脱乙"而不是想致乙死亡，故其属于"放任"而非"希望"，为间接故意。故正确答案是B项。

4.［答案］C

［解析］A项，甲是警察，有制止犯罪的特定法律义务，这是其职务所产生的，甲未履行这种义务，构成渎职犯罪。而刘某是县卫生局长，作为国家机关工作人员虽也有义务制止犯罪，但这一义务并非是从其职务产生的特定法律义务，因而刘某未履行这种义务只应受到道德谴责或违纪处分，不构成渎职犯罪，所以A项错误。

B项，甲携未成年人乙外出，便有义务保证乙的安全，虽然事故不是甲造成的，但是其有携乙外出的先行为，故甲对乙负有救助的法律义务，注意这种义务来源是先前行为而引起的。其不履行这种义务导致乙死亡的严重后果，甲的不作为构成犯罪，所以B项错误。

C项，刑法规定持有型犯罪的目的是禁止人们持有违禁物，而不是命令人们将违禁物上交，因此行为人在正当获得违禁物后，没有将违禁物上交，而是直接将其毁弃的，不构成非法持有违禁物的犯罪。这种处理方法也符合立法本意，因为立法者的目的是禁止违禁物继续流转、危害社会，因此将其毁弃已足以达到此目的。本题中，甲将毒品冲入下水道的行为不构成非法持有毒品罪。所以C项正确。

D项，《消防法》的该条规定属于针对不特定多数人的倡导性规定，不属于强制性规定，故过路人并不负有报警的法律义务，其行为的危害性和放火行为的危害性无法具有等价性，也不符合放火罪的客观要件。所以其不作为不构成犯罪，D项错误。

5.［答案］A

［解析］依据《关于审理单位犯罪案件具体应用法律有关问题的解释》第1条规定："刑法第30条规定的'公司、企业、事业单位'，既包括国有、集体所有的公司、企业、事业单位，也包括依法设立的合资经营、合作经营企业和具有法人资格的独资、私营等公司、企业、事业单位。"所以不具有法人资格的私营企业，不能成为单位犯罪的主体。A项错误，为本题正确选项。

单位犯罪分为纯正的单位犯罪和不纯正的单位犯罪。不纯正的单位犯罪，既可以由单位构成，也可以由个人构成。本题所称"只能由单位构成的犯罪"指的是纯正的单位犯罪，只能由单位实施而不可能由自然人单独实施。故B项正确。

依据《关于审理单位犯罪案件具体应用法律有关问题的解释》第2条规定："个人为进行违法犯罪活动而设立的公司、企业、事业单位实施犯罪的，或者公司、企业、事业单位设立后，以实施犯罪为主要活动的，不以单位犯罪论处。"所以D项正确。

依据《全国法院审理金融犯罪案件工作座谈会议纪要》中关于单位犯罪问题规定："单位的分支机构或者内设机构、部门实施犯罪行为的处理。以单位的分支机构或者内设机构、部门的名义实施犯罪，违法所得亦归分支机构或者内设机构、部门所有的，应认定为单位犯罪。不能因为单位的分支机构或者内设机构、部门没有可供执行罚金的财产，就不将其认定为单位犯罪，而按照个人犯罪处理。"所以C项正确。

6.［答案］D

［解析］共同犯罪中成立立功的关键：检举他人的犯罪事实是否是共同犯罪事实。注意以下情形的认定：(1)共同犯罪案件中的犯罪人自动投案后，如实供述自己的罪行，并且供述所知同案犯的罪行的，构成自首。(2)共同犯罪案件中的犯罪人被动到案后，揭发同案犯共同犯罪事实的，不构成立功，也不构成自首，但可以酌情予以从轻处罚(《关于处理自首和立功具体适用法律若干问题的解释》第6条)。(3)共同犯罪案件中的犯罪人到案后(主动投案、被动到案均可)检举、揭发同案犯共同犯罪事实以外的其他犯罪行为的，经查证属实的，构成立功(前述司法解释第5条)。(4)协助司法机关抓获同案犯的，构成立功(前述司法解释第5条)。

就本题而言，依据《刑法》第67条规定："犯罪以后自动投案，如实供述自己的罪行的，是自首。对于自首的犯罪分子，可以从轻或者减轻处罚。其中，犯罪较轻的，可以免除处罚。被采取强制措施的犯罪嫌疑人、被告人和正在服刑的罪犯，如实供述司法机关还未掌握的本人其他罪行的，以自首论。"自首分为一般自首和特别自首，前者指犯罪以后自动投案，如实供述自己的罪行的行为；后者指被采取强制措施的犯罪嫌疑人、被告人和正在服刑的罪犯，如实供述司法机关尚未掌握的本人其他罪行的行为。而坦白是指犯罪人被动归案后，如实交代自己被指控的犯罪事实的行为。

依据《刑法》第68条规定："犯罪分子有揭发他人犯罪行为，查证属实的，或者提供重要线索，从而得以侦破其他案件等立功表现的，可以从轻或者减轻处罚；有重大立功表现的，可以减轻或者免除处罚。犯罪后自首又有重大立功表现的，应当减轻或者免除处罚。"立功分为一般立功和重大立功，后者表现为：犯罪分子检举、揭发他人重大犯罪行为，经查证属实；提供侦破其他重大案件的重要线索，经查证属实；阻止他人重大犯罪活动；协助司法机关抓捕其他重大犯罪的嫌疑人(包括同案犯)；对国家和社会有其他重大贡献等表现。依据《关于处理自首和立功具体应用法律若干问题的解释》第7条第2款规定，所称"重大"的标准，一般是指犯罪嫌疑人、被告人可能被判处无期徒刑以上刑罚或者案件在本省、自治区、直辖市或全国范围内有较大影响等情形。

故本题中，甲因强奸罪被抓获归案后，主动交代司法机关尚未掌握的抢劫行为，不属于坦白，属于自首中的特别自首；其所揭发的同案犯的抢劫行为因为已经致人死亡，可能被判处无期徒刑以上刑罚，为重大立功。所以本题正确答案为D项。

7.［答案］A

［解析］依据《刑法》第157条第2款规定："以暴力、威胁方法抗拒缉私的，以走私罪和本法第277条规定的阻碍国家机关工作人员依法执行职务罪，依照数罪并罚的规定处罚。"所以A项应当数罪并罚，为正确选项。

依据《刑法》第347条第2款第(四)项规定，在走私毒品过程中，以暴力抗拒检查，情节严重的，是走私毒品罪的从重处罚情节，不应当数罪并罚。故B项错误。

依据《刑法》第318条第1款规定，在组织他人偷越国(边)境过程中，以暴力、威胁方法抗拒检查的，为从重情节，不以数罪并罚，故C项错误。

依据《刑法》第321条第2款规定，在运送他人偷越国(边)境中造成被运送人重伤、死亡，或者以暴力、威胁方法抗拒检查的，是运送他人偷越国(边)境罪的从重情节，对此不应数罪并罚，故D项错误。

8.［答案］B

［解析］依据《刑法》第72条规定和前述有关适用缓刑的条件，故A、C项正确。

D项，虽然法定最低刑为3年有期徒刑，但可能存在其他法定情节而最终宣告刑在3年以下，仍然符合《刑法》第72条的条件，而且“以下”包含本数，即便是处以3年有期徒刑也可以适用缓刑，故D项正确。B项，法律并没有排除危害国家安全的犯罪适用缓刑，B项错误。

9.［答案］D

［解析］依据《刑法》第84条规定：“被宣告假释的犯罪分子，应当遵守下列规定：(一)遵守法律、行政法规，服从监督；(二)按照监督机关的规定报告自己的活动情况；(三)遵守监督机关关于会客的规定；(四)离开所居住的市、县或者迁居，应当报经监督机关批准。”选项A属于政治权利的范畴，对于被剥夺政治权利的服刑犯，如果被假释，则不能行使该上述权利，而对于其他的并未被剥夺政治权利而被假释的服刑犯则不能限制其行使言论、出版、结社、集会等权利，A项错误。

依据前引《刑法》第81条第2款规定，B项错误；由上述法条得出，只要是累犯，无论判处什么刑罚，均不得假释，选项C错误。

依据《刑法》第86条第1款规定：“被假释的犯罪分子，在假释考验期限内犯新罪，应当撤销假释，依照本法第71条的规定实行数罪并罚。”因此，在刑罚执行完毕后或假释考验期满后一定时期内又犯某一类罪的构成累犯，在假释考验期内又犯罪的，撤销假释，数罪并罚，不构成累犯，D项正确，当选。

10.［答案］C

［解析］铁路专用电话线是为了铁路列车运行安全而架设的线路，是交通设施的一部分，不属于公用电信设施的范围，因此盗割铁路专用电话线属于《刑法》第117条规定的破坏交通设施罪，不属于破坏公用电信设施罪，故A、D项错误。

盗割正在使用中的铁路专用电话线又符合盗窃罪的犯罪构成，根据《关于审理盗窃案件具体应用法律若干问题的解释》第12条第(五)项的规定，实施盗窃犯罪，又构成其他犯罪的，择一重罪从重处罚。另外从刑法理论上来看，一个犯罪行为，符合多个犯罪构成，被称为想象竞合犯，根据两者处罚较重的来定罪处罚。C项正确，B项错误。

11.［答案］B

［解析］根据《关于审理交通肇事刑事案件具体应用法律若干问题的解释》第6条的规定，行为人在交通肇事后为逃避法律追究，将被害人带离事故现场后隐藏或者遗弃，致使被害人无法得到及时救助而死亡的，以故意杀人罪定罪处罚。本题中，乙仅仅是离开事故现场，并没有将被害人带离事故现场后隐藏或者遗弃，所以其不构成故意杀人罪，C、D项错误。

交通肇事罪属于过失犯罪，一般情况下过失犯罪中不存在共同犯罪的问题，但《关于审理交通肇事刑事案件具体应用法律若干问题的解释》第5条第2款规定：“交通肇事后，单位主管人员、机动车辆所有人、承包人或者乘车人指使肇事人逃逸，致使被害人因得不到救助而死亡的，以交通肇事罪的共犯论处。”本题中恰好符合上述规定，乙欲送丁去医院，被甲阻止，所以甲与乙构成交通肇事罪的共犯，B项正确，A项错误。

12.［答案］A

［解析］本题中，A项，甲使用假币赌博是一种特殊的使用假币的方法，符合前述解析中关于使用假币的构成，故A项正确；B项依据《刑法》第171条第2款规定，构成金融机构工作人员以假币换取货币罪，故B项错误；C项，仅仅是出示给对方看，并未投入流通，不属于使用，故C项错误；D项，双方均明知为假币，依《刑法》第171条规定，构成出售、购买假币罪，故D项错误。

13.［答案］C

［解析］本题是通过故意杀人罪的认定来考查刑法中的因果关系。对于选项A，甲劝乙清晨在马路上跑步的行为本身并不能发生使乙死亡的结果，二者之间没有因果关系，甲不构成故意杀人罪，A项错误。同理，B项中甲的劝说行为与乙的死亡结果之间并没有因果关系，甲不构成犯罪，B项错误。

C项，甲是迷信犯，属于手段认识错误。其行为在任何情况下都不可能造成实际的危害结果，甲不构成故意杀人罪，所以C项正确。D项中，甲虽然出于愚昧无知，但其行为已经直接剥夺了他人的生命，且其精神正常，具备刑事责任能力，应当对其行为负刑事责任，依据《刑法》第232条规定，甲构成故意杀人罪，D项错误。

14.［答案］C

［解析］依据前引《刑法》第263条的规定，认定抢劫罪的关键在于使用暴力、威胁，当场将财物抢走。而绑架罪则是以被绑架人为人质，向其亲属勒索财物，强调事后从第三人处取得财物，同时对该第三人(通常为被绑架人的亲属)造成精神上的恐惧。绑架罪与一般非法拘禁的区别在于绑架罪不仅非法

剥夺他人的人身自由，而且向被绑架人亲属勒索财物或提出其他非法要求。

本题中，甲当场从乙身上搜出现金3000元的行为属于抢劫罪毫无疑问，关键是甲逼迫乙欺骗其妻让她向信用卡中打入10万元行为的认定。注意绑架罪实质是使被害人处于行为人或第三者的实力支配下，然后利用被绑架人的近亲属或其他人对被绑架人安危的忧虑，向其勒索财物或提出其他不法要求。本案中，乙是以欺骗的方式让其妻打入卡中10万元，不存在甲以乙为人质向其妻勒索财物作赎金的问题，因此甲的行为不构成绑架，应属抢劫。故C项正确。

15.［答案］B

［解析］依据前引《刑法》第274条规定及前述相关解析，注意敲诈勒索罪与诈骗罪的区别在于，前者因恐惧而被迫交付财产，后者则是由于行为人陷入了错误认识而自愿交付财产。

A项中，甲是确实发现了苍蝇，因此索要精神损害赔偿，其目的并无不当。只是不当地行使了索赔权，但由于食物中确定存在苍蝇，故其只是要价过高，但并不构成敲诈勒索罪。故A项错误。

B项中，甲预先准备好一只苍蝇去敲诈老板，说明其具有不法占有的目的。其采取的行为方式——砸烂桌椅也是不正当的。首先这种威胁并不能达到遏制乙的反抗程度，且不是针对人身；其次是事先预谋进行敲诈的，因此构成敲诈勒索罪。故B项正确。

C项中，甲在捡拾到他人财物后，要求对方付酬金才返还的行为就是拒不返还遗忘物的行为；乙给甲钱也不是自愿的，是迫于无奈，依据《刑法》第270条规定，甲构成侵占罪。故C项错误。

D项中，甲只是殴打乙泄愤，乙是主动给甲写的欠条，因此该欠条并不是甲敲诈所得。甲后来要求乙付款，也只是说如果乙不从，就向法院起诉乙，并没有采取不正当手段，因此不构成犯罪。故D项错误。

16.［答案］D

［解析］有关被害人承诺的相关理论，参见经典考题相关解析。注意，即使是承诺侵害自己的权益时，也不能违反法律的强制性规定。例如经被害人承诺将其杀害的，仍然构成故意杀人罪。帮助他人安乐死，目前在我国仍然是非法的，按故意杀人罪处理，故A项仍然构成故意杀人罪，正确。这种承诺要求被害人对自己所承诺的事项的意义、范围应具有理解能力。而幼女的智力程度不足以真正理解性行为的意义，因此我国《刑法》规定，对于和幼女发生性行为的，即使幼女同意，也构成强奸罪，故C项正确。经承诺所实施的行为本身必须不得违反法律规定构成其他犯罪。因此，甲将乙卖给富裕人家为妻，虽然征得了乙的同意，但由于拐卖妇女是我国法律所禁止的，因此甲仍然构成拐卖妇女罪，故B项正确。《刑法》第241条第6款规定，收买被拐卖的妇女、儿童，按照被买妇女的意愿，不阻碍其返回原居住地的，对被买儿童没有虐待行为，不阻碍对其进行解救的，可以不追究刑事责任。故选项D错误。

17.［答案］C

［解析］A项中，乙的女儿丙只有5岁，不具有认知能力和行为能力，诈骗罪的被骗对象应当具有辨别能力、能够处分财物。如行为人欺骗无辨别能力的幼儿、精神病人，使其“同意”而获得其财物的，应构成盗窃罪。本题中甲潜入乙家盗窃彩电的行为虽被丙看见，因丙不具有辨别能力，故甲仍属于秘密窃取，所以A项中甲的行为属于盗窃而非诈骗，A项错误。

B项中，甲趁乙不注意，暗中将财物取走。但刚将财物窃到手即被发觉，尔后仍携财逃走的，这是盗窃后的逃跑行为，仍应定盗窃罪，而非抢夺。故B项错误。

C项中，甲趁售货员不注意，以假烟换取真烟，属于秘密窃取行为，所以甲的行为属于盗窃，C项正确，当选。

D项中，甲趁乙不注意，以面额较低的货币换取面值较高的货币，仍是秘密窃取财物，其行为属于盗窃，故D项错误。这些情况下，都是因行为人采取了“调包计”从而秘密窃取被害人的财物，被害人并非自愿交付给行为人的。

18.［答案］C

［解析］排除犯罪的事由（即犯罪排除事由）主要包括正当防卫、紧急避险以及法令行为、正当业务行为、自救行为、被害人承诺等。是否构成防卫过当的依据是该防卫行为是否明显超过了当时制止不法侵害所需的限度，且造成重大损害，而不是是否发生在针对严重危及人身安全的正当防卫中，故A项错误。对于武装叛乱、暴乱罪等从性质上说是属于危害国家安全罪，但其行为本身包含着对于一般民众的人身安全的危害，所以仍然可以实行特殊正当防卫，故B项错误。

放火毁损自己的财物属于自损行为，一般而言，自损行为不构成犯罪的条件是其不损害国家、公共利益或他人的合法利益。但当自损行为危害公共安全时，则构成犯罪，不属于排除犯罪的事由，C项正确，当选。

D项属于义务冲突，指存在两个以上不相容的义务，为了履行其中的某个义务而不得已不履行其他义务的情况。律师作为一种特殊职业，负有保守其在办案过程中知晓的当事人的个人隐私的职业道德，他人隐私亦属于他人的合法权益，与被告人的合法权益相比，并无大小高下之分，律师泄漏他人隐私的，即便是为了维护被告人的合法权益，亦不构成紧急避险，而是在义务冲突时履行了较为重要的义务，放弃不重要义务，否则可能构成犯罪。故D错误。

19.［答案］B

［解析］依据前引《刑法》第385条第1款规定，本题中，甲利用职务便利为某单位谋取利益，且收下了该单位经理送的价值2万元的购物卡一张，取得购物卡就类同于取得财物，完全符合受贿罪的犯罪构成，且已既遂。至于后来甲忘记使用购物卡，导致卡内的2万元被退回到原单位，只是犯罪完成后的一种量刑情节。犯罪的既遂标准要以刑法分则条文规定的犯罪构成为主。所以本题正确答案为B项。

20.［答案］D

［解析］A项，将强制猥亵妇女罪中的"妇女"解释为包括男性在内的人，违背立法原意，也不符合一般的语言习惯，无论如何解释，"妇女"也无法将男性包括在内，解释不能违背常识，属于无效的解释。扩大解释要求对用语通常含义的扩张，不能超出用语可能具有的含义；且必须考虑处罚的必要性。故A项错误。

B项，故意杀人罪中的人指的是所有的有生命的人，既包括精神正常的人，也包括精神失常的人，而将故意杀人罪中的"人"解释为"精神正常的人"，属于缩小解释，目的是为使其符合刑法的真实含义。而非类推解释，在此种情况下这种解释也是被禁止的。故B项错误。

C项，伪造和变造是两个不同的概念，伪造的社会危害性要大于变造的社会危害性。将伪造解释成为包括变造，属于法律不允许的类推解释，刑法已有变造货币的罪名，即《刑法》第173条规定，不需要类推。故C项错误。

D项，一般意义上的"情报"包括一切有价值的信息技术资料，而为境外窃取、刺探、收买、非法提供国家秘密、情报罪中的"情报"范围则要窄得多，将其解释为"关系国家安全和利益、尚未公开或者依照有关规定不应公开的事项"，符合立法原意，属于缩小解释。故D项正确。

21.［答案］B

［解析］扭送是指人民群众对发现的犯罪嫌疑人强制送交公安司法机关的行为。本案中，甲作为被害人，发现犯罪事实和犯罪嫌疑人，遂向公安机关陈述了这一事实，要求公安机关追究乙的法律责任，符合控告的构成要件，依前述有关报案、举报、控告的解析，故B项正确。

22.［答案］C

［解析］依据《刑事诉讼法》第40条第1款规定："公诉案件的被害人及其法定代理人或者近亲属，附带民事诉讼的当事人及其法定代理人，自案件移送审查起诉之日起，有权委托诉讼代理人。自诉案件的自诉人及其法定代理人，附带民事诉讼的当事人及其法定代理人，有权随时委托诉讼代理人。"故A项正确。

依据《刑事诉讼法》第28条规定："审判人员、检察人员、侦查人员有下列情形之一的，应当自行回避，当事人及其法定代理人也有权要求他们回避：……"故B项正确。

依据《刑事诉讼法》第155条规定："公诉人在法庭上宣读起诉书后，被告人、被害人可以就起诉书指控的犯罪进行陈述，公诉人可以讯问被告人。被害人、附带民事诉讼的原告人和辩护人、诉讼代理人，经审判长许可，可以向被告人发问。审判人员可以讯问被告人。"可知C项错误。

依据《刑事诉讼法》第182条规定："被害人及其法定代理人不服地方各级人民法院第一审的判决的，自收到判决书后5日以内，有权请求人民检察院提出抗诉。"D项正确。

23.［答案］A

［解析］本题中，被告人张某的妹妹作为其亲友符合《刑事诉讼法》第32条第(三)项的规定，同时又不具备《刑诉解释》第33条规定的禁止性情形，因此，可以接受张某的委托担任其辩护人，法院对此应当准许，A项正确，B项错误。

依据《刑事诉讼法》第28条规定："审判人员、检察人员、侦查人员有下列情形之一的，应当自行回避，当事人及其法定代理人也有权要求他们回避：(一)是本案的当事人或者是当事人的近亲属的；……"第31条规定："本法第28条、第29条、第30条的规定也适用于书记员、翻译人员和鉴定人。"可见，翻译人员也属于应当适用回避的人员，基于回避制度，张某的妹妹身份为张某的近亲属，就不能再担任张某的翻译，所以C、D两项都错误。

24.［答案］B

［解析］本题考查回避制度中决定回避的主体，但又同样隐含考查了三机关立案范围，并间接考查了报复陷害罪与诬告陷害罪的区别。前者的犯罪主体是特殊主体，为国家机关工作人员；依据《刑法》第254条的规定，后者的犯罪主体是一般主体。依前述《刑事诉讼法》第18条第2款规定，本案为报复陷

害罪，应属于检察院直接立案侦查，本案的侦查人员刘某属于检察人员，因此对于检察院直接立案侦查的案件涉及的侦查人员的回避由检察长决定，而且本题中并未指明刘某是检察长，应视为一般检查人员，不需要由检察委员会决定。所以本题B项正确。

25.［答案］D

［解析］本题中，王某涉嫌受贿50万元，依据《刑法》第386、383条规定，可能判处无期徒刑、死刑，因此依据《刑事诉讼法》第20条规定，应由甲省的某一中级法院管辖，但因王某曾是甲省副省长，为保证不受干扰顺利进行审判，则有必要通过指定管辖由其他省人民法院审判，因此应由其共同上级法院指定。又因为本案属于跨省指定，因此依据《刑诉解释》第17条规定："……对管辖权发生争议的，应当在审限内协商解决；协商不成的，由争议的人民法院分别逐级报请共同的上一级人民法院指定管辖。"只有最高人民法院才有权指定其他法院管辖。这与法院之间相互争夺或相互推诿案件时上级法院裁定管辖时对上级法院的要求是一致的。故A、B、C项错误，D项正确。

26.［答案］A

［解析］依据《刑诉解释》第19条规定："上级人民法院指定管辖的，应当将指定管辖决定书分别送达被指定管辖的人民法院和其他有关的人民法院。原受理案件的人民法院，在收到上级人民法院指定其他人民法院管辖决定书后，不再行使管辖权。对于公诉案件，应当书面通知提起公诉的人民检察院，并将全部案卷材料退回，同时书面通知当事人；对于自诉案件，应当将全部案卷材料移送被指定管辖的人民法院，并书面通知当事人。"

由此可见，因公诉案件和自诉案件之别，指定管辖中的案卷移送程序是不同的。本案系盗窃案，不属于"告诉才处理"的自诉案件，因此，该案原则上应作为公诉案件，由人民检察院提起公诉。但是，《刑诉解释》第1条第(二)项规定，属于刑法分则第4章、第5章规定的，对被告人可能判处3年有期徒刑以下刑罚的案件，如果人民检察院没有提起公诉，且被害人有证据证明，则该案件也可以作为自诉案件由人民法院直接受理。根据《刑法》第264条的相关规定，盗窃罪即属于刑法分则第5章规定的，对被告人可能判处3年有期徒刑以下刑罚的案件，因此，在本题尚未明确交代人民检察院是否已提起公诉，被害人有无证据证明的情况下，本案也有可能是自诉案件。概而言之，本案既有可能是公诉案件，也有可能是自诉案件。

因此，指定管辖中的案卷移送程序也要分两种情况讨论：(1)如果本案是公诉案件，根据上述《刑诉解释》第19条的规定，A区人民法院在收到市中级人民法院指定B区人民法院管辖决定书后，不再行使管辖权，并应将全部案卷材料退回提起公诉的人民检察院，即A区检察院，而不得直接移交或通过中级人民法院移交B区法院。选项A正确。(2)如果本案是自诉案件，根据上述《刑诉解释》第19条的规定，A区人民法院应当将全部案卷材料直接移送被指定管辖的B区人民法院。选项B正确。

从上述分析可以看出，本题设计得不尽严密，相关情况交代得不够清楚，导致考生可能对案情产生两种理解，继而得出两个正确答案。

27.［答案］D

［解析］依前引《刑事诉讼法》第35条规定及《刑事诉讼法》第38条规定："辩护律师和其他辩护人，不得帮助犯罪嫌疑人、被告人隐匿、毁灭、伪造证据或者串供，不得威胁、引诱证人改变证言或者作伪证以及进行其他干扰司法机关诉讼活动的行为。违反前款规定的，应当依法追究法律责任。"因此，辩护律师在刑事诉讼中只承担辩护职能，不承担控告职能，不能要求律师对于发现的当事人的其他犯罪行为进行告发控诉，相反，为遵守职业道德，他应该为其当事人保密，除非该未被追诉的犯罪行为具有危害国家或社会的重大危险性。另外，《律师法》第38条规定："律师应当保守在执业活动知悉的国家秘密、商业秘密，不得泄露当事人的隐私。律师对在执业活动中知悉的委托人和其他人不愿泄露的情况和信息，应当予以保密。但是，委托人或者其他人准备或者正在实施的危害国家安全、公共安全以及其他严重危害他人人身、财产安全的犯罪事实和信息除外。"所以D项正确。

28.［答案］C

［解析］公安司法机关对取保候审的适用享有自主决定权。注意《关于取保候审若干问题的规定》第2条规定，即不仅仅公安机关享有取保候审的执行权。

本题主要考查取保候审变更时的程序。依据《刑事诉讼法》第73条规定："人民法院、人民检察院和公安机关如果发现对犯罪嫌疑人、被告人采取强制措施不当的，应当及时撤销或者变更。公安机关释放被逮捕的人或者变更逮捕措施的，应当通知原批准的人民检察院。"公、检、法三机关均有权决定对犯罪嫌疑人或被告人取保候审，而无须征得其他部门的同意或批准。同时依据公安部《关于公安机关办理刑事案件程序规定》第65条规定："被羁押的犯罪嫌疑人及其法定代理人、近亲属、被逮捕的犯罪嫌疑人聘请的律师申请取保候审的，应当书面提出。公安机关接到申请后应当在7日内作出同意或者不同意的答复。同意取保候审的,依法办理取保候审手续;不同意取保候审的,应当书面通知申请人,并说明理由。”可知,公安机关将逮捕变更为取保候审的,可自主决定并通知原批准机关。故本题C项正确。

29.［答案］D

［解析］依据《关于司法鉴定管理问题的决定》第9条规定:“在诉讼中,对本决定第2条所规定的鉴定事项发生争议,需要鉴定的,应当委托列入鉴定人名册的鉴定人进行鉴定。”第3条:“国务院司法行政部门主管全国鉴定人和鉴定机构的登记管理工作。省级人民政府司法行政部门依照本决定的规定,负责对鉴定人和鉴定机构的登记、名册编制和公告。”公安机关设立的鉴定机构不得面向社会接受委托从事司法鉴定业务,因此就本题的自诉案件,是无权委托公安机关设立的鉴定机构来进行鉴定的,因此A项错误,D项正确。第7条:“侦查机关根据侦查工作的需要设立的鉴定机构,不得面向社会接受委托从事司法鉴定业务。人民法院和司法行政部门不得设立鉴定机构。”故C项错误。而省级人民政府规定的法院进行的鉴定只有法定三种情形:对人身伤害的医疗鉴定有争议需要重新鉴定,对精神病的医学鉴定以及罪犯确有严重疾病需要保外就医,因此本案的自诉伤情鉴定不属于上诉任何一种情形,所以B项错误。

30.［答案］B(原答案为A)

［解析］依据《刑事诉讼法》第96条第1款规定:“犯罪嫌疑人在被侦查机关第一次讯问后或者采取强制措施之日起,可以聘请律师为其提供法律咨询、代理申诉、控告。犯罪嫌疑人被逮捕的,聘请的律师可以为其申请取保候审。涉及国家秘密的案件,犯罪嫌疑人聘请律师,应当经侦查机关批准。”可知,甲涉嫌的故意泄漏国家秘密罪从性质上讲是有关国家秘密的案件,因此根据上述法条中的特殊规定,应当经侦查机关批准。

由于本案中,甲是在被监视居住的状态下意欲聘请律师的,故还涉及监视居住的相关问题。对此,依据《刑事诉讼法》第57条规定:“被监视居住的犯罪嫌疑人、被告人应当遵守以下规定:(一)未经执行机关批准不得离开住处,无固定住处的,未经批准不得离开指定的居所;(二)未经执行机关批准不得会见他人;……”但是,依据《六机关规定》第24条进一步解释,被监视居住的犯罪嫌疑人、被告人会见聘请的律师不需要批准。据此,部分考生可能误选D项。新《律师法》颁布前,A项为正解。依新颁布的《律师法》第33条规定:“犯罪嫌疑人被侦查机关第一次讯问或者采取强制措施之日起,受委托的律师凭律师执业证书、律师事务所证明和委托书或者法律援助公函,有权会见犯罪嫌疑人、被告人并了解有关案件情况。律师会见犯罪嫌疑人、被告人,不被监听。”故B项正确。

31.［答案］C

［解析］本题也是一道关于审查逮捕涉嫌危害国家安全犯罪的外国人、无国籍人程序的问题。根据前引《高检规则》第94条的规定,可以选出C项,A、B、D项不符合该规定。

32.［答案］D

［解析］依据前引《刑事诉讼法》第114条规定,可知本案中,汽车和住房都是高某利用侵占的公款购买,属于可以证明高某犯有职务侵占罪的证据,因此予以扣押和查封,A、B项的做法正确,不合题意。同时国家对枪支弹药的管理具有严格的规定,依据《刑法》第128条第1款规定:“违反枪支管理规定,非法持有、私藏枪支、弹药的,处3年以下有期徒刑、拘役或者管制;情节严重的,处3年以上7年以下有期徒刑。”可见,法律明令禁止普通公民非法持有枪支、弹药,因此C项做法正确,不合题意。而D项依据前引《刑事诉讼法》第117条规定,可知公安机关查询、冻结犯罪嫌疑人的存款、汇款,是根据侦查犯罪的需要,而本案的涉案款为320万元,高某存款380万元中有60万元与案件无关,因此公安机关将380万元全部冻结是非法的,因此D项错误,符合题意,当选。

33.［答案］A

［解析］1. 一般羁押期限。《刑事诉讼法》第124条规定:“对犯罪嫌疑人逮捕后的侦查羁押期限不得超过2个月。”如果犯罪嫌疑人在逮捕以前已被拘留的,拘留的期限,不包括在侦查羁押期限内。

2. 特殊羁押期限,是刑事诉讼法根据案件的特殊需要,规定在符合法定条件时履行相应的审批手续,便可延长侦查羁押期限。

(1)根据《刑事诉讼法》第124条的规定,案情复杂、期限届满不能终结的案件,可以经上一级人民检察院批准延长1个月。故本题中,侦查羁押期限的第一次延长,应当经甲市检察院的上一级人民检察院批准延长1个月,而不是由甲市检察院自己批准,因此,A项错误。

(2)根据《刑事诉讼法》第125条的规定,因为特殊原因,在较长时间内不宜交付审判的特别重大复杂的案件,由最高人民检察院报请全国人大常委会批准延期审理。

(3)根据《刑事诉讼法》第126条的规定,下列案件在《刑事诉讼法》第124条规定的期限仍不能侦查终结的,经省、自治区、直辖市人民检察院批准或者决定，可以延长2个月：①交通十分不便的边远地区的重大复杂案件；②重大的犯罪集团案件；③流窜作案的重大复杂案件；④犯罪涉及面广，取证困难的重大犯罪案件。故本题符合犯罪涉及面广，取证困难的重大复杂案件的情形，其第二次延长侦查羁押期限应当报请省、自治区、直辖市人民检察院批准或者决定，因此C项正确。又因为甲市为地级市，因此，甲市检察院的上一级检察院即为甲市所属的省检察院，因此B项正确。

(4)根据《刑事诉讼法》第127条的规定，对犯罪嫌疑人可能判处10年有期徒刑徒以上刑罚，依照本法第126条规定延长期限届满，仍不能侦查终结的，经省、自治区、直辖市人民检察院批准或者决定，可以再延长2个月。故本题因黄某可能被判处无期徒刑而第三次延长侦查羁押期限时，应经省级人民检察院批准或决定，因此D项正确。

34. [答案] D

[解析] 依据《高检规则》第271条规定："对于在审查起诉期间改变管辖的案件，改变后的人民检察院对于符合刑事诉讼法第140条第2款规定的案件，可以通过原受理案件的人民检察院退回原侦查的公安机关补充侦查，也可以自行侦查。改变管辖前后退回补充侦查的次数总共不得超过两次。"《刑事诉讼法》第140条第2款规定："人民检察院审查案件，对于需要补充侦查的，可以退回公安机关补充侦查，也可以自行侦查。"

本题中，甲市检察院对甲市公安局侦查终结移送审查起诉的案件审查后，将该案交A区检察院审查起诉，即属于"在审查起诉期间改变管辖的案件"，同时，该案又符合《刑事诉讼法》第140条第2款的规定的情形，即需要退回公安机关补充侦查。所以根据上述规定，改变管辖后的A区检察院可以通过原受理案件的甲市检察院退回原侦查的甲市公安机关补充侦查，D项正确，A、B、C项错误。

35. [答案] C

[解析] 依据《刑事诉讼法》第140条第3款规定："对于补充侦查的案件，应当在1个月以内补充侦查完毕。补充侦查以2次为限。补充侦查完毕移送人民检察院后，人民检察院重新计算审查起诉期限。"A、B项正确，不选。

根据前引《高检规则》第271条规定，审查起诉期间改变管辖的，改变管辖前后退回补充侦查的次数加起来不得超过两次。C项错误，D项正确。

36. [答案] C

[解析] 依据《刑事诉讼法》第182条规定："被害人及其法定代理人不服地方各级人民法院第一审的判决的，自收到判决书后5日以内，有权请求人民检察院提出抗诉。"故本题中选项C为正确选项。

37. [答案] A

[解析] 依据前引《刑事诉讼法》第152条规定，可知我国规定不公开审理未成年人刑事案件，指的是审理时的年龄。同时，根据前引《关于审理未成年人刑事案件的若干规定》第11条规定，本题中，被告人犯罪时不满18周岁，但审理时已满18周岁，应当公开审理。故A项正确。

38. [答案] A

[解析] 依据《刑事诉讼法》第165条规定，在法庭审判过程中，遇有下列情形之一，影响审判进行的，可以延期审理：第一，需要通知新的证人到庭，调取新的物证，重新鉴定或者勘验的；第二，检察人员发现提起公诉的案件需要补充侦查，提出建议的；由于当事人申请回避而不能进行审判的。本题属于第二种情形下的延期审理。

依据《刑诉解释》第157条："在庭审过程中，公诉人发现案件需要补充侦查，提出延期审理建议的，合议庭应当同意。但是建议延期审理的次数不得超过两次。"依据此条规定，合议庭是"应当"同意，而非"可以"或"不应当"同意，且建议延期审理的次数是不得超过"两次"，而非"一次"，所以A项正确，B、C、D项错误。

39. [答案] B

[解析] 依据《行政法规制定程序条例》第31条规定："行政法规条文本身需要进一步明确界限或者作出补充规定的，由国务院解释。国务院法制机构研究拟订行政法规解释草案，报国务院同意后，由国务院公布或者由国务院授权国务院有关部门公布。行政法规的解释与行政法规具有同等效力。"可知，对行政法规条文本身需要进一步明确界限或者作出补充规定的，由国务院进行解释，故B项表述符合规定，当选；C项表述错误，不选。

依据《行政法规制定程序条例》第32条规定："国务院各部门和省、自治区、直辖市人民政府可以向国务院提出行政法规解释要求。"结合上述第31条，国务院各部门根据国务院的授权进行活动仅是公布行政法规解释，并无权解释行政法规，只能在必要时向国务院提出解释行政法规的要求。故A项错误，不选。

依据《行政法规制定程序条例》第33条规定："对属于行政工作中具体应用行政法规的问题，省、自治区、直辖市人民政府法制机构以及国务院有关部门法制机构请求国务院法制机构解释的,国务院法制机构可以研究答复;其中涉及重大问题的,由国务院法制机构提出意见,报国务院同意后答复。”由此可见,对具体应用行政法规的问题,只有省级政府的法制机构可以请求国务院法制机构进行解释,并不是各级政府都有权请求,省级以下政府并无此权;同时有权请求的是省级政府的法制机构,并不是省级政府,故D项错误,不选。

另外注意:规章解释权属于规章制定机关。规章解释由规章制定机关的法制机构参照规章送审稿审查程序提出意见,报请制定机关批准后公布。进行规章解释的情形是:规章的规定需要进一步明确具体含义的;规章制定后出现新的情况,需要明确使用规章依据的。规章的解释同规章有同等效力。

40. [答案] C

[解析] 具体行政行为的效力可分为拘束力、确定力和执行力。具体行政行为的拘束力是指具体行政行为一经生效,行政机关和对方当事人都必须遵守,其他国家机关和社会成员必须予以尊重的效力。对于已经生效的具体行政行为,不但对方当事人应当接受并履行义务,作出具体行政行为的行政机关不得任意更改,而且其他国家机关也不得以相同的事实和理由再次受理和处理该同一案件,其他社会成员也不得对同一案件进行随意的干预。根据以上对具体行政行为拘束力的解释。“行政主体非经法定程序不得任意改变或撤销具体行政行为”及“相对人必须遵守和实际履行具体行政行为规定的义务”都是具体行政行为拘束力所要求的,因此②③当选。

具体行政行为除具有拘束力以外,还具有确定力和执行力。确定力是指已生效行政行为具有不再争议、不得更改的效力。因此①的表述属于具体行政行为确定力的表现,不应当选。

具体行政行为的执行力是指使用国家强制力迫使当事人履行义务或者以其他方式实现具体行政行为权利义务安排的效力,这是具体行政行为具有国家意志性的体现。《行政诉讼法》第44条规定:“诉讼期间,不停止具体行政行为的执行。但有下列情形之一的,停止具体行政行为的执行:(一)被告认为需要停止执行的;(二)原告申请停止执行,人民法院认为该具体行政行为的执行会造成难以弥补的损失,并且停止执行不损害社会公共利益,裁定停止执行的;(三)法律、法规规定停止执行的。”《行政复议法》第21条规定:“行政复议期间具体行政行为不停止执行;但是,有下列情形之一的,可以停止执行:(一)被申请人认为需要停止执行的;(二)行政复议机关认为需要停止执行的;(三)申请人申请停止执行,行政复议机关认为其要求合理,决定停止执行的;(四)法律规定停止执行的。”由此可见,“具体行政行为在行政复议或行政诉讼期间不停止执行”是具体行政行为执行力的表现,而不是具体行政行为拘束力的表现,而且选项叙述得也不够严密,并不是在任何情况下,具体行政行为于行政复议或行政诉讼期间都不停止执行。所以④项不符合题意。因此,本题正确选项为C。

41. [答案] B

[解析] 根据《行政复议法》第6条和《农村土地承包法》第2条规定可知,林地也属于土地,行政机关对林地所有权的确认属于行政复议范围。本题中,省林业局裁决该林地所有权归乙村所有,实际上就是对该林地所有权的确认,依法属于行政复议的范围,甲村可以依法申请行政复议。据此,排除D项。

根据《行政复议法》第30条规定,作出确认林地所有权裁决的行政机关为省林业局,而不是省人民政府,因此,不属于行政终局裁决。也就是说,当事人对该裁决不服的,仍然可以依法向人民法院提起行政诉讼。据此,排除A选项。

行政复议前置的适用条件归纳如下:(1)行为主体为行政机关;(2)行为性质为具体行政行为;(3)行为内容为确认土地等自然资源的所有权或者使用权;(4)行为后果是侵犯了当事人已经依法取得的自然资源所有权或者使用权。题干所给的条件并不符合行政复议前置的适用条件,即甲村并没有已经依法取得林地的所有权。甲村认为乙村侵犯了其已经取得的林地所有权,而林业局行政裁决却将所有权确认为乙村所有,表明该林地是存在权属争议的。既然省林业局并未侵犯甲村“已经依法取得的土地所有权”,因此,本案不符合上述法律规定的行政复议前置的条件,从而得出甲村的救济途径为既可以申请复议也可以提起行政诉讼,而不是必须先申请行政复议,然后才能提起行政诉讼。故选项B正确,而C项错误。

42. [答案] A

[解析] 本题要对行政行为和民事行为以及行政诉讼与行政复议的适用范围进行区别识记。首先,甲被乙打伤,是甲在代表公安局执行行政职权时发生的,属于职务行为,其费用由国家负担,甲与乙之间并没有形成直接的民事关系,所以甲不能对乙提起民事诉讼。因此B项错误,不当选。

其次依据《行政诉讼法》与《行政复议法》的相关规定,可以得出行政复议与行政诉讼适用的前提都是公民、法人或者其他组织认为行政机关的具体行政行为侵犯了其合法权益。而本题中公安局对乙的打人行为作出行政处罚决定,行政法律关系双方是公安局和乙,甲在此具体行政行为上并没有法律上的利害关系，因此甲对公安局作出的罚款行为，既无权提出行政诉讼也无权提出行政复议，因此A项正确，C、D项错误。

43.［答案］D

［解析］本题中，区工商局扣押王某财产是基于其涉嫌虚假宣传，法院在审理中发现需要对王某追究刑事责任是基于其涉嫌受贿，两个案件没有法律上的关联性，王某的犯罪事实单独构成另案事实，对王某涉嫌受贿的处理对行政案件的审理没有影响，因此法院应当继续行政案件的审理。此外，《行政诉讼法解释》第51条和52条规定了行政诉讼中止与终止的几种情形，与本案情形均不相符。综上所述，可以排除A、C项。

《行政诉讼法》第56条规定："人民法院在审理行政案件中，认为行政机关的主管人员、直接责任人员违反政纪的，应当将有关材料移送该行政机关或者其上一级行政机关或者监察、人事机关；认为有犯罪行为的，应当将有关材料移送公安、检察机关。"以该条为参考，案件材料的移送并不限定在行政案件审理终结之后，而是应当及时移送有管辖的公安司法机关处理。因此，B项错误，D项正确。

44.［答案］B

［解析］本题中，甲致乙受伤的行为是在执行职务中造成的，属于职务行为，甲对其职务行为对相对人所造成的损害并不直接负有赔偿责任，而是由其所在国家机关予以赔偿，然后国家机关根据甲之过错程度予以追偿。据此可以排除A、D项。依据《国家赔偿法》第3条规定："行政机关及其工作人员在行使职权时有下列侵犯人身权情形之一时，受害人有取得赔偿的权利：……（五）造成公民身体伤害或者死亡的其他违法行为。"本题中，县交通局执法人员在执行公务时滥用职权致乙受伤，乙可以提起行政赔偿诉讼。所以B项正确。法律中并不存在刑事附带行政赔偿诉讼这种诉讼类型，C项错误。

45.［答案］C

［解析］依据《行政处罚法》第41条规定："行政机关及其执法人员在作出行政处罚之前，不依照本法第31条、第32条的规定向当事人告知给予行政处罚的事实、理由和依据，或者拒绝听取当事人的陈述、申辩，行政处罚决定不能成立；当事人放弃陈述或者申辩权利的除外。"本题中，药品监督管理局在作出处罚决定前拒绝听取被处罚人甲的陈述申辩，该处罚决定不成立。依据《行政诉讼法解释》第57条第2款第（三）项规定，被诉具体行政行为依法不成立或者无效的，人民法院应当作出确认被诉具体行政行为无效的判决。故C项正确，D项错误。

因为该行政处罚不成立，则谈不上撤销的问题，A项错误。即使该行政处罚已成立并生效，依据《行政诉讼法》第54条规定："人民法院经过审理，根据不同情况，分别作出以下判决：……（二）具体行政行为有下列情形之一的，判决撤销或者部分撤销，并可以判决被告重新作出具体行政行为：1. 主要证据不足的；2. 适用法律、法规错误的；3. 违反法定程序的；4. 超越职权的；5. 滥用职权的。……"本题中，拒绝听取陈述申辩违反了法定程序，法院可以判决撤销或部分撤销，并可以判决被告重新作出具体行政行为。而A项中认为法院应当判决撤销行政处罚决定，并应当判令被告重新作出具体行政行为的说法过于绝对，仍不正确。

依据《行政诉讼法解释》第56条规定："有下列情形之一的，人民法院应当判决驳回原告的诉讼请求：（一）起诉被告不作为理由不能成立的；（二）被诉具体行政行为合法但存在合理性问题的；（三）被诉具体行政行为合法，但因法律、政策变化需要变更或者废止的；（四）其他应当判决驳回诉讼请求的情形。"可知本题的情形不属于法院判决驳回原告的诉讼请求的情形，因此B项错误。

46.［答案］D

［解析］依据《行政诉讼法解释》第54条第3款规定："行政机关以同一事实和理由重新作出与原具体行政行为基本相同的具体行政行为的，人民法院应当根据行政诉讼法第54条第（二）项、第55条的规定判决撤销或者部分撤销，并根据行政诉讼法第65条第3款的规定处理。"

依据《行政诉讼法》第65条第3款规定："行政机关拒绝履行判决、裁定的，第一审人民法院可以采取以下措施：（一）对应当归还的罚款或者应给付的赔偿金，通知银行从该行政机关的账户内划拨；（二）在规定期限内不履行的，从期满之日起，对该行政机关按日处50元至100元的罚款；（三）向该行政机关的上一级行政机关或者监察、人事机关提出司法建议。接受司法建议的机关，根据有关规定进行处理，并将处理情况告知人民法院；（四）拒不履行判决、裁定，情节严重构成犯罪的，依法追究主管人员和直接责任人员的刑事责任。"

根据上述规定，本题中，法院因主要证据不足判决撤销被诉具体行政行为并判令被告重新作出具体行政行为后，被告以同一事实与理由作出与原具体行政行为基本相同的具体行政行为，原告向法院提起诉讼，法院应判决撤销该具体行政行为，并可以向该行政机关的上一级行政机关或者监察、人事机关提出司法建议,因此D项正确,A、B、C项错误。

47.［答案］D

［解析］公民、法人或者其他组织必须在法定的期限内提起诉讼,超过了期限又无正当理由的,人民法院也将不予受理。起诉期限可以分为不服复议决定的起诉期限、复议机关不作为的起诉期限和直接起诉的期限三种:

(1)关于不服复议决定的起诉期限。《行政诉讼法》第38条原则规定为15日,但单行法律另有规定的除外,如《专利法》规定的3个月仍然有效。

(2)关于复议机关不作为的起诉期限。公民、法人或者其他组织可以在期满之日起15日内向人民法院起诉。复议必经式而复议机关不受理的,在收到不予受理决定书之日起15日内向法院起诉。

(3)关于直接起诉的期限。《行政诉讼法》第39条规定应在3个月内向人民法院提出。单行法律规定有的为15日,有的为1个月或30日的仍然有效。

其一,行政机关作出具体行政行为时,未告知公民、法人或者其他组织诉权或者起诉期限的,起诉期限从公民、法人或者其他组织知道或者应当知道诉权或者起诉期限之日起计算,但从知道或者应当知道具体行政行为内容之日起最长不得超过2年。复议决定未告知公民、法人或者其他组织诉权或者法定起诉期限的,适用前述规定。

其二,公民、法人或者其他组织不知道行政机关作出的具体行政行为内容的,其起诉期限从知道或者应当知道该具体行政行为内容之日起计算。对涉及不动产的具体行政行为从作出之日起超过20年,其他具体行政行为从作出之日起超过5年提起诉讼的,人民法院不予受理。

需注意行政机关不履行法定职责的情形:(1)规定了履行期限:从该期限届满之日起计算诉讼时效;(2)未规定履行期限:行政机关在接到申请之日起60日内不履行的,可以起诉。(3)紧急情况:紧急情况下请求行政机关履行保护其人身权、财产权的法定职责,行政机关不履行的,不受上述限制,可以立即起诉。

起诉期限迟延的处理:(1)顺延:不可抗力的,从原因消除之日起10日内申请延期、法院审查批准。(2)不计入期限内:被行政机关限制人身自由且不能委托代理人的。

依据以上规定可以看出,A、B两选项本身表述错误。A、B两选项都将期限的起始日期表述为"知道具体行政行为的内容之日",而依据《行政诉讼法解释》第42条之规定,"5年"和"20年"诉讼期间的起始日期为"该具体行政行为作出之日"。

从该题表述"银行在诉讼中得知市发展和改革委员会……"中可以推断出,银行在此之前并不知道市发展与改革委员会作出的该具体行政行为的内容,属于《行政诉讼法解释》第42条规定"不知道行政机关作出的具体行政行为内容"的情况,不属于《行政诉讼法解释》第41条规定的"未告知诉权或起诉期间"的情况,故排除适用第41条规定的"2年"最长时效期间的适用。据此可以排除C选项。

因本题符合《行政诉讼法解释》第42条规定的适用条件,故本案当事人起诉期间的起始日期为"知道具体行政行为内容之日";同时结合《行政诉讼法》第39条规定,最终确定期限为"3个月"。因此,D项正确。

48.［答案］A

［解析］依据《行政许可法》第32条第2款规定:"行政机关受理或者不予受理行政许可申请,应当出具加盖本行政机关专用印章和注明日期的书面凭证。"故A项正确,当选。

依据前引《行政许可法》第46条规定,可知B项错误,不当选。

依据《行政许可法》第5条第2款规定:"有关行政许可的规定应当公布,未经公布的,不得作为实施行政许可的依据。行政许可的实施和结果,除涉及国家秘密、商业秘密或者个人隐私的外,应当公开。"故C项错误,不选。

依据《行政许可法》第15条第1款规定:"本法第12条所列事项,尚未制定法律、行政法规的,地方性法规可以设定行政许可;尚未制定法律、行政法规和地方性法规的,因行政管理的需要,确需立即实施行政许可的,省、自治区、直辖市人民政府规章可以设定临时性的行政许可。临时性的行政许可实施满1年需要继续实施的,应当提请本级人民代表大会及其常务委员会制定地方性法规。"依前引同法第41条规定,可知法律、行政法规设定的没有地域限制的行政许可,在全国范围内有效,而由地方性法规和省政府规章设定的行政许可只在本行政区域内有效,故D项错误,不当选。

49.［答案］B

［解析］依据《公务员法》第47条规定:"公务员在定期考核中被确定为不称职的,按照规定程序降低一个职务层次任职。"可知,只有在定期考核中被确定为不称职,才能降低一个职务层次任职。本题中,某卫生局副处长李某在定期考试中被确定为基本称职,不能对其降低一个职务层次任职。故A项错误,不选。

依据《公务员法》第66条规定:"根据培养锻炼公

务员的需要，可以选派公务员到下级机关或者上级机关、其他地区机关以及国有企业事业单位挂职锻炼。公务员在挂职锻炼期间，不改变与原机关的人事关系。”可知，挂职锻炼是公务员交流的方式之一，公务员可以到国有企业事业单位进行挂职锻炼。注意此处仅限于“国有企业事业单位”，而不能到非国有单位进行挂职锻炼。B项某市税务局干部到该市国有企业挂职锻炼1年符合上述规定，故B项正确，当选。

依据《公务员法》第97条规定：“机关聘任公务员，应当按照平等自愿、协商一致的原则，签订书面的聘任合同，确定机关与所聘公务员双方的权利、义务。聘任合同经双方协商一致可以变更或者解除。聘任合同的签订、变更或者解除，应当报同级公务员主管部门备案。”可知，签订聘任合同后应当报公务员主管部门“备案”，而非“批准”。故C项错误，不选。

依据《公务员法》第90条规定：“公务员对涉及本人的下列人事处理不服的，可以自知道该人事处理之日起30日内向原处理机关申请复核；对复核结果不服的，可以自接到复核决定之日起15日内，按照规定向同级公务员主管部门或者作出该人事处理的机关的上一级机关提出申诉；也可以不经复核，自知道该人事处理之日起30日内直接提出申诉：……(四)定期考核定为不称职；……”据此，只有在定期考核中核定为不称职的才可以提起申诉。故D项错误，不选。

50.［答案］D

［解析］依据《行政诉讼法解释》第45条规定：“起诉状副本送达被告后，原告提出新的诉讼请求的，人民法院不予准许，但有正当理由的除外。”因此，D项正确。

二、多项选择题

51.［答案］CD

［解析］依据前引《刑法》第17条第2款规定以及《关于审理未成年人刑事案件具体应用法律若干问题的解释》规定，A项，参与运送他人偷越国(边)境，造成被运送人死亡的，依据《刑法》第321条，仍定运送他人偷越国(边)境罪，处7年以上有期徒刑，并处罚金。因此对此行为不负刑事责任。B项，参与绑架他人，致使被绑架人死亡的，依据《刑法》第239条第2款，仍定绑架罪，处以死刑，不另定故意杀人罪。因此，已满14周岁不满16周岁的人对此不负刑事责任。C项，参与强迫卖淫集团，为迫使妇女卖淫，对妇女实施了强奸行为的，此时对强迫卖淫行为不负刑事责任，但有强奸行为，需要对强奸行为负刑事责任。D项，参与走私并在走私过程中暴力抗拒缉私，造成缉私人员重伤，对走私行为不负刑事责任，但有暴力抗拒缉私，造成缉私人员重伤的行为，即有故意伤害致人重伤的行为，由于发生了致人重伤的后果，罪名由妨害公务罪转化为故意伤害罪，因此已满14周岁不满16周岁的人对该行为负刑事责任。

所以本题正确答案为C、D项。

52.［答案］ABC

［解析］依前述有关打击错误的解析，本题的情况符合打击错误的构成，故A项正确的。打击错误包括超出同一犯罪构成要件的打击错误和没有超出同一犯罪构成要件的打击错误。两种错误的处理原则都是法定符合说。即如果打击错误没有超出同一犯罪构成，符合同一犯罪的法定构成要件，由于两种行为都是法律所禁止的，其损害的法益也是相同的，因此按故意犯罪的既遂处理，C项是正确的。本题中的打击错误并未超出同一犯罪构成，因此甲的行为属于同一犯罪构成内的事实认识错误，B项是正确的。D项中，由于行为人只有一个行为，因此不能认定为两个罪，D项错误。

53.［答案］ABCD

［解析］本题中，甲、乙、丙三人对丁实行抢劫，抢得一张银行卡后，逼迫丁说出密码取得财物的行为，只是抢劫行为的延续，不符合《刑法》第196条规定的信用卡诈骗罪和盗窃罪的构成。依据前引《刑法》第263条规定以及前述有关抢劫罪的解析，甲、乙、丙三人的行为应定抢劫罪，因已经取得少量现金和一张银行借记卡，故属于抢劫既遂，所以，A、B、C、D四个选项均为错误选项。依题意，本题答案是A、B、C、D项。

54.［答案］ACD

［解析］依据《刑法》第22条规定：“为了犯罪，准备工具、制造条件的，是犯罪预备。对于预备犯，可以比照既遂犯从轻、减轻处罚或者免除处罚。”犯罪预备的特征：(1)行为人已经开始实施犯罪的预备行为；(2)尚未着手犯罪的实行行为。

依据前引《刑法》第23条规定以及前述相关解析，本题中，A项中的甲、乙两人准备凶器和绳索实施抢劫，属于犯罪的预备阶段，还没有来得及实施抢劫行为就被抓获，故只能认定其为犯罪“准备工具，制造条件”，并未“着手实施”，应属于犯罪预备。所以A项错误。

B项中，甲正潜入某银行储蓄所，已经开始着手撬保险柜，故其盗窃行为已经开始实施，后其以为外面有人，悄悄逃窜，应是由于意志以外的原因被迫停止犯罪，故应认定为盗窃(未遂)罪。所以B项正确。

C项中，甲的前期工作，跟踪被害人，准备凶器等都属于为犯罪准备工具，制造条件，属于犯罪预备阶段。乙因提前下班而导致甲没有来得及实施犯罪,故其行为应认定为故意杀人罪的预备行为。所以C项错误,当选。

D项中诬告陷害罪的行为表现为行为人捏造了事实,并向有关单位告发,符合上述两项就已构成犯罪既遂,至于其使被害人受到刑事追究的目的能否实现并不影响本罪的构成。甲意图陷害乙,遂捏造了乙受贿10万元并与他人通奸的所谓犯罪事实,写了一封匿名信给检察院反贪局,上述行为已经构成诬告陷害罪既遂。虽然检察机关经初查发现根本不存在受贿事实,对乙未追究刑事责任,即甲欲使乙受到刑事追究的意图未能得逞,但不影响甲的行为构成诬告陷害罪,所以D项错误,当选。

55.［答案］AC(司法部答案为BC)

［解析］依据《刑法》第41条规定:"管制的刑期,从判决执行之日起计算;判决执行以前先行羁押的,羁押1日折抵刑期2日。"第44条规定:"拘役的刑期,从判决执行之日起计算;判决执行以前先行羁押的,羁押1日折抵刑期1日。"A项正确。

依据《刑法》第47条规定:"有期徒刑的刑期,从判决执行之日起计算;判决执行以前先行羁押的,羁押1日折抵刑期1日。"B项错误。

依据《刑法》第51条规定:"死刑缓期执行的期间,从判决确定之日起计算。死刑缓期执行减为有期徒刑的刑期,从死刑缓期执行期满之日起计算。"C项正确。

依据《刑法》第58条规定:"附加剥夺政治权利的刑期,从徒刑、拘役执行完毕之日或者从假释之日起计算;剥夺政治权利的效力当然施用于主刑执行期间。"D项错误。

56.［答案］BCD

［解析］依据《刑法》第20条规定,为了使国家、公共利益、本人或者他人的人身、财产和其他权利免受正在进行的不法侵害,而采取的制止不法侵害的行为,对不法侵害人造成损害的,属于正当防卫,不负刑事责任。正当防卫明显超过必要限度造成重大损害的,应当负刑事责任,但是应当减轻或者免除处罚。A项中,甲在防卫过程中致乙死亡是有过失的,构成过失致人死亡罪。故A项不选。

依据前引《刑法》第238条规定,B项是因长时间捆绑致被害人死亡,属于非法拘禁罪的结果加重犯,不是过失致人死亡罪。因此,仍定非法拘禁罪,依题意当选。

依据《刑法》第257条第2款规定,犯暴力干涉婚姻自由罪的致使被害人死亡的,处2年以上7年以下有期徒刑。甲是在暴力干涉婚姻自由过程中的过失致人死亡,属于暴力干涉婚姻自由罪的加重情节,不单独定为过失致人死亡罪。C项当选。

依据《刑法》第260条规定,虐待家庭成员,情节恶劣的,处2年以下有期徒刑、拘役或者管制。犯前款罪,致使被害人重伤、死亡的,处2年以上7年以下有期徒刑。故选项D中甲对乙的行为,甲构成虐待罪,属于结果加重犯,不是过失致人死亡罪。故D项当选。

57.［答案］AD

［解析］依据前引《刑法》第240条第(三)项规定,在拐卖妇女中奸淫被拐卖的妇女的,属于加重情节,不能认定为强奸罪,A项错误。

依据前引《刑法》第358条第(四)项规定,所以D项不能认定为强奸罪,属于组织卖淫罪的加重情节。

依据前引《刑法》第236条对强奸罪的规定,注意其他手段是指采用暴力、胁迫以外的使被害妇女不知抗拒或者不能抗拒的手段,具有与暴力、胁迫相同的强制性质。常见的其他手段有:用酒灌醉或者药物麻醉的方法强奸妇女;利用妇女熟睡之机进行强奸;冒充妇女的丈夫或情夫进行强奸;利用妇女患重病之机进行强奸;造成或利用妇女处于孤立无援的状态进行强奸;假冒治病强奸妇女;组织和利用会道门、邪教组织或者利用迷信奸淫妇女,等等。故C项构成强奸罪。

依据《刑法》第259条第2款规定:"利用职权、从属关系,以胁迫手段奸淫现役军人的妻子的,依照本法第236条的规定定罪处罚。"故B项构成强奸罪。

58.［答案］ABC

［解析］依据《关于拾得他人信用卡并在自动柜员机(ATM机)上使用的行为如何定性问题的批复》:"拾得他人信用卡并在自动柜员机(ATM机)上使用的行为,属于刑法第196条第1款第(三)项规定的'冒用他人信用卡'的情形,构成犯罪的,以信用卡诈骗罪追究刑事责任。"乙的行为构成信用卡诈骗罪,而不构成盗窃罪与侵占罪。A、B项错误,D项正确。

依据前引《刑法》第271条的规定,职务侵占罪要求将本单位财物非法占为已有,本题是将第三人甲的财物占为已有,不符合职务侵占罪要求,C项错误。

59.［答案］AD

［解析］A项中,甲盗窃乙的存折的行为,成立盗窃罪,依据《关于审理盗窃案件具体应用法律若干问题的解释》第5条第(二)项的规定,记名的有价支付凭证、有价票证等,如果票面价值已定并能即时兑现的,如活期存折、已到期的定期存折等,按票面数额和案发时应得的利息计算。而对于甲利用所盗窃的存折通过银行职员提取存款的行为,属于对银行职

员的欺骗行为，成立诈骗罪，但是只作为其盗窃存折后获取存款的一个目的行为，被盗窃所吸收，因此只成立盗窃罪。故A项错误。

B项中，甲盗窃了海洛因又转卖海洛因的行为，构成了盗窃罪和贩卖毒品罪。依据《全国法院审理毒品犯罪案件工作座谈会纪要（节录）》第6条规定，盗窃毒品又实施其他毒品犯罪的，则以盗窃罪与实施的具体毒品犯罪，依法实行数罪并罚。故B项正确。

C项中，依据《刑法》第326条规定，甲盗窃了国家珍贵文物又转卖的行为，构成盗窃罪与倒卖文物罪。因为盗窃珍贵文物后出售的，侵犯了新的法益，该行为侵犯国家对珍贵文物的保护秩序，因此要数罪并罚。故C项正确。也有学者认为，将珍贵文物倒卖给外国人，是本罪与非法向外国人出售珍贵文物的想象竞合犯从一重罪论处。盗窃珍贵文物后出售的，虽然侵犯了新的法益，但该行为不属于本罪的"倒卖"，故不另成立倒卖文物罪（参见张明楷著《刑法学》法律出版社2007年第3版，第806页。）

D项中，尽管甲将其盗窃的名表转卖他人，但并不能构成销售赃物罪（现已改为掩饰、隐瞒犯罪所得、犯罪所得收益罪）。因本罪要求"明知是犯罪所得及其产生的收益而代为销售"，既遂是"代为销售"，自然排除了销售自己盗窃所得财物的可能性，故不能成立该罪（而是一种事后不可罚行为），仅成立盗窃罪。D项错误。

60.［答案］ABCD

［解析］依据《刑法》第275条规定，选项A，虽然戒指本身没有破坏，但由于被扔到大海中，脱离了所有人乙的控制，对乙而言，其财物已经遭到破坏，甲的行为构成故意毁坏财物罪。故A项错误。

选项B，乙见甲紧抓手提包，猜想包中有贵重物品，在与甲擦肩而过时，当面用力夺走甲的手提包，此时甲虽然有所防备，但对乙而言，仍然是打算乘人不备而夺取财物，依前引《刑法》第267条规定和主客观相统一的原则，仍然构成抢夺罪。故B项错误。

选项C，甲将一张作废的IC卡插入银行的自动取款机试探，碰巧自动取款机显示能够取出现金，于是甲取出5000元，依据《刑法》第196条第（二）项规定，属于使用作废的信用卡骗取财物的行为，构成信用卡诈骗罪。故C项错误。

选项D，依据《刑法》第116条规定，正在使用中的交通工具，不是指狭义中的正在行驶的交通工具，而是指从状态上讲已经投入使用，随时都可能行驶的交通工具，包括正在检修厂检修的车辆，所以甲的行为仍然构成破坏交通工具罪。故D项错误。依题意，四项均当选。

61.［答案］BCD

［解析］依据《刑法》第316条第1款规定："依法被关押的罪犯、被告人、犯罪嫌疑人脱逃的，处五年以下有期徒刑或者拘役。"A项，犯罪嫌疑人在从甲地押解到乙地的途中，乘押解人员不备，偷偷溜走的行为符合脱逃罪的构成，A项正确，不选。被判处管制的犯罪分子并未被关押，所以其未经执行机关批准到外地经商，是违反管制刑执行义务的行为，但不构成脱逃罪，B项错误。

依据《刑法》第317条第1款规定："组织越狱的首要分子和积极参加的，处五年以上有期徒刑；其他参加的，处五年以下有期徒刑或者拘役。"此为组织越狱罪。第2款规定："暴动越狱或者聚众持械劫狱的首要分子和积极参加的，处10年以上有期徒刑或者无期徒刑；情节特别严重的，处死刑；其他参加的，处3年以上10年以下有期徒刑。"此为暴动越狱罪、聚众持械劫狱罪。C、D项分别构成组织越狱罪、暴动越狱罪，故该两项说法错误，依题意，当选。

62.［答案］BCD

［解析］依据《刑法》第347条第1款规定："走私、贩卖、运输、制造毒品，无论数量多少，都应当追究刑事责任，予以刑事处罚。"贩卖毒品罪的构成见上题解析，注意对买毒品自己吸食的不以贩卖毒品罪论；但在居间介绍买卖毒品的，无论是否获利，均以贩卖毒品罪的共犯论。

本题中，甲为自己吸食而购买毒品，不构成贩卖毒品罪，故A项错误。乙为卖而买，丙为了从丁处获得好处费而介绍他人到丁处购买毒品，和丁构成共犯，同样构成贩卖毒品罪。因此，乙、丙、丁的行为均构成贩卖毒品罪。故B、C、D项正确。

63.［答案］ABCD

［解析］依据《刑法》第294条第4款规定："国家机关工作人员包庇黑社会性质的组织，或者纵容黑社会性质的组织进行违法犯罪活动的……"A项，国家机关工作人员包庇黑社会性质的组织的构成包庇黑社会性质组织罪，不再定包庇罪，所以A项当选。

依据前引《刑法》第307条第2款规定，B项，帮助当事人毁灭、伪造证据的独立构成帮助毁灭、伪造证据罪，不再定包庇罪，B项当选。

依据《刑法》第311条规定，明知他人有间谍行为，在国家安全机关向其收集有关证据时，拒绝提供，情节严重的行为构成拒绝提供间谍犯罪证据罪，不再定包庇罪，C项当选。

依据《刑法》第349条第1款规定："包庇走私、贩卖、运输、制造毒品的犯罪分子的，为犯罪分子窝藏、转移、隐瞒毒品或者犯罪所得的财物的，处……"D

项,包庇走私、贩卖、运输、制造毒品的犯罪分子的行为构成包庇毒品犯罪分子罪,不定包庇罪,D项当选。

64. [答案] ABCD

[解析] 依据《关于如何认定挪用公款归个人使用有关问题的解释》第1条规定:"国家工作人员利用职务上的便利,以个人名义将公款借给其他自然人或者不具有法人资格的私营独资企业、私营合伙企业等使用的,属于挪用公款归个人使用。"所以B项正确。

依据该解释第2条规定:"国家工作人员利用职务上的便利,为谋取个人利益,以个人名义将公款借给其他单位使用的,属于挪用公款归个人使用。"所以A项正确。

依据全国人大常委会《关于〈中华人民共和国刑法〉第384条第1款的解释》规定,个人决定以单位名义将公款借给其他单位使用,谋取个人利益的,属于挪用公款归个人使用。故C项正确。

D项,以单位名义将公款借给其他自然人使用,未谋取个人利益的,自然是个人决定以单位名义将公款借给其他自然人使用,亦属于挪用公款归个人使用。故D项正确。

65. [答案] AC

[解析] 依据《刑法》第238条第4款规定:"国家机关工作人员利用职权犯前3款罪的,依照前3款的规定从重处罚。"即国家机关工作人员犯非法拘禁罪的,从重处罚,因此A项正确,当选。

依据第384条第2款规定:"挪用用于救灾、抢险、防汛、优抚、扶贫、移民、救济款物归个人使用的,从重处罚。"C项正确,当选。

依据第263条规定:"有下列情形之一的,处10年以上有期徒刑、无期徒刑或者死刑,并处罚金或者没收财产:……(六)冒充军警人员抢劫的……"冒充军警人员抢劫的为法定加重情节,而本题题干问的是从重处罚情节,而非加重处罚情节,故B项错误。

依据第397条规定:"国家机关工作人员滥用职权或者玩忽职守,致使公共财产、国家和人民利益遭受重大损失的,处……"D项构成独立的滥用职权罪,非加重情节,错误,不选。

66. [答案] ABCD

[解析] 依据《刑事诉讼法》第24条规定:"刑事案件由犯罪地的人民法院管辖。如果由被告人居住地的人民法院审判更为适宜的,可以由被告人居住地的人民法院管辖。"确定刑事案件地区管辖的原则是以犯罪地人民法院管辖为主、以被告人居住地人民法院管辖为辅。犯罪地的含义,依据《刑诉解释》第2条规定,是指犯罪行为发生地。以非法占有为目的的财产犯罪,犯罪地包括犯罪行为发生地和犯罪分子实际取得财产的犯罪结果发生地。

本题主要考查非法拘禁案的地域管辖问题。从刑法理论上讲,非法拘禁罪是一种继续犯,从A区到D区,行为人非法拘禁的犯罪行为一直在继续,并且始终与危害结果相伴随。因此,可以说A、B、C、D四区都是犯罪地,四区法院都有管辖权,选项A、B、C、D项都正确。此外,根据《刑事诉讼法》第25条规定:"几个同级人民法院都有权管辖的案件,由最初受理的人民法院审判。在必要的时候,可以移送主要犯罪地的人民法院审判。"可见,对于同一刑事案件,如果犯罪地不止一个,或者犯罪嫌疑人、被告人实施的数个犯罪行为的犯罪地比较分散,则可能导致几个同级人民法院都有权管辖。此时就应当采取以最初受理地人民法院审判为主、以主要犯罪地人民法院审判为辅的原则。

67. [答案] AC

[解析] 对于辩护人的权利,根据我国《刑事诉讼法》和《律师法》的相关规定,辩护人依法享有下列权利:(1)独立辩护权;(2)阅卷权和会见通信权;(3)调查取证权;(4)提出辩护意见权;(5)获取出庭通知权;(6)参加法庭调查和辩论权;(7)经被告人同意,代为上诉的权利;(8)申请解除超期的强制措施的权利;(9)拒绝辩护权。因此,甲被超期羁押时,乙作为辩护人有权要求解除强制措施,故A项正确。

依据前引《刑事诉讼法》第28条规定,当事人及其法定代理人有权申请回避,但辩护人无权申请回避,故B项错误。

辩护人可以向检察机关陈述辩护意见,故C项正确。

依据《刑事诉讼法》和《六机关规定》等相关规定,调查取证权仅限辩护律师独有,非律师辩护人并不享有此项权利。故D项错误。

68. [答案] BCD

[解析] 依据《刑事诉讼法》第105条:"为了确定被害人、犯罪嫌疑人的某些特征、伤害情况或者生理状态,可以对人身进行检查。犯罪嫌疑人如果拒绝检查,侦查人员认为必要的时候,可以强制检查。检查妇女的身体,应当由女工作人员或者医师进行。"可知,人身检查因对象不同可以分为两类:一是对犯罪嫌疑人人身进行检查。如果犯罪嫌疑人拒绝检查,侦查人员认为必要的时候,可以强制检查。二是对被害人进行检查。如果被害人拒绝检查,侦查人员则不得强制对其检查,这里体现了对被害人的尊重。因此,本题是对被害人进行人身检查,不得强制进行,A项错误,B项正确。被害人为女性,只能由女工作人

员或医师进行检查，故C、D项正确。

69.［答案］BCD

［解析］依据《高检规则》第280条规定，人民检察院在办理公安机关移送起诉的案件中，发现遗漏依法应当移送审查起诉同案犯罪嫌疑人的，应当建议公安机关补充移送审查起诉；对于犯罪事实清楚，证据确实、充分的，人民检察院也可以直接提起公诉。故B、D项正确。

依据《高检规则》第260条规定，审查起诉部门经审查认为需要逮捕犯罪嫌疑人的，应当参照有关的规定移送审查逮捕部门办理。即如果人民检察院在审查起诉阶段，发现遗漏了的同案犯罪嫌疑人符合逮捕条件的，可以直接决定逮捕，而无须再建议公安机关提请批准逮捕。故C项正确，A项错误。

70.［答案］AC

［解析］依据《刑事诉讼法》第148条规定："合议庭进行评议的时候，如果意见分歧，应当按多数人的意见作出决定，但是少数人的意见应当写入笔录。评议笔录由合议庭的组成人员签名。"所以本题中，合议庭意见有分歧的，应当按多数人的意见作出决定并写入笔录，A项正确；持少数意见的合议庭成员，也应当在评议笔录上签名，C项正确；合议庭意见有分歧的，少数人的意见也应该写入笔录，B项错误。

依据《刑事诉讼法》第147条规定，合议庭的组成人员只能是审判人员和人民陪审员，或者全部由审判员组成。书记员不是合议庭组成人员，不能参与评议或决定案件结果，因此不必在评议笔录上签名，D项错误。

71.［答案］ABC

［解析］根据《刑事诉讼法》第145条规定可知，A、B项正确。

依据《刑事诉讼法》第172条规定，人民法院对自诉案件，可以进行调解；自诉人在宣告判决前，可以同被告人自行和解或者撤回自诉。本法第170条第(三)项规定的案件不适用调解。故在自诉案件中，只要在宣告判决前，当事人都可以自行和解。故C项正确。

本案属于公诉转自诉案件，即当事人有证据证明的对被告人侵犯自己人身权利、财产权利的行为应当追究刑事责任，而公安机关或人民检察院不予追究的案件，属于《刑事诉讼法》第170条第(三)项规定的情形，又依据《刑事诉讼法》第172条的规定，此类案件不适用调解的规定，当事人不得请求法院调解，因此D项错误。

72.［答案］ABCD

［解析］依据《关于刑事附带民事诉讼范围问题的规定》第1条第1款规定："因人身权利受到犯罪侵犯而遭受物质损失或者财物被犯罪分子毁坏而遭受物质损失的，可以提起附带民事诉讼。"第2条规定："被害人因犯罪行为遭受的物质损失，是指被害人因犯罪行为已经遭受的实际损失和必然遭受的损失。"可知，刑事附带民事诉讼的赔偿范围只包括因犯罪行为而造成的直接物质损失，不包括精神损失和间接物质损失。

本题中，住院费用，陪护费用，误工费用是因犯罪行为导致的直接物质损失，应予以赔偿，甲不得要求精神损害赔偿，但精神损害物质化之后可以得到赔偿，比如说，因犯罪行为导致精神恍惚等疾病，为治疗该病所花费的费用也可得到赔偿。所以本题正确选项为A、B、C、D项。

73.［答案］BC

［解析］依据《刑事诉讼法》第161条规定，在法庭审判过程中，如果诉讼参与人或者旁听人员违反法庭秩序，审判长应当警告制止。对不听制止的，可以强行带出法庭；情节严重的，处以1000元以下的罚款或者15日以下的拘留。罚款、拘留必须经院长批准。被处罚人对罚款、拘留的决定不服的，可以向上一级人民法院申请复议。复议期间不停止执行。

对扰乱法庭秩序行为的处理，应当注意：一是罚款与拘留的适用关系，二者只能择一；二是罚款或者拘留的必须报请院长批准，而强行带出法庭只需审判长批准即可。故B、C项正确。A项中的具结悔过，是我国《行政诉讼法》第49条对妨碍行政诉讼行为规定的一种处理方式，而在刑事诉讼中没有规定，故A项错误。D项在拘留的期限上超出了15日的法定期限，故D项错误。

关于三大诉讼法对妨害诉讼行为规定的不同处理方式，考生应注意对比记忆。三者的区别如下表：

	处理方式	法律依据
刑事诉讼法	警告、训诫、强行带出法庭、罚款、拘留、追究刑事责任	《刑事诉讼法》第161条
民事诉讼法	拘传(只针对必须到庭的被告)、训诫、责令退出法庭、罚款、拘留、追究刑事责任	《民事诉讼法》第100、101条
行政诉讼法	训诫、责令具结悔过、罚款、拘留、追究刑事责任	《行政诉讼法》第49条

74.［答案］BD

［解析］依据前引《刑事诉讼法》第175条规

定，适用简易程序审理公诉案件，人民检察院可以不派员出席法庭。故选项 D 正确。乙 14 岁，为未成年人，对轻伤不负刑事责任，仅为附带民事诉讼的当事人，可以由其法定代理人出庭应诉，也可以不出庭，选项 B 正确。甲是成年人，作为刑事被告，应当出席法庭，丙为刑事附带民事诉讼的原告，依法应当出席，其不出席将导致法院按撤诉处理，故本题正确答案为选项 B、D。

75.［答案］ACD

［解析］依据前引《刑事诉讼法》第 191 条规定，可知在本题中，应当公开没有公开审理的，符合第(一)项，A 项正确；人民陪审员独任审判案件的，符合第(四)项，审判组织的组成不合法，C 项正确；庭审中没有听取被告人最后陈述，可能影响公正审判的，符合第(三)项，D 项正确。

依据《刑事诉讼法》第 167 条第 3 款规定："法庭笔录应当交给当事人阅读或者向他宣读。当事人认为记载有遗漏或者差错的，可以请求补充或者改正。当事人承认没有错误后，应当签名或者盖章。"本题中，被告人未在庭审笔录上签名，虽然也属于剥夺或限制了当事人的法定诉讼权利，但由于这种违反诉讼程序的程度较轻，一般不会影响公正审判。二审法院不必裁定发回重审，B 项错误。

76.［答案］BD

［解析］依据《刑事诉讼法》第 205 条规定以及前述相关解析，本题中，甲因犯贪污罪经一审程序被判处死刑缓期 2 年执行，应由省高级人民法院复核后判决方生效，作出本案生效判决的法院为省高级人民法院，能提起审判监督程序的机关只有该省高级人民法院、最高人民法院和最高人民检察院三个，因此 A、C 项错误，B、D 项正确。

77.［答案］AD

［解析］依据前引《人民检察院办理未成年人刑事案件的规定》第 10 条第 4 款规定，犯罪嫌疑人甲系不满 18 周岁的未成年人，在侦查阶段，侦查机关"应当"而非"可以"通知其法定代理人到场，A 项正确，而 B 项错误。根据《刑事诉讼法》第 96 条的规定，自第一次被讯问后，犯罪嫌疑人可以聘请律师提供法律帮助，但此时的律师还不是辩护人，还不能称为辩护律师，所以 D 项正确，C 项错误。

78.［答案］BCD

［解析］依据《关于完善人民陪审员制度的决定》第 1 条规定："人民陪审员依照本决定产生，依法参加人民法院的审判活动，除不得担任审判长外，同法官有同等权利。"可知人民陪审员不得担任审判长，A 项正确，依题意不选。依前述解析，陪审员只参加部分一审案件的审理，而不能参加二审案件的审判活动，B 项错误，当选。

依据《关于完善人民陪审员制度的决定》第 14 条规定，中级人民法院、高级人民法院并没有陪审员名单，而应从其所在城市的基层法院的陪审员名单中抽选陪审员，C 项错误，当选。

依据《人民陪审员参加审判活动若干问题的规定》第 7 条第 1 款规定："人民陪审员参加合议庭评议案件时，有权对事实认定、法律适用独立发表意见，并独立行使表决权。"以及第 8 条规定："合议庭评议案件时，先由承办法官介绍案件涉及的相关法律、审查判断证据的有关规则，后由人民陪审员及合议庭其他成员充分发表意见，审判长最后发表意见并总结合议庭意见。"故人民陪审员在人民法院执行职务包括评议案件时，同审判员有同等的权利，不需要接受法官的指导，D 项错误，当选。

79.［答案］BD

［解析］本题中，A 项属于《刑事诉讼法》第 15 条第(一)项情形，即情节显著轻微、危害不大，不认为是犯罪的，所以应由人民法院以判决宣告被告人无罪，而不是裁定终止审理，故 A 项错误。

B 项属于《刑事诉讼法》第 15 条第(五)项情形，即被告人死亡的。同时本案并无事实和证据材料能够确认已经死亡的被告人无罪，因此人民法院应当以裁定终止审理，故 B 项正确。

C 项在立案阶段就由人民法院以不立案的方式终止了诉讼，尚未进入审判阶段，因此更谈不上裁定终止审理的问题，故 C 项错误。

D 项虐待案属于告诉才处理的犯罪，王某以遭受虐待为由提起自诉，后又撤回自诉的，符合《刑事诉讼法》第 15 条第(四)项情形，因此属于法院应当终止审理的情形。故 D 项正确。

80.［答案］AD

［解析］依据前引《税收征收管理法》第 88 条规定，可知因收缴税款而引起的纠纷应当先经过复议，如果对复议决定不服，才可以再依法向人民法院提起诉讼，即需要"复议前置"，而对于因罚款和扣押而引起的纠纷，当事人既可以申请行政复议，也可以不经过复议而是直接提起行政诉讼。所以 A 项中关于缴纳税款和罚款决定，李某采取的救济措施不能一概而论。而 C 项中的扣押行为，李某可以直接提起诉讼。因此 A 项不正确，当选；C 项正确，不当选。

依据《行政复议法》第 12 条规定："对县级以上地方各级人民政府工作部门的具体行政行为不服的，由申请人选择，可以向该部门的本级人民政府申请行政复议，也可以向上一级主管部门申请行政复议。对海关、金融、国税、外汇管理等实行垂直领导的行政机关和国家安全机关的具体行政行为不服的，向上一级主管部门申请行政复议。”可知李某如果申请行政复议，应当向县国税局的上一级领导机关申请，而不能向县人民政府申请，所以B项正确，不当选。

依据《税收征收管理法》第40条规定：“从事生产、经营的纳税人、扣缴义务人未按照规定的期限缴纳或者解缴税款，纳税担保人未按照规定的期限缴纳所担保的税款，由税务机关责令限期缴纳，逾期仍未缴纳的，经县以上税务局(分局)局长批准，税务机关可以采取下列强制执行措施：(一)书面通知其开户银行或者其他金融机构从其存款中扣缴税款；(二)扣押、查封、依法拍卖或者变卖其价值相当于应纳税款的商品、货物或者其他财产，以拍卖或者变卖所得抵缴税款。税务机关采取强制执行措施时，对前款所列纳税人、扣缴义务人、纳税担保人未缴纳的滞纳金同时强制执行。个人及其所扶养家属维持生活必需的住房和用品，不在强制执行措施的范围之内。”可知在李某未按期缴纳税款的情况下，经县以上税务局局长批准，税务机关可以扣押纳税人的财产，并且该扣押措施只能由法定的税务机关行使，其他机关一律不得行使，税务机关也不得将该权利委托其他机关或组织行使。因此D项的表述不正确，当选。

81. [答案] ABD

[解析] 依据《政府采购法》第21条规定：“供应商是指向采购人提供货物、工程或者服务的法人、其他组织或者自然人。”选项A错误，当选。

依据《政府采购法》第22条第2款规定：“采购人可以根据采购项目的特殊要求，规定供应商的特定条件，但不得以不合理的条件对供应商实行差别待遇或者歧视待遇。”选项B错误，当选。

依据《政府采购法》第24条规定：“两个以上的自然人、法人或者其他组织可以组成一个联合体，以一个供应商的身份共同参加政府采购。”选项C正确，不选。

依据《政府采购法》第48条规定：“经采购人同意，中标、成交供应商可以依法采取分包方式履行合同。”选项D错误，当选。所以本题正确答案为A、B、D项。

82. [答案] AC

[解析] 依据前引《治安管理处罚法》第91条规定，本题中对吴某的处罚是300元罚款，所以派出所可以以自己的名义作出该处罚决定，A项正确。

依据《治安管理处罚法》第100条规定：“违反治安管理行为事实清楚，证据确凿，处警告或者200元以下罚款的，可以当场作出治安管理处罚决定。”本案中对吴某处300元的罚款，所以不能当场作出治安管理处罚决定，B项错误，不应当选。

依据《治安管理处罚法》第101条第1款规定：“当场作出治安管理处罚决定的，人民警察应当向违反治安管理行为人出示工作证件，并填写处罚决定书。处罚决定书应当当场交付被处罚人；有被侵害人的，并将决定书副本抄送被侵害人。”郊区旅社在本题中即属于被侵害人，所以公安机关将此决定书副本抄送郊区旅社的做法正确，C项当选。

依据《治安管理处罚法》第102条规定：“被处罚人对治安管理处罚决定不服的，可以依法申请行政复议或者提起行政诉讼。”也就是说当事人对治安管理处罚行为不服既可提起行政复议也可以提起行政诉讼，不必先经过行政复议才能提起行政诉讼。所以D项错误。

83. [答案] BC

[解析] 依据《行政诉讼法》第25条第2款的规定，经复议的案件，复议机关决定维持原具体行政行为的，作出原具体行政行为的行政机关是被告；复议机关改变原具体行政行为的，复议机关是被告。本题中，市人民政府撤销了市房管局的房屋转移登记行为，改变了原具体行政行为，因此，本案的被告应当是复议机关即市人民政府。

依据《行政诉讼法》第5条规定：“人民法院审理行政案件，对具体行政行为是否合法进行审查。”本题中，赵某和沈某因对市人民政府撤销了市房管局的房屋转移登记行为不服提起诉讼，也就是说，市人民政府对该市房管局换证行为所作的行政复议决定才是本案的审查对象；而市房管局并不是本案的被告，其作出的房屋转移登记行为以及为沈某的换证行为也就不属于本案的审查对象。因此，B、C项说法正确，当选。

根据前引《行政诉讼法》第27条的规定，可知本案中，被告为市人民政府，被诉具体行为为市人民政府撤销该房屋转移登记的具体行政行为，而与该具体行政行为具有法律上利害关系的人应为购买该房屋的赵某、售出该房的沈某以及房屋共有人沈某某。李某是代理人，其换证行为应由被代理人沈某承担，因此与此复议行为无利害关系。不能作为诉讼第三人参加诉讼，所以A项错误。而李某的代理行为是民事法律关系，不是行政诉讼的审理对象，自然也不会成为审理该案的核心，D项错误。

84. [答案] CD

[解析] 依据《行政监察法》第7条规定：“国务院监察机关主管全国的监察工作。

县级以上地方各级人民政府监察机关负责本行政区域内的监察工作，对本级人民政府和上一级监察机关负责并报告工作，监察业务以上级监察机关领导为主。”监察机关上下级之间是领导关系，而不仅仅是指导关系，选项A错误。

依据《行政监察法》第27条规定：“监察机关的领导人员可以列席本级人民政府的有关会议，监察人员可以列席被监察部门的与监察事项有关的会议。”选项C正确。

依据《行政监察法》第16条第2款规定：“县、自治县、不设区的市、市辖区人民政府监察机关还对本辖区所属的乡、民族乡、镇人民政府的国家公务员以及乡、民族乡、镇人民政府任命的其他人员实施监察。”选项D正确。

依据《行政监察法》第8条规定：“县级以上各级人民政府监察机关根据工作需要，经本级人民政府批准，可以向政府所属部门派出监察机构或者监察人员。监察机关派出的监察机构或者监察人员，对派出的监察机关负责并报告工作。”本条所说的核心是：经本级人民政府批准，监察机关可以向政府所属部门派出监察机构或监察人员，而选项B说的是：经本级人民政府批准，县级以上各级人民政府可以向政府所属部门派出监察机构或者监察人员，两者说法不一样，后者的主体是政府，而监察法中的主体是监察机关，尽管，政府的权力包含所属部门的权力，但由于权力分工的需要，政府不能行使该权力，从这个意义上来说，选项B错误。而司法部公布B项为正确答案，是值得商榷的。

85. [答案] ABC

[解析] 依据《关于行政诉讼证据若干问题的规定》第10条规定，当事人向人民法院提供报表、图纸、会计账册、专业技术资料、科技文献等书证的，应当附有说明材料。乙公司在提供图片及技术参数时，应附有说明材料，所以A项正确。

依据《关于行政诉讼证据若干问题的规定》第62条规定：“对被告在行政程序中所采纳的鉴定结论，原告或者第三人提出证据证明有下列情形之一的，人民法院不予采纳：……（三）鉴定结论错误、不明确或者内容不完整。”若乙公司提供证据证明某省商检局的鉴定结论内容不完整，法院应不采纳该鉴定结论，所以B项正确。

依据《关于行政诉讼证据若干问题的规定》第49条规定：“法庭在质证过程中，对与案件没有关联的证据材料，应予排除并说明理由。法庭在质证过程中，准许当事人补充证据的，对补充的证据仍应进行质证。法庭对经过庭审质证的证据，除确有必要外，一般不再进行质证。”可知，法庭在审核认定证据时，要对证据的关联性进行审查，只有证据与本案有关联性，才能被采纳，因此，某省商检局的鉴定结论为某市工商局处罚乙公司的证据，是法院采纳此鉴定结论的条件之一，所以C项正确。

依据《行政诉讼法解释》第12条规定：“与具体行政行为有法律上利害关系的公民、法人或者其他组织对该行为不服的，可以依法提起行政诉讼。”可知，公民、法人需要“与具体行政行为有法律上的利害关系”，关键是看公民、法人或者其他组织的合法权益与具体行政行为之间是否存在直接的、内在的关联。某市工商局对乙公司将国外汽车冒充国产车进行非法销售的行为作出的没收决定，与甲公司没有直接的利害关系，甲公司可能由此受损，但其受损并非由该行政处罚直接引起，甲公司不具有原告资格，D项错误。

86. [答案] ABD

[解析] 行政许可的撤销是指特定的行政机关根据利害关系人的请求或者依据职权，对符合法定撤销条件的行政许可予以撤销的行为。行政许可的注销是指行政机关注明取消行政许可。注销是行政机关在行政许可结束后办理的手续。行政许可的注销不同于撤销。撤销要由行政机关作出决定，撤销的原因是因为行政许可的实施过程中有违法因素，即撤销是因为违法引起的。而注销则是只要被许可人终止从事被许可事项，行政机关即对该项行政许可予以注销。另外，注意行政许可的撤回，是对已经合法生效的行政许可，发生情势变更时，为了公共利益的需要，依法收回已生效的行政许可。

依据《行政许可法》第2条规定：“本法所称行政许可，是指行政机关根据公民、法人或者其他组织的申请，经依法审查，准予其从事特定活动的行为。”行政许可行为是一项依申请的授权行为，对其撤销和注销当然会影响到相对人的实体权利。因此A项正确，当选。

依据《行政许可法》第8条规定：“公民、法人或者其他组织依法取得的行政许可受法律保护，行政机关不得擅自改变已经生效的行政许可。行政许可所依据的法律、法规、规章修改或者废止，或者准予行政许可所依据的客观情况发生重大变化的，为了公共利益的需要，行政机关可以依法变更或者撤回已经生效的行政许可。由此给公民、法人或者其他组织造成财产损失的，行政机关应当依法给予补偿。”据此，行政许可所依据的规章修改，为了公共利益的需要，行政机关可以撤回行政许可，因此B项正确，为应选项。

依据《行政许可法》第69条规定：“有下列情形之一的，作出行政许可决定的行政机关或者其上级行政机关，根据利害关系人的请求或者依据职权，可以撤销行政许可：(一)行政机关工作人员滥用职权、玩忽职守作出准予行政许可决定的；(二)超越法定职权作出准予行政许可决定的；(三)违反法定程序作出准予行政许可决定的；(四)对不具备申请资格或者不符合法定条件的申请人准予行政许可的；(五)依法可以撤销行政许可的其他情形。被许可人以欺骗、贿赂等不正当手段取得行政许可的，应当予以撤销。依照前两款的规定撤销行政许可，可能对公共利益造成重大损害的，不予撤销。依照本条第1款的规定撤销行政许可，被许可人的合法权益受到损害的，行政机关应当依法给予赔偿。依照本条第2款的规定撤销行政许可的，被许可人基于行政许可取得的利益不受保护。”据此，因行政机关工作人员滥用职权作出准予行政许可的决定，该行政许可被撤销后，只有在被许可人的合法利益受到损害时，行政机关才应当依法给予赔偿。C项缺少了被许可人的合法利益遭受损害的前提条件，因此错误，不应当选。

依据《行政许可法》第70条规定：“有下列情形之一的，行政机关应当依法办理有关行政许可的注销手续：(一)行政许可有效期届满未延续的；(二)赋予公民特定资格的行政许可，该公民死亡或者丧失行为能力的；(三)法人或者其他组织依法终止的；(四)行政许可依法被撤销、撤回，或者行政许可证件依法被吊销的；(五)因不可抗力导致行政许可事项无法实施的；(六)法律、法规规定的应当注销行政许可的其他情形。”可见，在行政许可依法被撤销、撤回以后还应当办理注销手续，因此D项表述正确，为应选项。

87.［答案］AB

［解析］对于本题可以从以下两层进行解析：(1)该案是否属于行政诉讼范围；(2)如果人民法院对原告的起诉不予答复，原告应当如何寻求救济。

对于本题中所提及的强制拆迁行为，按照行政法理论界的看法，应当属于行政强制执行，这不同于行政强制措施。二者的区别之一就是：行政强制执行所执行的一般是行政处理决定，行政强制执行本身一般不可诉，除非执行机关在执行过程有错误，权利人才可以对行政强制执行本身提起诉讼；而行政强制措施一般是独立的具体行政行为，具有可诉性。该题中，“郭某对强制拆迁行为不服向南区人民法院提起行政诉讼”，也就是说，郭某不是针对强制拆迁决定而是针对强制拆迁行为本身提起的诉讼，显然，根据上述理论观点，这不属于人民法院行政诉讼的受案范围。

依据《行政诉讼法》第42条规定，人民法院接到起诉状，经审查，应当在7日内立案或者作出裁定不予受理。原告对裁定不服的，可以提起上诉。可见，人民法院在收到当事人的起诉状后，不论该案是否属于其受案范围，都应当在7日内作出如下两种选择：要么予以立案，要么裁定不予受理，而绝不能以不属于法院行政诉讼受案范围为由而不予答复。因此，D选项表述错误，不当选。

尽管法律作了上述规定，但实践中，法院出于各种原因考虑，对当事人的起诉不闻不问、不予答复的情况也时有发生。为了更好地保障公民行使其诉讼权利，《行政诉讼法解释》第32条规定，人民法院应当组成合议庭对原告的起诉进行审查。符合起诉条件的，应当在7日内立案；不符合起诉条件的，应当在7日内裁定不予受理。7日内不能决定是否受理的，应当先予受理；受理后经审查不符合起诉条件的，裁定驳回起诉。受诉人民法院在7日内既不立案，又不作出裁定的，起诉人可以向上一级人民法院申诉或者起诉。上一级人民法院认为符合受理条件的，应予受理；受理后可以移交或者指定下级人民法院审理，也可以自行审理。据此，本题中郭某应当向南区人民法院的上一级人民法院即甲市中级人民法院起诉或者申诉。所以，A、B项正确，应当选；本案中，受诉法院为某省甲市南区人民法院，该法院属基层人民法院，其上一级人民法院为某省甲市中级人民法院，而不是某省高级人民法院，因此，C选项中的“高级人民法院”不符合法律规定，不应选。

88.［答案］BCD

［解析］依据《国家赔偿法》第7条第2款规定：“两个以上行政机关共同行使行政职权时侵犯公民、法人和其他组织的合法权益造成损害的，共同行使行政职权的行政机关为共同赔偿义务机关。”本题是县土地局和乡政府行使职权使公民权益受到损害，应为共同赔偿义务机关，而市规划局纠正了上述两机关的错误行为，未使公民的合法权益受到损害，不负赔偿义务，A项错误。

依据《城乡规划法》第37条规定：“在城市、镇规划区内以划拨方式提供国有土地使用权的建设项目，经有关部门批准、核准、备案后，建设单位应当向城市、县人民政府城乡规划主管部门提出建设用地规划许可申请，由城市、县人民政府城乡规划主管部门依据控制性详细规划核定建设用地的位置、面积、允许建设的范围，核发建设用地规划许可证。建设单位在取得建设用地规划许可证后，方可向县级以上地方人民政府土地主管部门申请用地，经县级以上人民政府审批后，由土地主管部门划拨土地。”第40条规定：“在城市、镇规划区内进行建筑物、构筑物、道路、管线和其他工程建设的，建设单位或者个人应当向城市、县人民政府城乡规划主管部门或者省、自治区、直辖市人民政府确定的镇人民政府申请办理建设工程规划许可证。申请办理建设工程规划许可证，应当提交使用土地的有关证明文件、建设工程设计方案等材料。需要建设单位编制修建性详细规划的建设项目，还应当提交修建性详细规划。对符合控制性详细规划和规划条件的，由城市、县人民政府城乡规划主管部门或者省、自治区、直辖市人民政府确定的镇人民政府核发建设工程规划许可证。城市、县人民政府城乡规划主管部门或者省、自治区、直辖市人民政府确定的镇人民政府应当依法将经审定的修建性详细规划、建设工程设计方案的总平面图予以公布。”可知，发放规划许可证和建设工程许可证的机关至少是县级以上人民政府，某县土地局和某乡政府向张某发放规划许可证和建设工程许可证的行为系超越职权的行为，B项正确。

市规划局作为规划管理主管机关，对违法取得的规划许可，有监督和查处的职责，而规划局有权撤销张某的规划许可证，C项正确。

依据《国家赔偿法》第5条第(二)项的规定，因公民、法人或者其他组织自己的行为导致损害发生的，国家不负赔偿责任。对张某继续施工造成的损失，国家不承担赔偿责任。故D项正确。

89. [**答案**] BC

[**解析**] 依据《重大动物疫情应急条例》第31条规定：“对受威胁区应当采取下列措施：(一)对易感染的动物进行监测；(二)对易感染的动物根据需要实施紧急免疫接种。”所以本题正确选项为B、C。

依据《重大动物疫情应急条例》第30条规定：“对疫区应当采取下列措施：(一)在疫区周围设置警示标志，在出入疫区的交通路口设置临时动物检疫消毒站，对出入的人员和车辆进行消毒；(二)扑杀并销毁染疫和疑似染疫动物及其同群动物，销毁染疫和疑似染疫的动物产品，对其他易感染的动物实行圈养或者在指定地点放养，役用动物限制在疫区内使役；(三)对易感染的动物进行监测，并按照国务院兽医主管部门的规定实施紧急免疫接种，必要时对易感染的动物进行扑杀；(四)关闭动物及动物产品交易市场，禁止动物进出疫区和动物产品运出疫区；(五)对动物圈舍、动物排泄物、垫料、污水和其他可能受污染的物品、场地，进行消毒或者无害化处理。”故选项A、D错误。

90. [**答案**] BC

[**解析**] 依据前引《行政诉讼法解释》第1条第2款第(二)项规定，可知公安机关依据刑事诉讼法授权所进行的行为不属于行政诉讼受案范围。依据我国《刑事诉讼法》第二编第二章侦查的规定，公安局在刑事诉讼中的权利包括：预审、讯问犯罪嫌疑人、询问证人、勘验、检查、搜查、扣押证据、查询、冻结存款、汇款、鉴定等。而本案中，公安机关立案后，将王某传唤到公安局，要求王某与甲公司签订还款协议书，并将扣押的乙公司和王某的财产移交给甲公司后将王某释放，县公安局的行为并没有刑事诉讼法明确授权，属于以介入刑事案件为名插手经济纠纷，其行为不属于刑事诉讼行为，而属于行政行为，具有可诉性，所以A项错误，B项正确。

依据《关于审理行政赔偿案件若干问题的规定》第4条规定：“公民、法人或者其他组织在提起行政诉讼的同时一并提出行政赔偿请求的，人民法院应一并受理。赔偿请求人单独提起行政赔偿诉讼，须以赔偿义务机关先行处理为前提。赔偿请求人对赔偿义务机关确定的赔偿数额有异议或者赔偿义务机关逾期不予赔偿，赔偿请求人有权向人民法院提起行政赔偿诉讼。”可知，乙公司有权提起行政诉讼，请求确认县公安局行为违法并提出行政赔偿诉讼，法院应当受理，C项正确。甲乙两公司之间的债权债务关系属于民事法律关系，甲公司获得乙公司的存款是基于公安机关强制签订的还款协议书和扣押财产的行政行为，违反了正当程序，属于无效行为，D项错误。

三、不定项选择题

91. [**答案**] AC

[**解析**]《刑事诉讼法》第187条第1款规定：“第二审人民法院对上诉案件应当组成合议庭，开庭审理，合议庭经过阅卷，讯问被告人，听取其他当事人、辩护人、诉讼代理人的意见，对事实清楚的，可以不开庭审理。对人民检察院抗诉的案件，人民法院应当开庭审理。”本题既有上诉又有抗诉，二审法院应当开庭审理，所以选项A错误，当选，选项B正确，不选。

由前述全面审查原则的含义可知，本题中，乙以量刑过重为由提出上诉，同时检察院针对甲的死缓判决以量刑不当为由提起抗诉，虽然都不是针对原审事实认定，但二审法院应当依法不受该上诉或抗诉范围的限制，在全面审查第一审判决所认定的事实、适用的法律是否正确以及审判活动是否遵守了诉讼程序的基础上，对案件作出全面处理。如果经审查，一审判决确实属于认定事实不清的，二审法院可以依法以事实不清为由裁定撤销原判、发回重审；也可以在查清事实后改判。因此，选项C错误，应入选。

需要注意的是，上诉不加刑原则并不是在任何情况下都适用的。《刑事诉讼法》第190条第2款规定，人民检察院提出抗诉或者自诉人提出上诉的，不受前款规定的限制。同时，《刑诉解释》第257条第2款也规定,人民检察院提出抗诉或者自诉人提出上诉的案件,不受前款规定的限制。但是人民检察院抗诉的案件,经第二审人民法院审理后,改判被告人死刑立即执行的,应当报请最高人民法院核准。这就是说,人民检察院提出抗诉的案件或自诉人提出上诉的案件,如果第一审判决确属过轻,第二审人民法院可以改判加重被告人的刑罚。但应当注意的是,上述规定只是针对单一被告的犯罪案件而言的。本案属于共同犯罪案件,且人民检察院只针对甲的死缓判决以量刑不当为由提起抗诉,但并没有对乙的判决提出抗诉,此时关于上诉不加刑原则的适用问题,《刑诉解释》第258条规定,共同犯罪案件中,人民检察院只对部分被告人的判决提出抗诉的,第二审人民法院对其他第一审被告人不得加重刑罚。因此,我们认为,本题中选项D笼统地说"因本案存在抗诉,二审法院不受上诉不加刑原则的限制"是不妥当的。具体而言,对于被告人甲,因人民检察院对其判决提出抗诉,故不受上诉不加刑原则的限制,如果发现对甲量刑确属过轻,第二审人民法院可以改判加重被告人甲的刑罚。但是对于被告人乙,由于只有其自己以量刑过重为由提出上诉,人民检察院并没有对其判决提出抗诉,所以,二审法院仍应受上诉不加刑原则的限制,即对被告人乙不得加重刑罚。因此,我们认为,选项D也应入选。

92. [答案] AC

[解析] 依前引《刑事诉讼法》第15条的规定,具体到本题,A项,犯罪嫌疑人甲犯罪已过追诉时效期限,符合上述第(二)项情形,应当作出不起诉决定,故A项正确;B项,犯罪嫌疑人乙为犯罪准备工具、制造条件,属于犯罪预备,也是一种犯罪,不属于应当作出不起诉决定的种类,故B项错误;C项,犯罪嫌疑人丙已死亡,属于上述第(五)项情形,应当作出不起诉决定,故C项正确;D项,聋哑人属于减轻处罚的法定情节,但仍然需要起诉以追究刑事责任,故D项错误。

93. [答案] ABCD

[解析] 依据《公务员法》第90条第1款规定:"公务员对涉及本人的下列人事处理不服的,可以自知道该人事处理之日起30日内向原处理机关申请复核;对复核结果不服的,可以自接到复核决定之日起15日内,按照规定向同级公务员主管部门或者作出该人事处理的机关的上一级机关提出申诉;也可以不经复核,自知道该人事处理之日起30日内直接提出申诉:(一)处分;……"王某应在知道处分决定而不是接到处分决定之日起提出申诉。A项错误,当选。

依据《公务员法》第91条第2款规定,复核、申诉期间不停止人事处理的执行。故B项错误,当选。

依据《公务员法》第58条第1款规定,公务员在受处分期间不得晋升职务和级别,其中受记过、记大过、降级、撤职处分的,不得晋升工资档次。上述这些限制并不包括年终奖金,故C项错误,当选。

依据《公务员法》第59条规定:"公务员受开除以外的处分,在受处分期间有悔改表现,并且没有再发生违纪行为的,处分期满后,由处分决定机关解除处分并以书面形式通知本人。解除处分后,晋升工资档次、级别和职务不再受原处分的影响。但是,解除降级、撤职处分的,不视为恢复原级别、原职务。"王某受的是降级处分,不得现为自行恢复原级别,故D项错误,当选。

94. [答案] D

[解析] 依据《信访条例》第16条规定:"信访人采用走访形式提出信访事项,应当向依法有权处理的本级或者上一级机关提出;信访事项已经受理或者正在办理的,信访人在规定期限内向受理、办理机关的上级机关再提出同一信访事项的,该上级机关不予受理。"

田某对乡政府的决定不服,不可以采用走访形式到市政府提出信访事项,因为走访的对象应当是本级或上一级政府,即乡政府或县政府,市政府不是乡政府的上一级政府,故选项A错误。

依据《信访条例》第21条规定:"县级以上人民政府信访工作机构收到信访事项,应当予以登记,并区分情况,在15日内分别按下列方式处理:按照前款第(二)项至第(四)项规定,有关行政机关应当自收到转送、交办的信访事项之日起15日内决定是否受理并书面告知信访人,并按要求通报信访工作机构。"信访机构并不能决定是否受理,而是由收到信访机构转送、交办的有关行政机关决定是否受理,所以选项B错误。

依据《信访条例》第6条规定:"县级以上人民政府应当设立信访工作机构;县级以上人民政府工作部门及乡、镇人民政府应当按照有利工作、方便信访人的原则,确定负责信访工作的机构(以下简称信访工作机构)或者人员,具体负责信访工作。"

某县工商局不设立专门的信访工作机构,可能有专门负责的人员,并不违反了信访规定,所以选项C错误。

依据《信访条例》第34条规定:"信访人对行政机关作出的信访事项处理意见不服的,可以自收到书面答复之日起30日内请求原办理行政机关的上一级行政机关复查。收到复查请求的行政机关应当自收到复查请求之日起30日内提出复查意见,并予以书面答复。"

沈某对某县人民政府作出的信访事项处理意见不服，可以请求市政府复查，选项D正确。

95.［答案］BCD

［解析］依据前引《国家赔偿法》第36条第(一)项规定可知，行政机关及其工作人员在行使行政职权时，违法对财产扣押的应当依法返还扣押物。A项属于国家赔偿范围，不选。

国家赔偿法的赔偿范围较窄，只赔偿由于国家机关或其工作人员因为违法行使职权所造成的直接物质损失，不赔偿间接损失。因此某厂不能履行合同的损失属于预期利益损失，不属于直接损失，不应赔偿，B项当选。

依据《国家赔偿法》第35条规定："有本法第3条或者第17条规定情形之一，致人精神损害的，应当在侵权行为影响的范围内，为受害人消除影响，恢复名誉，赔礼道歉；造成严重后果的，应当支付相应的精神损害抚慰金。"因此，只有侵犯公民人身权并致人精神损害的，才给予恢复名誉的救济，而侵犯财产权并不涉及名誉权问题，所以不存在名誉损失的问题。故C项错误，当选。

依据前引《关于民事、行政诉讼中司法赔偿若干问题的解释》第12条第(四)项的规定，国家只赔偿企业在停产停业期间中的职工工资、税金、水电费等必要的经常性费用，而停产损失并不包括在内，因此D项当选。

96.［答案］ABC

［解析］共同犯罪要求各共同犯罪人必须有共同的犯罪故意，可以是共同直接故意，也可以是共同间接故意，还可以是只有一方为直接故意，只要是同一罪或同数罪的故意，皆可以成立共同犯罪。不过，在后两种情况下，只有实际发生了危害结果时，才能成立共同犯罪，而且在直接故意与间接故意结合构成的共同犯罪中，各共同犯罪人所触犯的罪名，有可能不同。

本题中，甲仅有伤害的故意，对于丙的死亡不存在故意，仅成立故意伤害(致人死亡)罪，而乙则心存杀人的故意，也存在杀人的行为，所以成立故意杀人罪。按照部分犯罪共同说，二者在故意伤害的范围内成立共同犯罪。因此，D项正确。A、B、C项错误，依题意，当选。

97.［答案］ABC

［解析］依据前引《刑法》第25条规定，在本案中，丁主观上仅存在盗窃的故意，而不存在伤害或杀人的故意，故A、B、C项错误，依题意当选。丁未参与对丙进行的拳打脚踢，故对丙的死亡不负刑事责任，因此，D项正确。

98.［答案］BC

［解析］本案中，甲进入丙家之前并没有盗窃财物的主观意愿，而仅仅是为了报仇而伤害丙，而在致死丙之后逃走时，甲又顺手从丙家的箱子里拿走人民币5万元，已经属于另一个独立的行为，独立符合盗窃罪的构成。相反，如果甲事先就存在盗窃财物的主观意愿，则其对丙的伤害行为就转化为抢劫，而超出了盗窃的范畴。同样，丁也仅仅是盗窃罪的共犯。故A项错误，B项正确。对于盗窃犯的犯罪数额是以盗窃所得的数额来计算的，并且共同犯罪是一个整体，两人都需要为窃取财物的总数负责。所以本题中，甲、丁均要对5万元承担刑事责任，故D项错误，C项正确。

99.［答案］ABD

［解析］依据《刑法》第196条规定："有下列情形之一，进行信用卡诈骗活动，数额较大的，处5年以下有期徒刑或者拘役，并处2万元以上20万元以下罚金；……(三)冒用他人信用卡的；……盗窃信用卡并使用的，依照本法第264条的规定定罪处罚。"本题中，甲盗窃信用卡的行为符合上述第3款的条件，依照《刑法》第264条盗窃罪定罪处罚。而乙的行为符合上述第1款第(三)项，冒用他人信用卡，构成信用卡诈骗罪。在这种情况下，甲、乙并不构成共同犯罪。故C项正确，A、B、D项错误。

100.［答案］B

［解析］依据《关于处理自首和立功具体应用法律若干问题的解释》第1条第3款规定："共同犯罪案件中的犯罪嫌疑人，除如实供述自己的罪行，还应当供述所知的同案犯，主犯则应当供述所知其他同案的共同犯罪事实，才能认定为自首。"该解释第5条规定："根据《刑法》第68条第1款的规定，犯罪分子到案后有检举、揭发他人犯罪行为，包括共同犯罪案件中的犯罪分子揭发同案犯共同犯罪以外的其他犯罪，经查证属实；……应当认定为有立功表现。"本题中，丁虽然隐瞒了甲、乙致丙死亡的事实，但交待了本人与甲共同犯罪的事实，因而构成自首，不成立立功。所以选项B正确。

试卷三 讲解

一、单项选择题

1. [答案] C

[解析] 所谓民事法律关系，是指由民法规范调整的、以权利义务为内容的社会关系，它包括人身关系和财产关系。民事法律关系是民法干预社会生活的结果，它一旦基于一定的法律事实而成立，即在当事人之间发生一定的民事权利义务关系，从而区别于一般社会关系。

本题A项中，甲与乙只是约定对有关事宜进行“商谈”，并未明确将来要订立合作开发合同，所以双方的约定商谈并没有进入民事法律调整的任何一个阶段。故A项不当选。

B项中男女恋爱，在我国不具有法律效力，另外，婚姻属于身份行为不得附条件。须注意以下三类行为不得附条件：身份行为附条件的无效；单方行为附条件的无效；票据附条件的所附条件不生效。故B项也不当选。

根据一般常识可知，如大量饮酒很可能会给行为人的健康造成损害，因此甲极力劝乙喝酒，应认为他主观上有过失，应对乙承担相应的赔偿责任。如果不是极力相劝，就不会导致民事责任，因此他们之间成立侵权之债民事法律关系，故C项正确，当选。

D项中，乙仅是邀请甲去游泳，甲是完全民事行为能力人，其应邀去游泳是自甘冒险行为，对甲在游泳过程中的死亡并不存在故意或过失，二者之间不存在因果关系，甲乙双方也不存在民事法律关系。故D项不当选。

考生还应注意民事法律关系除了由当事人自主设立外，还可能由当事人意志以外的事件引起。对于民事法律关系主体，主要是自然人和法人。国家出现在民事活动中时，其身份只是公法人。另外，在一些特定的民事法律关系中，其主体也可以是不具有法人资格的其他社会组织。对于民事法律关系客体，可分为物、行为、智力成果三类。

2. [答案] D

[解析] 本题涉及宣告死亡的法律后果。《民法通则》第25条规定：“被撤销死亡宣告的人有权请求返还财产。依照继承法取得他的财产的公民或者组织，应当返还原物；原物不存在的，给予适当补偿。”财产由第三人合法取得，第三人可不予返还。这里应注意经营性收入以及劳动所得不包括在原物范围内，因此，丁从甲处继承的财产应当返还，丁、戊从丙处继承的属于丙从甲处继承的那部分财产也应返还给甲，而此二人所继承的属于丙个人财产的那部分则不必返还给甲。另外，对于丁代位继承从乙处取得的财产，由于该份额实际上是甲应当继承的份额，所以在甲被撤销死亡后理应返还给甲，故A、B、C项错误。本题答案为D项。

3. [答案] C

[解析]《民法通则》第43条：“企业法人对它的法定代表人和其他工作人员的经营活动，承担民事责任。”《合同法》第50条规定：“法人或者其他组织的法定代表人、负责人超越权限订立的合同，除相对人知道或者应当知道其超越权限的以外，该代表行为有效。”法人章程属于内部规范，如果法定代表人超越了法人章程从事了侵犯第三人权益的行为，但是以法人名义或第三人有理由相信其为职务行为时，法人不能以章程为由来对抗第三人，故B项不正确。法人不仅对法定代表人的合法经营行为负责，还要对违法经营行为以及在从事经营活动的过程中给第三人造成损害的行为负责。故A项不正确。

根据《民通意见》第58条规定：“企业法人的法定代表人和其他工作人员，以法人名义从事的经营活动，给他人造成经济损失的，企业法人应当承担民事责任。”由此可见，我国法人承担责任以“名义”说，而不以“实质”说，故C项表述正确，D项表述不正确。

4. [答案] A

[解析] 本题中乙替甲还款的行为属于代为清偿，可以说乙是以赠与的意思而为清偿。但赠与是一种合同关系，并非单方法律行为，需要双方的认可，否则赠与、免除便不成立。《合同法》第185条规定：“赠与合同是赠与人将自己的财产无偿给予受赠人，受赠人表示接受赠与的合同。”因此甲作出的“将来一定奉还”的表示，实际上是拒绝了赠与，甲、乙之间赠与合同并未成立，甲应向乙返还800元，由于甲已返还500元，因此甲应再还300元。故本题应选A项。

5. [答案] D

[解析] 无权代理是指欠缺代理权的代理。本题中王某按照公司规定的价格出售商品，不构成无

权代理,故A项错误。

滥用代理权是指代理人有损被代理人的利益而行使代理权,滥用代理权包括自己代理、双方代理、利己代理。本案中王某的行为对于A公司的利益并未造成损害,不构成滥用代理权,故B项错误。

《反不正当竞争法》第8条第2款规定:“经营者销售或者购买商品,可以以明示方式给对方折扣,可以给中间人佣金。经营者给对方折扣、给中间人佣金的,必须如实入账。接受折扣、佣金的经营者必须如实入账。”本题中王某是按照公司规定的合同价与对方签署合同,且将补贴款入账,并无违法之处,C项错误,D项正确。

6.［答案］D

［解析］《合同法》第206条:“借款人应当按照约定的期限返还借款。对借款期限没有约定或者约定不明确,依照本法第61条的规定仍不能确定的,借款人可以随时返还;贷款人可以催告借款人在合理期限内返还。”在没有明确确定履行期限的案件中,依《诉讼时效规定》第6条可知,未约定履行期限的合同,不能确定履行期的,诉讼时效期间从债权人要求债务人履行义务的宽限期届满之日起计算。因此应从2003年4月2日起计算诉讼时效。

依据《民法通则》第135条:“向人民法院请求保护民事权利的诉讼时效期间为2年,法律另有规定的除外。”故曹某请求法院保护的期限届至于2005年4月1日,过此期限则丧失胜诉权。依据《民诉意见》第153条:“当事人超过诉讼时效期间起诉的,人民法院应予受理。受理后查明无中止、中断、延长事由的,判决驳回其诉讼请求。”故如果曹某在2005年4月2日或其之后起诉,法院应判决驳回其诉讼请求。因此,A、C项错误,D项正确。但在2005年3月22日至4月1日这段时间,仍在诉讼期限内,故B项错误。故D项当选。

7.［答案］B

［解析］共有是两个或两个以上的人(公民或法人)对同一项财产享有所有权。《民法通则》确认了两种共有形式,即按份共有和共同共有。按份共有,亦称分别共有,是指两个或两个以上的人对同一项财产按照份额享有所有权;共同共有是指两个或两个以上的人基于共同关系,共同享有一物的所有权。共同继承的财产指在继承开始以后,遗产分割以前,两个或两个以上的继承人对之享有继承权的遗产。本题中甲乙共同继承房屋两间,应认定甲、乙之间成立共同共有关系,而不是按份共有关系,因此A项错误。

添附一般包括附合、混合及加工,这三者都是所有权的取得方法。故本题中,甲接该房右墙加盖的一间房,不能依据添附理论使其附属于既存的两间房,应认定为一个独立的物。既然该房屋是一个独立的物,又是甲单独建造,因此应由甲单独所有,故B项正确,C项错误。

甲对乙财产份额的处分属于无权处分,第三人丙基于对登记的信赖,可以依《物权法》第106条的规定,善意取得该房屋所有权,所以乙无权请求丙返还所购三间房屋,只能要求甲赔偿自己的损失。D项也是错误的。

8.［答案］无答案(原答案为C)

［解析］《物权法》第210条第1款规定:“设立质权,当事人应当采取书面形式订立质权合同。”《合同法》第44条规定:“依法成立的合同,自成立时生效。法律、行政法规规定应当办理批准、登记等手续的,依照其规定。”由于电脑质押不是依法必须办理批准登记手续才生效的,所以本案的质押合同从成立起生效。故A项错误。选项B中认为质物的交付不仅要通知刘某,而且还需要刘某书面同意,显然是错误的。因为方某是物的所有权人,他当然享有设立质押的处分权,而不需经过占有人的同意。故C项错误。

《物权法》第213条规定:“质权人有权收质押财产的孳息,但合同另有约定的除外。”本题中,在设立质押时,方某已经明确表示电脑的租金不作质押,质权人孙某也就无权收取租金,因此D选项错误。

综上,本题的正确答案为无解。

9.［答案］C

［解析］根据《物权法》第15条规定:“当事人之间订立有关设立、变更、转让和消灭不动产物权的合同,除法律另有规定或者合同另有约定外,自合同成立时生效;未办理物权登记的,不影响合同效力。”合同效力是独立于物权变动的。合同属于债权行为,而物权变动属于物权行为。因此根据物权法上这一区分原则,B项表述是正确的。

《物权法》第191条第2款规定:“抵押期间,抵押人未经抵押权人同意,不得转让抵押财产,但受让人代为清偿债务消灭抵押权的除外。”《担保法解释》第67条第1款规定:“抵押权存续期间,抵押人转让抵押物未通知抵押权人或者未告知受让人的,如果抵押物已经登记的,抵押权人仍可以行使抵押权;取得抵押物所有权的受让人,可以代替债务人清偿其全部债务,使抵押权消灭。受让人清偿债务后可以向抵押人追偿。”未经过抵押权人事先同意的抵押人转让抵押物的行为,并不是当然无效的,若其后甲将转让房屋所得款项提前清偿对乙的债务或者丁直接支付给乙,则此转让行为有效。另依物权法合同效力独立于物权变动的原则,也可得出C项表述是错误的,依题意当选。同样依《担保法解释》第 67 条,A 项正确。

根据《物权法》第 15 条规定及《担保法解释》第 56 条第 2 款规定,丙虽然不能取得房屋所有权,但丙可以根据其与甲之间的有效合同,请求甲赔偿自己所遭受的损失,故 D 项也是正确的。

10. [答案] A

[解析] 依据《合同法》第 149 条规定:"标的物毁损、灭失的风险由买受人承担的,不影响因出卖人履行债务不符合约定,买受人要求其承担违约责任的权利。"本题中甲由于运输过程中出现交通事故,无法按照约定的数量、质量或日期将货物实际交给乙,甲已经构成了违约,乙有权请求甲承担违约责任,故 A 项说法正确。

依据《合同法》第 133 条规定:"标的物的所有权自标的物交付时起转移,但法律另有规定或者当事人另有约定的除外。"第 142 条规定:"标的物毁损、灭失的风险,在标的物交付之前由出卖人承担,交付之后由买受人承担,但法律另有规定或者当事人另有约定的除外。"可见,买卖合同中标的物的所有权及其毁损、灭失的风险一般都是在交付时发生转移。本题中,甲是代办托运,在货交承运人之时即完成了货物交付,货物所有权及风险也随之归属于买受人。故 C 项说法错误。

《合同法》第 65 条规定:"当事人约定由第三人向债权人履行债务的,第三人不履行债务或者履行债务不符合约定,债务人应当向债权人承担违约责任。"本题中,甲与丙签订运输合同,合同中载明乙为收货人。根据合同相对性原理,乙并非运输合同的当事人,无权直接要求承运人丙承担责任。故 B 项说法错误。

丁本身不是运输合同当事人,他是运输公司的工作人员,所以应由丙向甲承担责任,故 D 项说法错误。

11. [答案] A

[解析] 一般侵权行为,指行为人基于过错实施的,应适用侵权责任一般构成要件的行为,其构成要件包括行为的违法性、损害事实的存在、因果关系、行为人主观上有过错。应肯定的是主要过错在甲本人。《侵权责任法》第 6 条规定,行为人因过错侵害他人民事权益,应当承担侵权责任。而从题干中提供信息来看,丙丁协助行为与甲坠地受伤并不存在故意或过失,因此可以排除 C、D 项。乙在协助过程中提出建议并提供绳索,乙理应对绳索的牢固程度有所了解,所以对于绳索断裂导致甲坠地受伤存在一定过错,故 A 项正确,B 项错误。

12. [答案] C

[解析] 无因管理属于事实行为,行为主体并不要求具有民事行为能力,依前引《民法通则》第 93 条,本题中刘某的行为构成无因管理,其有权要求陈某偿付因管理行为而支付的必要费用。《民通意见》第 132 条:"民法通则第 93 条规定的管理人或者服务人可以要求受益人偿付的必要费用,包括在管理或者服务活动中直接支出的费用,以及在该活动中受到的实际损失。"本题中刘某因救火烧伤花去的医疗费 200 元和衣物损失 100 元都属于必要费用,陈某应当偿付,故 C 项正确。

13. [答案] D

[解析]《关于确定民事侵权精神损害赔偿责任若干问题的解释》第 5 条:"法人或者其他组织以人格权利遭受侵害为由,向人民法院起诉请求赔偿精神损害的,人民法院不予受理。"题干中"市国土局成了贪污局"内容侵害了法人的名誉权,根据上述规定,法人的名誉权受到损害是不能提起精神损害赔偿之诉的。因此本题中国土局的诉讼主张不能成立,故 A、B、C 项错误。薛某报道内容是已被法院查明的犯罪事实,并不构成对国土局工作人员以及有关罪犯名誉权的侵害,因此,副局长及前局长的诉讼主张也不能成立。故本题答案为 D 项。

14. [答案] C

[解析] 依前引《侵权责任法》第 37 条及《人身损害赔偿解释》第 6 条规定可知,酒店安全保障义务包括:(1)预防义务;(2)救助或协助义务;(3)制止义务。安全保障责任是补充责任。本题中乙砸伤甲的头部,而酒店保安没有出面制止,故酒店具有过错,因此甲的医疗费应由乙承担,酒店承担补充赔偿责任,故本题正确答案为 C 项。

15. [答案] A

[解析] 杂志社的期刊名称设计新颖,具有独特的含义,符合《著作权法》第 3 条关于作品的定义,因此应受到著作权法的保护。同时,某杂志社可以向商标局就期刊名称申请商标注册,以区分不同的期刊从而获得商标权。另外,依据《反不正当竞争法》第 5 条规定可知:"经营者不得采用下列不正当手段从事市场交易,损害竞争对手:(一)假冒他人的注册商标;(二)擅自使用知名商品特有的名称、包装、装潢,或者使用与知名商品近似的名称、包装、装潢,造成和他人的知名商品相混淆,使购买者误认为是该知名商品;(三)擅自使用他人的企业名称或者姓名,引人误认为是他人的商品;(四)在商品上伪造或者冒用认证标志、名优标志等质量标志,伪造产地,对商品质量作引人误解的虚假表示。"因此某杂志社的期刊名

称也可获得《反不正当竞争法》的保护，故本题选 A 项。

16.［答案］C

［解析］本题主要考查对法条的理解和运用。本题涉及《合同法》以及最高人民法院《关于审理技术合同纠纷案件适用法律若干问题的解释》中有关技术秘密成果的特别规定，考查得相当细致，具有一定的难度。

(1)《合同法》第 341 条规定：“委托开发或者合作开发完成的技术秘密成果的使用权、转让权以及利益的分配办法，由当事人约定。没有约定或者约定不明确，依照本法第六十一条的规定仍不能确定的，当事人均有使用和转让的权利，但委托开发的研究开发人不得在向委托人交付研究开发成果之前，将研究开发成果转让给第三人。”根据该规定，本题中甲、乙均有该技术秘密成果的使用权和转让权，C 选项正确，A、B 两项错误。

(2)最高人民法院《关于审理技术合同纠纷案件适用法律若干问题的解释》第 20 条规定：“合同法第三百四十一条所称‘当事人均有使用和转让的权利’，包括当事人均有不经对方同意而自己使用或者以普通使用许可的方式许可他人使用技术秘密，并独占由此所获利益的权利。当事人一方将技术秘密成果的转让权让与他人，或者以独占或者排他使用许可的方式许可他人使用技术秘密，未经对方当事人同意或者追认的。应当认定该让与或者许可行为无效。”可见，本题中乙、丙之间的转让合同属于效力未定的合同，若甲追认，则合同有效，若甲不追认，则合同无效。因此 D 选项错误。

17.［答案］B

［解析］最高人民法院《关于审理著作权民事纠纷案件适用法律若干问题的解释》第 14 条规定，当事人合意以特定人物经历为题材完成的自传体作品，当事人对著作权权属有约定的，依其约定；没有约定的，著作权归该特定人物享有，执笔人或整理人对作品完成付出劳动的，著作权人可以向其支付适当的报酬。本题中该作品著作权应归国画大师李某所有，故答案为 B 项。

18.［答案］B

［解析］依据《著作权法》第 45 条规定：“广播电台、电视台有权禁止未经其许可的下列行为：(一)将其播放的广播、电视转播；(二)将其播放的广播、电视录制在音像载体上以及复制音像载体。前款规定的权利的保护期为 50 年，截止于该广播、电视首次播放后第 50 年的 12 月 31 日。”乙电视台将甲电视台播放的电视转播，甲电视台有权禁止该行为，B 项正确。丙电视台违反了该条第 1 款第(二)项，侵犯了甲电视台的权利，C 项错误。

表演权是邻接权的一种，它所保护的表演只涉及对作品的表演，而足球比赛并非公开表演作品，不属于表演者的保护范围，因此 A 项说法错误。

丁的行为属于《著作权法》第 22 条中规定的“为个人欣赏”的合理使用，不构成侵权，D 项说法错误，故本题的正确答案为 B 项。

19.［答案］C

［解析］依据《合同法》第 60 条规定：“当事人应当按照约定全面履行自己的义务。当事人应当遵循诚实信用原则，根据合同的性质、目的和交易习惯履行通知、协助、保密等义务。”因此乙公司在生产过程中擅自将零部件出售给丙公司的行为违反其保密义务，构成违约行为，故 A 项说法正确；《专利法》第 60 条规定，未经专利权人许可，实施其专利，即侵犯其专利权。丙公司未经甲公司同意实施其专利，侵犯了甲公司的专利权，故 B 项说法正确。

依据最高人民法院《关于审理专利纠纷案件适用法律问题的若干规定》第 2 条规定：“专利纠纷第一审案件，由各省、自治区、直辖市人民政府所在地的中级人民法院和最高人民法院指定的中级人民法院管辖。”故 D 项说法正确。如果甲公司对丙公司提起专利侵权诉讼，因乙、丙构成共同侵权，故乙不应作为第三人而应列为共同被告，故 C 项错误。

20.［答案］B

［解析］依据《关于审理商标民事纠纷案件适用法律若干问题的解释》第 1 条规定：“下列行为属于商标法第 52 条第(五)项规定的给他人注册商标专用权造成其他损害的行为：(一)将与他人注册商标相同或者相近似的文字作为企业的字号在相同或类似商品上突出使用，容易使相关公众产生误认的；……”可见，不是只有“实际造成消费者误认”或者“他人的注册商标属于驰名商标”才构成侵权，由于乙公司将与甲公司的商标相同的文字作为商号，且两公司的商品相同，容易使公众产生误认，侵犯了甲公司的商标权。因此 A 项错误，B 项正确。在我国，只有工商行政管理部门才有权登记或撤销某一商号，故 C 项不正确。乙公司的商号虽经合法登记，但由于其侵害了他人在先的权利，就不应受到法律保护，故 D 项错误。因此，本题正确答案为 B 项。

21.［答案］C

［解析］遗嘱继承是指在继承开始后，继承人按照被继承人合法有效的遗嘱取得被继承人遗产

的法律制度。遗嘱有公证遗嘱、自书遗嘱、代书遗嘱、录音遗嘱、口头遗嘱等形式,其中公证遗嘱效力最高。遗嘱具有可撤回性,在遗嘱发生效力前,遗嘱人可以随时变更或撤销所立的遗嘱,但注意公证遗嘱的特殊性,如08年卷三第14题。遗嘱人立有数份遗嘱,且内容相互抵触的,以最后所立的遗嘱为准,推定后立的遗嘱变更或撤销前立的遗嘱。

具体到本题,依据《继承法》第16条规定:"公民可以依照本法规定立遗嘱处分个人财产,并可以指定遗嘱执行人。公民可以立遗嘱将个人财产指定由法定继承人的一人或者数人继承。公民可以立遗嘱将个人财产赠给国家、集体或者法定继承人以外的人。"第21条规定:"遗嘱继承或者遗赠附有义务的,继承人或者受遗赠人应当履行义务。没有正当理由不履行义务的,经有关单位或者个人请求,人民法院可以取消他接受遗产的权利。"因此甲的遗嘱不存在无效事由,故A项错误。《继承法》第25条第2款规定:"受遗赠人应当在知道受遗赠后2个月内,作出接受或者放弃受遗赠的表示,到期没有表示的,视为放弃受遗赠。"故B项错误。《继承法意见》第53条规定:"继承开始后,受遗赠人表示接受遗赠,并于遗产分割前死亡的,其接受遗赠的权利转移给他的继承人。"故D项错误。《合同法》第374条规定:"保管期间,因保管人保管不善造成保管物毁损、灭失的,保管人应当承担损害赔偿责任,但保管是无偿的,保管人证明自己没有重大过失的,不承担损害赔偿责任。"一般认为,保管物若因保管不善而毁损或灭失的,保管人应承担赔偿责任。但本题中,保管物是意外灭失,保管人不存在故意或重大过失,因此保管人乙无须承担赔偿责任,故本题选C项。

22. [答案] D

[解析]《收养法》第23条规定:"自收养关系成立之日起,养父母与养子女间的权利义务关系,适用法律关于父母子女关系的规定;养子女与养父母的近亲属间的权利义务关系,适用法律关于子女与父母的近亲属关系的规定。养子女与生父母及其他近亲属间的权利义务关系,因收养关系的成立而消除。"本题中,由于张某已被王某收养,因此张某无权继承其生父母的财产,但可以继承其养父的财产,故A、B、C项说法错误。《继承法意见》第19条规定:"被收养人对养父母尽了赡养义务,同时又对生父母扶养较多的,除可依继承法第10条的规定继承养父母的遗产外,还可依继承法第14条的规定分得生父母的适当的遗产。"因此,张某虽然无权继承其生父母的遗产,但由于其对被继承人有扶养较多的行为,可以分给其适当的遗产,故D项正确。

23. [答案] B

[解析] 票据行为具有无因性,因此,乙作为商业票据的付款人,不能以出票人被宣告破产为由而拒绝付款,也不能在付款后再要求持票人返还所付款项。B项错误,当选;D项正确,不选。依据《企业破产法》第55条:"债务人是票据的出票人,被裁定适用本法规定的程序,该票据的付款人继续付款或者承兑的,付款人以由此产生的请求权申报债权。"乙付款后可以向出票人丙公司的破产清算组申报破产债权,故C项正确,不选。付款人付款后即成为持票人,获得了追索权,可以向汇票的出票人、背书人、保证人行使追索权,因此,也可以向丙公司行使追索权,A项正确,不选。综上所述,本题答案为B项。

24. [答案] C

[解析] 依据《公司法》第62条规定:"一人有限责任公司不设股东会。股东作出本法第38条第一款所列决定时,应当采用书面形式,并由股东签名后置备于公司。"本题中诸选项均可以由王某一人决定,但应当采用书面形式,并保存于公司,其中A、B、D三项,未提出是否作出了书面记载,故不一定违反公司法,而C项明确指出未作书面记载,该行为显然违反了《公司法》的规定,故本题应选C。

25. [答案] D

[解析] 根据《公司法》第40条的相关规定,代表1/10以上表决权的股东有权提议召开临时股东会,依此,杨某有权提起召开临时股东会,而根据《公司法》第38条的相关规定,更换非由职工代表担任的董事是股东会的职权之一,因此提请召开临时股东大会罢免何某职务理论上可行。但是本题这种罢免执行董事的方式实际上并不可行,因为执行董事何某持有该公司90%股权,即使召开临时股东大会,股东大会不可能通过罢免何某的决定,公司利益无法得到保护。综上,作为一道单项选择题,A项不是最佳选项,不应入选。

B项考查的是异议股东回购请求权制度,该制度是指当股东会作出对股东利益关系有重大影响的决议时,对该决议表明异议的股东,享有请求公司以公平价格收买其所持有的股份,从而退出公司的权利。根据《公司法》第75条规定:"有下列情形之一的,对股东会该项决议投反对票的股东可以请求公司按照合理的价格收购其股权:(一)公司连续五年不向股东分配利润,而公司该五年连续盈利,并且符合本法规定的分配利润条件的;(二)公司合并、分立、转让主要财产的;(三)公司章程规定的营业期限届满或者章程规定的其他解散事由出现,股东会会议通过决议修改章程使公司存续的。自股东会会议决议通过之日起

60日内,股东与公司不能达成股权收购协议的,股东可以自股东会会议决议通过之日起90日内向人民法院提起诉讼。”股东行使这一权利的事项仅限于上述列举的各种情形,并不包括公司董事违反忠实义务损害公司利益的情形,因此B项提供的请求公司以合理的价格收回自己的股份的救济途径于法无据,是错误的。

本题考查的另一重要的知识点是股东派生诉讼制度。股东派生诉讼是指当公司利益受到他人,尤其是受到控股股东、董事及其他高级管理人员等的侵害,而公司怠于追究侵害人责任时,符合法定条件的股东以自己之名义为公司利益对侵害人提起诉讼、追究侵害人法律责任的诉讼制度。根据《公司法》第150条及第152条规定,提起股东派生诉讼的前提条件有三个:一是被诉的对象范围限于董事、高级管理人员、监事对公司的责任,以及他人侵犯公司的合法权益的行为;二是要求股东已经穷尽公司所有内部救济途径;三是起诉的股东满足一定的条件,即股份有限公司股东须连续180日以上单独或者合计持有公司1%以上股份(有限责任公司股东无上述限制)。

根据《公司法》第149条的相关规定,法律禁止董事、高级管理人员违反公司章程的规定或者未经股东会、股东大会同意,与本公司订立合同或者进行交易,即所谓的“自我交易的禁止”。自我交易是指公司与其董事、高级管理人员或者与其有利害关系的实体之间的具有冲突性利益的交易。本题中,董事何某与其妻开办的公司之间就是有利害关系的实体,何某将公司产品低价出售给其妻开办的公司的行为,已经构成了《公司法》所禁止的自我交易行为,侵害了公司的利益。杨某在向监事姜某反映情况,而姜某怠于履行职责,已经穷尽了内部救济的情况下,杨某有权以自己的名义直接向法院起诉。并且杨某持股10%,也具备了提起诉讼的资格。需要注意的是股东提起派生诉讼是以自己的名义而不是以公司的名义,其原因在于股东并非公司机关,与公司之间不存在代表关系,故不能以公司名义起诉。另外,关于股东派生诉讼的被告是否可以包括公司,理论上尚存争议,如果公司作为被告,股东可以以公司名义起诉,就会出现“公司自己诉自己”的情况。因此股东只能以自己的名义提起派生诉讼。C项错误不应入选。

综合以上分析,D项正确,应入选。

26.[答案] C

[解析] 依据《公司法》第142条规定:“发起人持有的本公司股份,自公司成立之日起1年内不得转让。公司公开发行股份前已发行的股份,自公司股票在证券交易所上市交易之日起1年内不得转让。公司董事、监事、高级管理人员应当向公司申报所持有的本公司的股份及其变动情况,在任职期间每年转让的股份不得超过其所持有本公司股份总数的25%;所持本公司股份自公司股票上市交易之日起1年内不得转让。上述人员离职后半年内,不得转让其所持有的本公司股份。公司章程可以对公司董事、监事、高级管理人员转让其所持有的本公司股份作出其他限制性规定。”所以A、B项中的决议都违反了公司法的强制性规定。

依据《公司法》第143条第4款的规定:“公司不得接受本公司的股票作为质押权的标的”,所以D项决议也是违反公司法的规定。

依据《公司法》第143条第1款规定:“公司不得收购本公司股份。但是,有下列情形之一的除外:(一)减少公司注册资本;(二)与持有本公司股份的其他公司合并;(三)将股份奖励给本公司职工;(四)股东因对股东大会作出的公司合并、分立决议持异议,要求公司收购其股份的。”故应选C项。

27.[答案] B

[解析] 依据《合伙企业法》第41条规定:“合伙人发生与合伙企业无关的债务,相关债权人不得以其债权抵消其对合伙企业的债务;也不得代位行使合伙人在合伙企业中的权利。”依据《合伙企业法》第42条第1款规定:“合伙人的自有财产不足清偿其与合伙企业无关的债务的,该合伙人可以以其从合伙企业中分取的利益用于清偿;债权人也可以依法请求人民法院强制执行该合伙人在合伙企业中的财产份额用于清偿。”江某所负债务为个人债务,罗某不能以此个人债权抵消对合伙企业的债务。本题选B项。

28.[答案] C

[解析]《合伙企业法》第45条第2款规定:“入伙的新合伙人对入伙前合伙企业的债务承担连带责任。”第54条规定:“退伙人对其退伙前已发生的合伙企业债务,与其他合伙人承担连带责任。”因此,本题中古某应当对其退伙时合伙企业已负的50万元债务承担连带责任,故C项正确。对于D项,尽管合伙人对于合伙盈亏的负担在其内部会区分各自的份额,但是这并不能免除法律所规定的合伙人在外部对合伙企业债务所负的连带责任,故D项错误。

29.[答案] C

[解析]《海商法》第46条第1款规定:“承运人对集装箱装运的货物的责任期间,是指从装货港接收货物时起至卸货港交付货物时止,货物处于承运人掌管之下的全部期间。承运人对非集装箱装运的货物的责任期间,是指从货物装上船时起至卸下船时

止，货物处于承运人掌管之下的全部期间。在承运人的责任期间，货物发生灭失或者损坏，除本节另有规定外，承运人应当负赔偿责任。”故A项错误。《海商法》第2条规定：“本法所称海上运输，是指海上货物运输和海上旅客运输，包括海江之间、江海之间的直达运输。本法第四章海上货物运输合同的规定，不适用于中华人民共和国港口之间的海上货物运输。”故B项错误，C项正确。根据特别法优于一般法的原则，当海商法与民法规定不同时，应适用海商法的规定，故D项错误。

30.［答案］C

［解析］《中外合资经营企业法》第15条第1款规定：“合营各方发生纠纷，董事会不能协商解决时，由中国仲裁机构进行调解或仲裁，也可由合营各方协议在其它仲裁机构仲裁。”故A正确。

第10条第1款规定：“合营企业在批准的经营范围内所需的原材料、燃料等物资，按照公平、合理的原则，可以在国内市场或者在国际市场购买。”故B项表述正确。

第9条第3款和第4款规定：“合营企业在其经营活动中，可直接向外国银行筹措资金。合营企业的各项保险应向中国境内的保险公司投保。”故C项表述错误，D项表述正确。

31.［答案］AC

［解析］依据《企业破产法》第2条规定：“企业法人不能清偿到期债务，并且资产不足以清偿全部债务或者明显缺乏清偿能力的，依照本法规定清理债务。企业法人有前款规定情形，或者有明显丧失清偿能力可能的，可以依照本法规定进行重整。”第7条规定：“债务人有本法第2条规定的情形，可以向人民法院提出重整、和解或者破产清算申请。债务人不能清偿到期债务，债权人可以向人民法院提出对债务人进行重整或者破产清算的申请。企业法人已解散但未清算或者未清算完毕，资产不足以清偿债务的，依法负有清算责任的人应当向人民法院申请破产清算。”可知，可以向法院申请债务人破产的债权人的债权必须是已届清偿期，而已过诉讼时效或者已超过申请执行期间的债权人无此权利，人民法院将不予保护，也不能申请破产。

依据《民法通则》第135条规定：“向人民法院请求保护民事权利的诉讼时效期间为2年，法律另有规定的除外。”第136条规定：“下列的诉讼时效期间为1年：(一)身体受到伤害要求赔偿的；(二)出售质量不合格的商品未声明的；(三)延付或者拒付租金的；(四)寄存财物被丢失或者损毁的。”

本题A项，南翔公司租用甲公司仓库期间，南翔公司因疏于管理于2005年12月失火烧毁仓库，该种情形不属于第136条规定的四种适用1年短期诉讼时效的情况，因此，甲公司可以在2007年12月之前提出诉讼请求，故甲公司作为债权人可以申请南翔公司破产。B项中的债权已经超过诉讼时效期间(应自2004年1月至2006年1月)。根据新修订的《民事诉讼法》第215条规定：“申请执行的期间为2年。申请执行时效的中止、中断，适用法律有关诉讼时效中止、中断的规定。前款规定的期间，从法律文书规定履行期间的最后一日起计算；法律文书规定分期履行的，从规定的每次履行期间的最后一日起计算；法律文书未规定履行期间的，从法律文书生效之日起计算。”无论单位与个人申请执行期限均为2年，且适用诉讼时效中止、中断的规定，所以丙公司有权申请南翔公司破产。D项中的债权还未到期，其债权人不能申请破产。故本题答案为A、C项。

32.［答案］D

［解析］基于意思自治的基本原则，股东在公司章程中可自由约定有关公司的各种事项，但是此种约定不得违反法律的强制性规定。依据《公司法》第51条规定：“股东人数较少或者规模较小的有限责任公司，可以设一名执行董事，不设董事会。执行董事可以兼任公司经理。”第13条规定：“公司法定代表人依照公司章程的规定，由董事长、执行董事或者经理担任，并依法登记”。故A项内容正确。

依据《公司法》第52条第1款规定：“有限责任公司设监事会，其成员不得少于3人。股东人数较少或者规模较小的有限责任公司，可以设1至2名监事，不设监事会。”故B项内容正确。

依据《公司法》第35条规定：“股东按照实缴的出资比例分取红利；公司新增资本时，股东有权优先按照实缴的出资比例认缴出资。但是，全体股东约定不按照出资比例分取红利或者不按照出资比例优先认缴出资的除外。”和第167条规定：“公司弥补亏损和提取公积金后所余税后利润，有限责任公司依照本法第35条的规定分配”。故C项正确。

依据《公司法》第183条规定：“公司经营管理发生严重困难，继续存续会使股东利益受到重大损失，通过其他途径不能解决的，持有公司全部股东表决权10%以上的股东，可以请求人民法院解散公司。”故D项错误，当选。

33.［答案］C

［解析］依《保险法》第32条规定：“投保人申报的被保险人年龄不真实，并且其真实年龄不符合合同约定的年龄限制的，保险人可以解除合同，并按照合同约定退还保险单的现金价值。保险人行使合

同解除权,适用本法第16条第3款、第6款的规定。投保人申报的被保险人年龄不真实,致使投保人支付的保险费少于应付保险费的,保险人有权更正并要求投保人补交保险费,或者在给付保险金时按照实付保险费与应付保险费的比例支付。投保人申报的被保险人年龄不真实,致使投保人支付的保险费多于应付保险费的,保险人应当将多收的保险费退还投保人。”由于甲谎报年龄并不影响合同的成立生效,并且已经超过了2年,保险公司不能解除合同。A、B、D项错误。根据该条规定,应对甲按41岁起保计算,对多收部分保费退还甲,而冲抵其以后应缴纳的保费也是退还保费的方式之一,故本题答案为C项。

34. [答案] A

[解析] 人合公司指公司的经营活动以股东个人的信用而非公司资本的多寡为基础的公司,无限责任公司是典型的人合公司。资合公司是指公司的经营活动以公司的资本规模而非股东个人信用为基础的公司,股份有限公司是典型的资合公司,但股份有限公司中的非上市公司仍具有一定的人合性质。故B、C项说法正确。

人合兼资合公司是指公司的设立和经营同时依赖股东个人信用和公司资本规模,从而兼有两种公司的特点,两合公司、股份两合公司和有限责任公司均属此类。故D项说法正确。一人公司的股东只有一人,不存在人合与资合的问题。故本题选A。

35. [答案] A

[解析] 诉讼注重的是纠纷在法律上的正确解决,遵守司法最终解决的原则,在法院裁判发生错误的情况下,只能通过审判监督程序对案件的审理后,才能撤销或者改判。与诉讼制度相比,一方面仲裁具有民主性和较强的灵活性,表现出对当事人意愿的充分尊重;另一方面,仲裁追求纠纷解决的多样化,仲裁庭既可以根据审理查明的事实依法作出裁决,也可以依当事人达成的和解协议或者根据调解协议作出裁决。除此之外,尽管仲裁一裁终局,但要受到司法监督。即表现在裁决作出后,败诉一方可以向法院申请撤销仲裁裁决或者向法院申请裁定不予执行仲裁裁决。

1. 诉讼与仲裁中调解协议表现形式的差异。诉讼中,法院只能依据查明的事实依法作出判决,而不能根据当事人和解协议或者调解协议作出判决;在仲裁中当事人达成调解协议的,仲裁庭应当制作调解书,也可以根据调解协议制作裁决书,调解书与仲裁裁决书具有同等的法律效力。

2. 民事诉讼与仲裁审理和裁判范围的确定问题。从理论上说,无论是在诉讼中还是在仲裁中,法院、仲裁机构对案件审理和裁判范围,都受制于当事人的处分权,都是由当事人决定的,即使是在民事诉讼中,审理和判决范围也是由当事人确定的。

3. 法院判决与仲裁裁决的效力问题。民事诉讼中实行的是两审终审制,与法院判决不同,仲裁实行一裁终局制。因此,在仲裁裁决存在错误的情况下,当事人只能申请法院撤销仲裁裁决或者裁定不予执行仲裁裁决,而不能未经上述程序直接申请重新仲裁。

4. 法院对仲裁的司法监督。法院作出的生效判决,若存在错误,只能通过再审程序加以纠正,而不能裁定不予执行,仲裁机构的仲裁裁决要受法院的司法监督。根据《民事诉讼法》第213条规定,一方当事人向法院申请强制执行,另一方当事人有证据证明仲裁程序或者实体审理或者法律适用存在错误,可以向人民法院申请裁定不予执行仲裁裁决。

因此,本题中法院调解达成协议不能制作判决书,而仲裁机构调解达成协议则可以制作裁决书,故A项正确。

在法学理论上,诉讼和仲裁一样遵循着“不告不理”的原则,法院、仲裁机构对案件的审理和裁判范围,都是当事人决定的,故B项错误。

《仲裁法》第9条第1款规定:“仲裁实行一裁终局的制度。裁决作出后,当事人就同一纠纷再申请仲裁或者向人民法院起诉的,仲裁委员会或者人民法院不予受理。”因此,仲裁裁决一经作出即发生效力,当事人没有通过审级救济的权利。在仲裁裁决存在错误的情况下,当事人只能申请法院撤销仲裁裁决或裁定不予执行仲裁裁决,而不能未经上述程序直接申请重新仲裁。故C项错误。

《仲裁法》第63条规定,被申请人提出证据证明裁决有《民事诉讼法》第213条第2款规定的情形之一的,经人民法院组成合议庭审查核实,裁定不予执行。另根据民事诉讼法相关规定,对于法院判决,当事人只能申请裁定中止或者终结执行,而不能向法院申请不予执行,所以D项是错误的。

36. [答案] A

[解析] 仲裁中的和解,是指在仲裁委员会受理争议案件后,仲裁庭作仲裁裁决之前,双方当事人经过自愿平等协商,达成和解协议的行为。

达成和解协议的处理:

(1)请求仲裁庭根据和解协议作出裁决。在仲裁庭对争议案件作出裁决之前,如果当事人经过自愿协商,自行和解并达成和解协议的,可以请求仲裁庭根据该和解协议作出裁决书,该依据和解协议作出的裁决与仲裁庭经过审理,在查明争议案件事实的基础上依法对争议案件作出的裁决,具有同等的法律效力。

(2)撤回仲裁申请。在仲裁过程中,当事人经过自愿协商达成和解协议后,也可以不请求仲裁庭依据该和解协议作出裁决书,而撤回仲裁申请。当事人提出撤回仲裁申请后,只要仲裁庭对申请经过审查,准许当事人撤回仲裁申请,一方面意味着仲裁庭无须再对该争议案件进行审理并作出裁决;另一方面也意味着当事人在达成和解协议后,通过撤回仲裁申请的方式终结了仲裁程序。但是,此时只是意味着双方当事人之间以自愿达成和解协议的形式重新确定了双方当事人之间的实体权利义务关系,该确定并不具有法律效力。因此,如果当事人撤回仲裁申请后反悔的,根据《仲裁法》第50条的规定,当事人可以根据仲裁协议申请仲裁。因此A项正确,根据疑难辨析的阐述B、C两项为错误答案。

D选项考的是当事人撤回申请后的法律效果。当事人提出仲裁申请后,其产生的法律后果是终结仲裁程序,而不是中止仲裁程序,因此,也就不存在恢复仲裁程序的问题。所以D选项是错误的。

37. [答案] C

[解析]《民事诉讼法》第41条第1款规定:"人民法院审理第二审民事案件,由审判员组成合议庭。合议庭的成员人数,必须是单数。"故A项正确。依前述经典考题中对审判组织的阐述,B项正确。根据《民事诉讼法》第40条第2款规定:"适用简易程序审理的民事案件,由审判员一人独任审理。"第142条规定,基层人民法院和它派出的法庭审理事实清楚、权利义务关系明确、争议不大的简单的民事案件,适用简易程序。故D项正确。依前引第161条规定,故特别程序并非都采用独任制,是有例外的。因此C项表述错误。故本题答案为C项。

38. [答案] D

[解析] A项考的是视为撤诉制度的适用。本案中上诉人已死亡,不属于能够出庭而无正当理由拒不出庭的情形,因此,不涉及视为撤诉制度,故该选项是错误的。

B项考的是缺席判决制度,根据《民事诉讼法》第129条、130条、第131条相关规定,可知:(1)被告经传唤无正当理由拒不到庭或未经许可中途退庭可以缺席判决;(2)原告经传唤,无正当理由拒不到庭或中途退庭的,被告反诉的,对于该反诉可以缺席判决;(3)原告申请撤诉不被准许的,原告经传唤无正当理由拒不到庭的,可以缺席判决。本题不存在上述情形,所以B项也是错误的。

C项考的是法定的当事人变更,本题属于身份关系的诉讼,不适用,所以C项也是错误的。

D项考的是诉讼终结。诉讼终结是指在诉讼过程中,出现某种特定情形,导致诉讼进行下去毫无意义,由法院裁定终结诉讼程序。根据《民事诉讼法》第137条第(三)项的规定可知,离婚诉讼中一方当事人死亡的,法院应当裁定终结诉讼程序。D项符合这一规定,故当选。

39. [答案] D

[解析] 根据反诉理论,乙的请求构成反诉。《民诉意见》第184条:"在第二审程序中,原审原告增加独立的诉讼请求或原审被告提出反诉的,第二审人民法院可以根据当事人自愿的原则就新增加的诉讼请求或反诉进行调解,调解不成的,告知当事人另行起诉。"故本题答案为D项。

40. [答案] B

[解析]《民事诉讼法》规定的专属管辖包括:

1. 因不动产纠纷提起的诉讼,由不动产所在地人民法院管辖。

2. 因港口作业中发生纠纷提起的诉讼,由港口所在地人民法院管辖。

3. 因继承遗产纠纷提起的诉讼,由被继承人死亡时住所地或者主要遗产所在地人民法院管辖。

同时《民事诉讼法》第25条规定:"合同的双方当事人可以在书面合同中协议选择被告住所地、合同履行地、合同签订地、原告住所地、标的物所在地人民法院管辖,但不得违反本法对级别管辖和专属管辖的规定。"具体到本题,甲乙之间的协议管辖因违反专属管辖而无效,本题中的纠纷应由房屋所在地丁县法院管辖,故本题答案为B项。

41. [答案] B

[解析] A选项认为当事人将支付房租变更为解除合同关系,是诉讼标的的变更,该选项混淆了诉讼标的与诉讼请求的含义,所以是错误的。因为当事人并未变更审理的对象,即房屋租赁合同关系,诉讼标的并未发生变化。

本题是将支付租金的实体请求变更为解除房屋租赁关系的实体请求,但其请求权的基础,即房屋租赁关系没有变更,属于诉讼请求的变更。B选项是正确答案。

C、D两选项将此视为诉的理由和事实的变更,没有理论依据,是错误答案。

42. [答案] A

[解析]《民诉意见》第185条:"一审判决不准离婚的案件,上诉后,第二审人民法院认为应当判决离婚的,可以根据当事人自愿的原则,与子女抚养、

财产问题一并调解，调解不成的，发回重审。”故本题应选择A项。

43.［答案］D

［解析］根据《公司法》第22条第2款规定：“股东会或者股东大会、董事会的会议召集程序、表决方式违反法律、行政法规或者公司章程，或者决议内容违反公司章程的，股东可以自决议作出之日起六十日内，请求人民法院撤销。”因此，股东可以以自己的名义起诉要求撤销董事会的决议，而董事会是公司的执行机构，不具有诉讼主体资格，因此股东起诉应以公司为被告，故本题应选D项。

44.［答案］C

［解析］依《民诉意见》第153条：“当事人超过诉讼时效期间起诉的，人民法院应予受理。受理后查明无中止、中断、延长事由的，判决驳回其诉讼请求。”故本题应选择C项。考生应该注意用何种裁判驳回。驳回诉讼请求是以判决的形式作出的，是对原告实体权利的判决，原告不得再就被驳回的诉讼请求提起诉讼；驳回起诉则不同，它是以裁定的形式作出，驳回的仅仅是当事人程序上的权利，是指当事人的起诉不符合法律规定的起诉条件，因而被驳回。此种情形下当事人可以再次起诉。

45.［答案］D

［解析］《民诉意见》第103条规定：“对当事人不服一审判决提出上诉的案件，在第二审人民法院接到报送的案件之前，当事人有转移、隐匿、出卖或者毁损财产等行为，必须采取财产保全措施的，由第一审人民法院依当事人申请或依职权采取。第一审人民法院制作的财产保全的裁定，应及时报送第二审人民法院。”因此，本题中齐某应向一审法院提出申请，由一审法院裁定财产保全。D项表述正确。

46.［答案］A

［解析］调解书内容与双方协议不一致，依据诉讼法原理，应界定为笔误而不是违反自愿原则的实体上错误。《调解规定》第16条：“当事人以民事调解书与调解协议的原意不一致为由提出异议，人民法院审查后认为异议成立的，应当根据调解协议裁定补正民事调解书的相关内容。”故本题应选A项。

根据《民事诉讼法》第182条的规定：“当事人对已经发生法律效力的调解书，提出证据证明调解违反自愿原则或者调解协议的内容违反法律的，可以申请再审。经人民法院审查属实的，应当再审。”也就是说对于已经发生法律效力的民事调解书，只有在有证据证明调解违反自愿原则或者调解协议的内容违反法律的情况下，才能启动再审程序。本题中，仅仅是调解书的内容与双方达成的调解协议不一致，不属于上述启动再审程序的条件。C项错误。

调解书发生法律效力后就对双方当事人起约束作用，除非经法定程序予以撤销。调解书送达即发生法律效力，不存在收回的问题。因此B项和D项的做法错误。

47.［答案］C

［解析］根据上述对直接证据和间接证据的表述，分析本题可知：A选项中无法与原件、原物核对的复印件、复制品属于物证或者书证，具有较强的客观性和可靠性，不受主观因素的影响和制约，具有独立的证明力。不需要与其他证据相结合，也不需要逻辑推理就能对案件的主要事实加以证明，属于直接证据。

B选项中无正当理由未出庭作证的证人证言和D选项中的与一方当事人或者代理人有利害关系的证人出具的证言均属于证人证言，一般情况下也不需要与其他证据结合便能直接单独地证明案件主要事实，属于直接证据。

由于夫妻感情是否破裂是个主观性非常强的问题，很难由直接证据单独加以证明，所有证据均与感情破裂存在间接关系，必须由多个间接证据形成证据链，才能证明，故C选项当选。

我们认为此题题干并不严谨，应该为下列哪种证据只能属于间接证据，因为其它三个选项既可以是直接证据，也可以是间接证据。

48.［答案］C

［解析］最高人民法院《关于适用简易程序审理民事案件的若干规定》（以下简称《简易程序规定》）第1条规定：“基层人民法院根据《中华人民共和国民事诉讼法》第142条规定审理简单的民事案件，适用本规定，但有下列情形之一的案件除外：（一）起诉时被告下落不明的；（二）发回重审的；（三）共同诉讼中一方或者双方当事人人数众多的；（四）法律规定应当适用特别程序、审判监督程序、督促程序、公示催告程序和企业法人破产还债程序的；（五）人民法院认为不宜适用简易程序进行审理的。”因此，发回重审的案件不适用简易程序。C项正确。

《简易程序规定》第2条规定：“基层人民法院适用第一审普通程序审理的民事案件，当事人各方自愿选择适用简易程序，经人民法院审查同意的，可以适用简易程序进行审理。人民法院不得违反当事人自愿原则，将普通程序转为简易程序。”由此可知，当事人可以协议适用简易程序。但对于当事人协议不适用简易程序的情况，民事诉讼法未授权当事人可以作此约定，故法院可以不受当事人就此约定的制约。只要案件符合适用简易程序进行审理的条件，人民法院就可以适用简易程序进行审理。故A项错误。

我国民事诉讼法及司法解释未规定起诉时被告被监禁的案件不能适用简易程序进行审理，因此，只要该类案件符合简易程序适用的条件，人民法院就可以适用简易程序审理。故B项错误。

《简易程序规定》第1条仅规定共同诉讼中一方或者双方当事人人数众多的案件不适用简易程序。依《民诉意见》第59条规定，当事人一方人数众多，一般指10人以上。而共同诉讼指的是当事人一方或者双方人数为两人以上，并非所有的共同诉讼案件都不能适用简易程序审理。共同诉讼中只要不存在一方或双方人数众多，就可以适用简易程序，故D项错误。

49. [答案] B

[解析] 根据前引《民诉意见》第211条规定，故本题应选B项。注意裁定撤销一、二审判决，是指将一、二审判决全部撤销，A项错误。C项与D项不经调解直接采用撤销判决的做法也是错误的。

50. [答案] A

[解析] 上诉的撤回是指上诉人依法提起上诉后，在二审法院作出裁判前，要求撤回自己上诉的诉讼制度。当事人撤回上诉，意味着对一审法院裁判的承认。

撤回上诉是当事人行使自己的处分权的具体体现。当事人应当依法撤回上诉，即撤回上诉应当获得法院的准许。当事人在二审中达成和解协议的，人民法院可以根据当事人的请求，对双方达成的和解协议进行审查并制作调解书送达当事人；因和解而申请撤诉，经审查符合撤诉条件的，人民法院应予准许。二审法院如果认为一审法院的裁判确有错误或者原审法院违反法定程序，或者双方当事人串通损害国家和集体利益、社会公共利益及他人合法权益的，可能影响案件正确裁判，需要改判或者发回重审的都不应准许其撤诉。另外，对于双方当事人在上诉期内都提出上诉，各自的上诉理由又不一致的，也不应准许其撤诉。二审法院裁定上诉人不准撤回上诉的，诉讼继续进行；裁定准许撤回上诉的，二审程序即告终结，同时一审法院的裁判发生法律效力。

本题中当事人的撤诉符合要求，二审法院应当准许当事人的撤诉申请，故A项做法是正确的，C、D项做法错误。

同时依据《民诉意见》第191条规定可知，必须根据当事人的申请才可以对双方的和解协议制作调解书，B项中法院依职权根据和解协议内容制作调解书是没有法律依据的，B项错误。

二、多项选择题

51. [答案] CD

[解析]《合同法》第74条规定："因债务人放弃其到期债权或者无偿转让财产，对债权人造成损害的，债权人可以请求人民法院撤销债务人的行为。"本题中甲将房屋赠与丙的行为符合该条规定，乙可以行使债权人撤销权，故A项表述正确。

依《民法通则》第58条第(四)项："下列民事行为无效：……(四)恶意串通，损害国家、集体或第三人利益的。"故B项表述正确。

《合同法》第73条第1款规定："因债务人怠于行使其到期债权，对债权人造成损害的，债权人可以向人民法院请求以自己的名义代位行使债务人的债权，但该债权专属于债务人自身的除外。"因此对于专属人身的继承权，不能代为行使。故C项表述错误。

依上引《合同法》第191条规定，本题中只说明了甲为逃避对乙的债务而赠与好友丙房屋，但并未明确交待甲是否存在故意不告知丙瑕疵或保证无瑕疵的情况，D项说法太过主观与绝对，故D项表述错误。

本题为选非题，C、D项当选。

52. [答案] ABCD

[解析] 委托合同中的委托人、受托人及不定期租赁合同中的出租人、承租人都可以随时解除合同。而承揽合同中只有定作人有权随时解除合同，承揽人只有在定作人不履行协助义务经催告后仍不履行的才可以解除合同。货运合同中在承运人将货物交付收货人之前，托运人可以要求承运人中止运输、返还货物、变更到达地或者将货物交给其他的收货人，即可以解除合同。

《合同法》第410条规定："委托人或者受托人可以随时解除委托合同。因解除合同给对方造成损失的，除不可归责于该当事人的事由以外，应当赔偿损失。"委托人和受托人都享有任意解除权，因为委托合同的基础是信赖关系。故A项正确。

《合同法》第232条："当事人对租赁期限没有约定或者约定不明确，依照本法第61条的规定仍不能确定的，视为不定期租赁。当事人可以随时解除合同，但出租人解除合同应当在合理期限之前通知承租人。"故B项正确。

《合同法》第268条："定作人可以随时解除承揽合同，造成承揽人损失的，应当赔偿损失。"但要注意承揽人不能任意解除合同，因为对承揽人是有特殊性要求，故C项正确。

第308条："在承运人将货物交付收货人之前，托运人可以要求承运人中止运输、返还货物、变更到达地或者将货物交给其他收货人，但应当赔偿承运人因此受到的损失。”故D项正确。

53.［答案］ABC

［解析］依《合同法》第253条：“承揽人应当以自己的设备、技术和劳力，完成主要工作，但当事人另有约定的除外。承揽人将其承揽的主要工作交由第三人完成的，应当就该第三人完成的工作成果向定作人负责；未经定作人同意的，定作人也可以解除合同。”注意主要工作与辅助工作相对，它是指对物的质量有决定性影响的工作，而不是仅指数量的多少。具体到本题来说，利达服装厂将100套服装外包，而不是钉纽扣、熨烫等辅助性工作，因此育才中学可以以利达服装厂擅自外包为由解除合同，故A项正确。但同时育才中学应当根据合同向利达服装厂支付400套校服的酬金，如果不支付，根据《合同法》第66条规定，利达服装厂有同时履行抗辩权，可以此对抗育才中学而不交付校服。故B项正确。

根据《物权法》第230条第1款规定：“债务人不履行到期债务，债权人可以留置已经合法占有的债务人的动产，并有权就该动产优先受偿。”题干中债务人育才中学的债务已到期，债权人利达服装厂已合法占有样品，所以可以行使留置权。故C项正确。

育才中学只与利达服装厂建立承揽合同关系，并没有与恒发服装厂建立任何合同关系，所以育才中学无权要求恒发厂承担违约责任。故D项错误。

54.［答案］ABC

［解析］根据《贷款通则》第61条规定，各级行政部门和企事业单位、供销合作社等合作经济组织、农村合作基金会和其他基金会不得经营存贷款等金融业务。企业之间不得违反国家规定办理借贷或者变相借贷融资业务。此是关于非金融机构企业之间禁止借贷的强制性规定。本题中，甲企业和乙企业之间的借款合同因违反法律强制性规定而无效，但这只能说明当事人约定的利息不受法律保护，本金仍应返还，在符合其他条件的情况下可以行使债权人代位权，故A项错误。

《合同法解释(一)》第13条第1款规定：“合同法第73条规定的‘债务人怠于行使其到期债权，对债权人造成损害的’，是指债务人不履行其对债权人的到期债务，又不以诉讼方式或者仲裁方式向其债务人主张其享有的具有金钱给付内容的到期债权，致使债权人的到期债权未能实现。”因此乙曾向丙发出债务催收通知书并不能构成其积极行使债权的依据，故B项错误。

《合同法解释(一)》第16条第1款规定：“债权人以次债务人为被告向人民法院提起代位权诉讼，未将债务人列为第三人的，人民法院可以追加债务人为第三人。”故C项错误。

由于代位权是合同法所规定的债权人的法定权利，因此债务人与次债务人之间的约定只能约束乙、丙双方，并不构成债权人行使权利的障碍。依《合同法解释(一)》第13条第1款规定，债务人不以诉讼或仲裁方式向次债务人主张债权，债权人可以行使代位权。由此可知债务人与次债务人之间的仲裁协议不影响债权人提起代位权诉讼。故D项正确。所以本题答案为A、B、C项。

55.［答案］ABD

［解析］建筑物区分所有权，指的是权利人即业主对于一栋建筑物中自己专有部分的单独所有权、对共有部分的共有权以及因共有关系而产生的管理权的结合。

根据《物权法》第70条规定可知，业主对电梯、楼道、外墙、楼顶等共有部分享有共有和共同管理的权利。本题中该住宅楼的外墙、楼顶属于住户共有，故甲、乙、丙、丁有权分享该住宅楼的外墙广告收入，如果四层住户丁欲在楼顶建一苗圃，须得到甲、乙、丙的同意，故A、D项正确。

区分所有的建筑物的共有部分具体包括两种情形：有的共有部分由全体业主共同使用；有的共有部分仅为部分业主共有，本题中三四层间楼板不属于一层住户所有，一层住户对其不享有权利，故B项正确。

建筑物区分所有权是以业主的专有所有权为核心的权利，其与按份共有、共同共有不同，一层用户出卖其住宅不受其他住户的约束，其他人也无优先购买权，故C项错误。

56.［答案］ABCD

［解析］地役权具有从属性和不可分性。相邻关系是指相邻不动产的所有人或使用人，在行使不动产的所有权或使用权时，相互之间给予便利或接受限制而发生的权利义务关系。本题中，甲为了能在自己房中欣赏远处风景，便与相邻的乙约定，属于地役权的约定，而不是相邻关系的约定。相邻关系依据法律的规定直接产生，无须当事人约定。故A项说法错误。

依前引《物权法》第164条规定，本题中，甲将房屋转让给丙，乙将该土地使用权转让给丁后，地役权一并转让。故D项说法错误。题干未交待甲、乙在房屋转让时有关于眺望权的约定，故甲无需向丙承担违约责任，故C项错误。

至于B项，《物权法》第158条规定：“地役权自地役权合同生效时设立。当事人要求登记的，可以向登记机构申请地役权登记；未经登记，不得对抗善意第三人。”本题中，甲、乙之间的地役权约定未经登记，不得对抗善意第三人丁。由于B项命题不严谨,故B项说法也是错误的。

57.［答案］ABD

［解析］甲乙丙之间的三方约定实际上是一个经过债权人甲同意的债务承担协议。在债务承担关系中,乙是原债务人,甲是债权人,丙是新债务人。《合同法》第85条规定,债务人转移义务的,新债务人可以主张原债务人对债权人抗辩。丙可以向甲主张乙对甲享有的抗辩权,故B项正确。

同时甲乙丙之间的三方约定也具有债权让与的性质。在债权让与关系中,乙是让与人,甲是受让人,丙是债务人。《合同法》第82条规定:"债务人接到债权转让通知后,债务人对让与人的抗辩,可以向受让人主张。"丙可以向甲主张其对乙享有的抗辩权,故A项正确。债务承担之后,原债务人乙脱离原债权债务关系,若丙不对甲清偿,甲也不能要求乙清偿,若乙对甲清偿,则构成代为清偿,故D项正确。

根据甲乙丙三方之间的约定,乙将债权让与给了丙,将债务让与给了甲,乙既作为债权让与关系中的让与人,同时也作为债务承担关系中的原债务人,均已从合同关系中脱离出来,故C选项不正确。

58.［答案］BCD

［解析］依据《著作权法》第10条第1款第(一)项规定,发表权是指权利人决定把作品公之于众的权利,由于照片已经在网络上传播,发表权已经行使,因此乙公司没有侵犯甲的发表权,故A项错误。

《著作权法》第10条第1款第(五)项规定,复制权,指以印刷、复印、拓印、录音、录像、翻录、翻拍等方式将作品制作一份或多份的权利,乙公司擅自下载这些生活照并配上文字说明后出版成书已经侵犯了甲的复制权,故B项正确。

依据《民通意见》第100条规定,公民享有肖像权,未经本人同意,不得以营利为目的使用公民的肖像。乙公司未经甲同意,将其照片制作成书并出版,以谋取利益,因此乙公司的行为侵犯了甲的肖像权,故C项正确。

依据《著作权法》第53条及相关司法解释的规定,不知道是侵犯著作权的产品而销售的,销售者构成侵权。如果销售者能够证明其产品有合法来源的,则只承担停止侵权的责任,具有恶意的销售者还应当承担赔偿损失责任,因此,无论丙书店有无过错,仅仅影响到它是否承担损害赔偿责任,对侵权行为的构成并无影响,D项正确。

59.［答案］ABC

［解析］保证期间指的是保证人承担保证责任的时间范围。也就是说,保证人仅在保证期间内承担保证责任;一旦超出该期间,保证人就不承担保证责任。应予注意保证合同约定的保证期间早于或等于主债务履行期间的,视为没有约定,保证期间为主债务履行期满之日起6个月。保证合同约定保证人承担保证责任直至主债务本息还清时为止等类似内容的,视为约定不明,保证期间为主债务履行期满之日起2年。

还要注意保证期间与保证合同的诉讼时效期间是不同的。首先,保证合同的诉讼时效期间,意味着该期间届满而债权人不主张债权请求权的,其权利将不受法律强制力的保护,当事人将会丧失胜诉权,但实体权利并不会丧失。而保证期间届满,债权人不行使保证责任请求权的,债权人将丧失该项实体权利,保证期间的性质为除斥期间。其次,保证合同诉讼时效届满以前,保证期间已经届满。

具体到本题,依据《担保法》第25条、第26条的规定,在合同约定的保证期间届满后,债权人未要求保证人承担保证责任的,保证人免除保证责任。既然法律已经明确规定保证期间届满后保证人免除保证责任,那么计算保证债务诉讼时效就毫无意义。因此保证期间届满后没有再起算保证债务的诉讼时效的必要,故A项正确。

《担保法解释》第34条规定:"一般保证的债权人在保证期间届满前对债务人提起诉讼或者申请仲裁的,从判决或者仲裁裁决生效之日起,开始计算保证合同的诉讼时效。连带责任保证的债权人在保证期间届满前要求保证人承担保证责任的,从债权人要求保证人承担保证责任之日起,开始计算保证合同的诉讼时效。"一旦保证债务的诉讼时效起算后,就不必再计算保证期间,故B项正确。

《担保法解释》第36条:"一般保证中,主债务诉讼时效中断,保证债务诉讼时效中断;连带责任保证中,主债务诉讼时效中断,保证债务诉讼时效不中断。一般保证和连带责任保证中,主债务诉讼时效中止的,保证债务的诉讼时效同时中止。"故C项正确,D项错误。

注意保证期间与诉讼时效的关系是二者居其一,如果在保证期间内起诉,保证期间就没有意义了,如果超过保证期间,保证人免责,这时诉讼时效也没有意义。

60.［答案］ABCD

［解析］《合同法》第211条规定:"自然人之间的借款合同对支付利息没有约定或者约定不明确的,视为不支付利息。"本题中,甲丙之间的借款合同属于自然人之间的借款,双方未约定是否支付利息,

则视为不支付利息。故A、D项错误。

《婚姻法解释(二)》第24条中规定:“债权人就婚姻关系存续期间夫妻一方以个人名义所负债务主张权利的,应当按夫妻共同债务处理。”《婚姻法》第41条中也规定:“离婚时,原为夫妻共同生活所负的债务,应当共同偿还。”本题中,甲向丙借款10万元构成了夫妻共同债务,甲、乙双方应承担共同清偿责任,法院所作的离婚判决对甲、乙之间的共同清偿责任并无影响,甲、乙离婚后,丙依然有权要求甲和乙共同清偿10万元。故B、C项错误,当选。

61. [答案] ABC

[解析]《合同法》第240条规定:“出租人、出卖人、承租人可以约定,出卖人不履行买卖合同义务的,由承租人行使索赔的权利。承租人行使索赔权利的,出租人应当协助。”本题中乙作为承租人,可以向丙行使索赔权。故A项正确。第244条规定:“租赁物不符合约定或者不符合使用目的的,出租人不承担责任,但承租人依赖出租人的技能确定租赁物或者出租人干预选择租赁物的除外。”该法第248条中规定“承租人应当按照约定支付租金。”故B、C项正确。第250条规定:“出租人和承租人可以约定租赁期间届满租赁物的归属。对租赁物的归属没有约定或者约定不明确,依照本法第61条的规定仍不能确定的,租赁物的所有权归出租人。”故D项错误。

62. [答案] ABD

[解析]《合同法》第272条第3款:“禁止承包人将工程分包给不具备相应资质条件的单位。禁止分包单位将其承包的工程再分包。建设工程主体结构的施工必须由承包人自行完成。”本题中,乙将主体结构的施工分包给丙公司违反了法律的强制性规定,即使征得发包人的同意,乙丙之间的合同依然归于无效,故A项错误。根据《关于审理建设工程施工合同纠纷案件适用法律问题的解释》第2条规定,建设工程施工合同无效,但建设工程经竣工验收合格,承建人请求参照合同约定支付工程价款的,应予支持。所以丙仍然可以乙为被告诉请支付自己的工程款。故C项正确,D项错误。B项表述没有法律依据,依据《合同法》第58条规定:“合同无效或者被撤销后,因该合同取得的财产,应当予以返还;不能返还或者没有必要返还的,应当折价补偿。有过错的一方应当赔偿对方因此所受到的损失,双方都有过错的,应当各自承担相应的责任。”甲乙之间的施工合同不符该条规定,不存在欺诈,故甲不能撤销与乙的施工合同,故B项错误。

63. [答案] CD

[解析] 本题是对商标种类的考查。依据《商标法》第3条:“经商标局核准注册的商标为注册商标,包括商品商标、服务商标和集体商标、证明商标;商标注册人享有商标专用权,受法律保护。本法所称集体商标,是指以团体、协会或者其他组织名义注册,供该组织成员在商事活动中使用,以表明使用者在该组织中的成员资格的标志。本法所称证明商标,是指由对某种商品或者服务具有监督能力的组织所控制,而由该组织以外的单位或者个人使用于其商品或者服务,用以证明该商品或者服务的原产地、原料、制造方法、质量或者其他特定品质的标志。集体商标、证明商标注册和管理的特殊事项,由国务院工商行政管理部门规定。”“花果山”可以作为集体商标和证明商标,A、B项做法合法。

该法第12条规定:“以三维标志申请注册商标的,仅由商品自身的性质产生的形状、为获得技术效果而需有的商品形状或者使商品具有实质性价值的形状,不得注册。”因此将鸭梨的形状注册为立体商标是不合法的,故C项说法错误。

该法第11条规定:“下列标志不得作为商标注册:(一)仅有本商品的通用名称、图形、型号的;(二)仅仅直接表示商品的质量、主要原料、功能、用途、重量、数量及其他特点的;(三)缺乏显著特征的。前款所列标志经过使用取得显著特征,并便于识别的,可以作为商标注册。”“香梨”仅是本商品的名称,不得作为商标,故D项说法错误。

64. [答案] BCD

[解析] 刘某利用业余时间开发的“四国演义”游戏软件属于个人作品,而非职务作品,刘某对该作品享有完全的著作权,甲公司无须对刘某进行奖励,故A项说法错误。

依据《著作权法》第53条及相关司法解释的规定,销售侵犯著作权的产品的,销售人构成侵权,销售人不能证明其销售的产品有合法来源的,应当承担停止侵权和赔偿损失的责任,丙书店从无证书贩处低价购进该盗版软件,应当承担法律责任,故B项正确。

丁公司在正常经营的书店以正常价格购得该软件主观上无过错,对软件的使用符合法律规定,不应承担赔偿责任,故C项正确。

依《民法通则》第130条的规定,乙公司的行为和丙公司的行为属于直接结合发生同一损害后果,构成共同侵权,故D项正确。因此本题答案为B、C、D项。

65. [答案] ABCD

[解析]《侵权责任法》第66条规定:“因污染环境发生纠纷,污染者应当就法律规定的不承担责任或者减轻责任的情形及其行为与损害之间不存在

因果关系承担举证责任。"《环境保护法》第41条第1款规定,造成环境污染危害的,有责任排除危害,并对直接受到损害的单位或者个人赔偿损失。可见环境污染致损的侵权行为适用无过错责任,即使污染行为人的行为符合规定的标准也不构成免责事由,故A、C项的抗辩不能成立。

即使能证明另一工厂排放的废水足以导致湖中鱼类死亡,但也无法推理出该化工厂排放的废水就不会导致湖中鱼类死亡,另一工厂排放的污水足以导致湖中鱼类死亡并不构成某工厂排放废水导致鱼类死亡的抗辩理由,故B项抗辩不成立。

该法第42条:"因环境污染损害赔偿提起诉讼的时效期间为3年,从当事人知道或者应当知道受到污染损害起时计算。"故D项抗辩也不成立。故本题应选择A、B、C、D项。

66. [答案] BCD

[解析] 《婚姻法》第11条规定:"因胁迫结婚的,受胁迫的一方可以向婚姻登记机关或人民法院请求撤销该婚姻。受胁迫的一方撤销婚姻的请求,应当自结婚登记之日起1年内提出。被非法限制人身自由的当事人请求撤销婚姻的,应当自恢复人身自由之日起1年内提出。"甲因受威胁而与乙结婚,因此其可以向人民法院请求撤消该婚姻,故A项正确。

依《婚姻法》第32条规定可知,判断离婚或不离婚的依据是双方感情确已破裂,而不是没有感情基础,B项不正确。

《婚姻法》第10条规定:"有下列情形之一的,婚姻无效:(一)重婚的;(二)有禁止结婚的亲属关系的;(三)婚前患有医学上认为不应当结婚的疾病,婚后尚未治愈的;(四)未到法定婚龄的。"因此该婚姻不属于无效情形,故C项不正确。

由于乙是在与甲网络聊天的过程中获得甲的裸聊视频,并且没有公布,所以不构成侵犯隐私,故D项错误。因此本题答案为B、C、D项。

67. [答案] ABD(司法部答案为ABCD)

[解析] 《继承法》第13条规定:"同一顺序继承人继承遗产的份额,一般应当均等。对生活有特殊困难的缺乏劳动能力的继承人,分配遗产时,应当予以照顾。对被继承人尽了主要扶养义务或者与被继承人共同生活的继承人,分配遗产时,可以多分。有扶养能力和有扶养条件的继承人,不尽扶养义务的,分配遗产时,应当不分或者少分。继承人协商同意的,也可以不均等。"故A、B项正确。

第14条规定:"对继承人以外的依靠被继承人扶养的缺乏劳动能力又没有生活来源的人,或者继承人以外的对被继承人扶养较多的人,可以分给他们适当的遗产。"因此丁可以分得适当的遗产,故D项正确。

丙长期与甲共同生活,并不是与被继承人唐某生活,没有任何可以多分遗产的事由,故C项错误。因此本题答案为A、B、D(本题司法部公布的参考答案为A、B、C、D,有异议)。

68. [答案] ABCD

[解析] 本题主要考查出资形式。依据《公司登记管理条例》第14条第2款规定,股东不得以劳务、信用、自然人姓名、商誉、特许经营权或者设定担保的财产作价出资。故A、B、D项不合法。《公司法》第27条第1款规定:"股东可以用货币出资,也可以用实物、知识产权、土地使用权等可以用货币估价并可以依法转让的非货币财产作价出资;但是,法律、行政法规规定不得作为出资的财产除外。"由此可见,作为出资的财产必须可以用货币估价,由于保险单的保险金额不是实际所有的财产,无法估价,因此也不能作为出资,C项也不合法。

我国《公司法》对出资不实的处理是另一常考点。有限责任公司或股份有限公司对出资不实的处理实质上相同。即当公司成立后,发现股东出资不实的,会产生两个后果:(1)由交付该出资的股东(发起人)补足其差额。即出资不实的股东对公司承担差额填补责任。(2)公司设立时的其他股东(发起人)承担连带责任。即设立时其他股东对公司承担资本充实责任。

69. [答案] AD

[解析] 依据《公司法》第22条第1、2款规定,公司股东会或者股东大会、董事会的决议内容违反法律、行政法规的无效。股东会或者股东大会、董事会的会议召集程序、表决方式违反法律、行政法规或者公司章程,或者决议内容违反公司章程的,股东可以自决议作出之日起60日内,请求人民法院撤销。依据《公司法》第34条第2款规定:"股东可以要求查阅公司会计账簿。股东要求查阅公司会计账簿的,应当向公司提出书面请求,说明目的。公司有合理根据认为股东查阅会计账簿有不正当目的,可能损害公司合法利益的,可以拒绝提供查阅,并应当自股东提出书面请求之日起15日内书面答复股东并说明理由。公司拒绝提供查阅的,股东可以请求人民法院要求公司提供查阅。"A项违反了本条规定,金某可以提起诉讼。

依据《公司法》第41条第3款规定:"董事会或者执行董事不能履行或者不履行召集股东会会议职责的,由监事会或者不设监事会的公司的监事召集和主持;监事会或者监事不召集和主持的,代表1/10以上表决权的股东可以自行召集和主持。"由此,B项中董事长不召集股东会，金某应提请监事会召集，如果监事会也不履行召集的，占有股权份额10%的金某可以自行召集和主持股东会，但并不能以此为由对公司提起诉讼，B项不当选。

C项中，董事会有权"制订"公司合并的方案，此为董事会职权之一，只不过该方案应当经股东会通过，所以C项为董事会正常之职权，故金某无权诉讼。（提示：题干中是"制订"，而不是"制定"，二者词义有差别。）

依据《公司法》第55条第2款："监事会、不设监事会的公司的监事发现公司经营情况异常，可以进行调查；必要时，可以聘请会计师事务所等协助其工作，费用由公司承担。"故D项违反了本款规定，金某可以提起诉讼。

70.［答案］ACD

［解析］《合伙企业法》第22条规定："除合伙协议另有约定外，合伙人向合伙人以外的人转让其在合伙企业中的全部或者部分财产份额时，须经其他合伙人一致同意。合伙人之间转让在合伙企业中的全部或者部分财产份额时，应当通知其他合伙人。"我国合伙企业法规定合伙人转让合伙份额区分对外与对内，规定是不同的。甲转让部分合伙份额给丁时通知了其他合伙人，因此丁受让甲的合伙份额有效，故A项正确。

而甲将部分合伙份额转让给合伙人以外的杨某时，没有经过其他合伙人的一致同意，因此杨某不能取得合伙份额，B项不正确。

依据前引《合伙企业法》第50条规定可知，甲妻是过失杀死甲，不属于《继承法》第7条规定的继承人丧失继承权的情形，因此甲妻并不丧失继承权，而甲子是甲的合法继承人，因此，在其他合伙人一致同意的前提下，可以取得合伙人资格。故C、D项正确。

因此本题答案为A、C、D项。但应该注意，本题中还隐含了一个重要问题。依据《民法通则》第11条规定："18周岁以上的公民是成年人，具有完全民事行为能力，可以独立进行民事活动，是完全民事行为能力人。16周岁以上不满18周岁的公民，以自己的劳动收入为主要生活来源的，视为完全民事行为能力人。"因此，如果甲子并没有以自己的劳动收入为主要生活来源，则其为限制行为能力人，依法只能成为有限合伙人，但本题D选项是"甲子可以取得合伙人资格"，这与甲子可以成为哪种类型的合伙人不是一个问题，因此，本题D项当选。

71.［答案］ABCD

［解析］依据《公司法》第90条规定："发行股份的股款缴足后，必须经依法设立的验资机构验资并出具证明。发起人应当自股款缴足之日起30日内主持召开公司创立大会。创立大会由发起人、认股人组成。发行的股份超过招股说明书规定的截止期限尚未募足的，或者发行股份的股款缴足后，发起人在30日内未召开创立大会的，认股人可以按照所缴股款并加算银行同期存款利息，要求发起人返还。"股款缴足后发起人可以少于30日召开创立大会但不能超过30日，故D项不正确。依据《公司法》第88条规定："发起人向社会公开募集股份，应当由依法设立的证券公司承销，签订承销协议。"故B项不正确。依据《公司法》第87条第（六）项规定："本次募股的起止期限及逾期未募足时认股人可以撤回所认股份的说明。"故A项不正确。依据第77条第（四）项规定："发起人制订公司章程，采用募集方式设立的经创立大会通过"，故C项不正确。本题答案为A、B、C、D项。

72.［答案］ACD

［解析］《海商法》第26条规定："船舶优先权不因船舶所有权的转让而消灭。"第29条："船舶优先权，除本法第26条规定的外，因下列原因之一而消灭：（一）具有船舶优先权的海事请求，自优先权产生之日起满一年不行使（二）船舶经法院强制出售；（三）船舶灭失。前款第（一）项的一年期限，不得中止或者中断。"故A、C、D项正确。

73.［答案］BD

［解析］依据《票据法》第87条规定："支票的出票人所签发的支票金额不得超过其付款时在付款人处实有的存款金额。出票人签发的支票金额超过其付款时在付款人处实有的存款金额的，为空头支票。禁止签发空头支票。"B项甲公司在丁银行处实有的存款低于其签发的支票金额，该支票为空头支票，丁银行可以拒绝付款。B项正确。

《票据法》第91条规定："支票的持票人应当自出票日起10日内提示付款；异地使用的支票，其提示付款的期限由中国人民银行另行规定。超过提示付款期限的，付款人可以不予付款；付款人不予付款的，出票人仍应当对持票人承担票据责任。"该支票出票日为2006年3月2日，应在2006年3月12日前提示付款。丙公司于2006年3月17日请求付款，超过提示付款期限，付款人丁银行可以拒绝付款。故D项正确。

《票据法》第89条第2款规定："出票人在付款人处的存款足以支付支票金额时，付款人应该在当日足额付款。"因此，支票记载的付款人不能以其不是该支票的债务人为由拒绝付款，故A、C项不正确，B、D项当选。

74. [答案] ABC

[解析] 依据《企业破产法》第113条规定可知,是否属于企业职工,唯一的标准在于是否存在劳动关系。民工与企业之间建立了劳动合同关系,属于"职工"范围。因此,A项所拖欠的民工工资按第一顺序清偿,A项正确。

依据最高人民法院《关于建设工程价款优先受偿权问题的批复》第1条规定:"人民法院在审理房地产纠纷案件和办理执行案件中,应当依照《中华人民共和国合同法》第286条的规定,认定建筑工程的承包人的优先受偿权优于抵押权和其他债权。"依此规定,该破产企业拖欠施工单位的工程欠款可以在破产清算程序开始前受偿,B项正确。考生需要注意的是:新《企业破产法》破产债权的清偿顺序变化可能会成为考查重点。

依据《企业破产法》第132条规定:"破产人在本法公布之日前所欠职工的工资和医疗、伤残补助、抚恤费用,所欠的应当划入职工个人账户的基本养老保险、基本医疗保险费用,以及法律、行政法规规定应当支付给职工的补偿金,依照本法第113条的规定清偿后不足以清偿的部分,以本法第109条规定的特定财产优先于对该特定财产享有担保权的权利人受偿。"依此,以《企业破产法》公布之日为界,破产人在其后所欠职工的工资和医疗、伤残补助、抚恤费用,所欠的应当划入职工个人账户的基本养老保险、基本医疗保险费用,以及法律、行政法规规定应当支付给职工的补偿金,这些职工债权不具有优先受偿的权利,只能从未担保的财产中受偿。而在公布之日前所欠职工的工资和医疗、伤残补助、抚恤费用,所欠的应当划入职工个人账户的基本养老保险、基本医疗保险费用,以及法律、行政法规规定应当支付给职工的补偿金,则优先于担保物权的行使。

而因延期交房给购房人造成的损失属于违约而产生的债权,则须按普通破产债权清偿,C项亦正确。

至于该公司员工向公司的投资款属于对公司的出资,构成公司资本,不是破产债权,故D项错误。

75. [答案] ABD

[解析] 保险合同的基本原则包括公序良俗原则、自愿原则、最大诚信原则、保险利益原则和近因原则。

自愿原则指当事人可以充分根据自己的意愿设立、变更和终止保险法律关系。但是自愿原则也要受到法律的合理限制,比如关系到社会公共利益的保险险种、依法实行强制保险的险种和新开发的人寿保险险种等的保险条款和保险费率,应当报保险监督管理机构审批,故A项错误。

保险利益指投保人对保险标的具有法律上承认的利益,又称可保利益。其产生于投保人或被保险人与保险标的物之间的经济联系。根据保险利益原则及《保险法》第12条规定:"投保人对保险标的应当具有保险利益。投保人对保险标的不具有保险利益的,保险合同无效。保险利益是指投保人对保险标的具有的法律上承认的利益。保险标的是指作为保险对象的财产及其有关利益或者人的寿命和身体。"可知保险利益原则的根本目的是为了防止保险欺诈,以及防范道德风险,B项错误。

最大诚信原则对保险人的义务主要有两项:一是在订立保险合同时将保险条款告知投保人的义务,特别是保险人的免责条款;二是及时与全面支付保险金的义务,故D项错误。

近因原则是指保险人按照约定的保险责任范围承担责任时,其所承保危险的发生与保险标的的损害之间必须存在因果关系。在近因原则中造成保险标的损害的主要的、起决定性作用的原因,即属近因。只有近因属于保险责任,保险人才承担赔偿责任。故C项正确。

76. [答案] ABCD

[解析]《民事诉讼法》第195条规定:"按照规定可以背书转让的票据持有人,因票据被盗、遗失或者灭失,可以向票据支付地的基层人民法院申请公示催告。"故A项正确。

《民事诉讼法》第198条规定:"利害关系人应当在公示催告期间向人民法院申报。人民法院收到利害关系人的申报后,应当裁定终结公示催告程序,并通知申请人和支付人。申请人或者申报人可以向人民法院起诉。"可见,对于裁定终结公示催告程序的,法律仅规定当事人可以另行向法院起诉,而未规定有上诉的权利。同法第200条规定:"利害关系人因正当理由不能在判决前向人民法院申报的,自知道或者应当知道判决公告之日起1年内,可以向作出判决的人民法院起诉。"可见,以判决方式结案的,同样未规定可以提起上诉。综合以上两点可知,公示催告程序实行一审终审。B项正确。

公示催告程序属于非争议案件,不设答辩程序,法院也只进行形式审查,因此C项也是正确的。

公示催告程序中只进行形式审查,案件的审理也只以公告形式进行,没有开庭的必要,因此D项也是正确的。

77. [答案] BCD

[解析] 民事裁判包括民事判决、裁定和决定。考试中,一般对三者的区别考查较多,具体可总结如下:

区别项	民事判决	民事裁定	民事决定
适用事项	实体性事项	程序性事项	与程序有关的特定事项，如回避、对妨害民事诉讼行为的强制措施、当事人提出顺延诉讼期限的申请、当事人缓、减、免交诉讼费用的申请及重大疑难问题的解决等的决定
形式	书面形式	书面或者口头	书面或者口头
上诉的范围	地方各级法院适用简易、普通程序作出的判决、发回重审的判决、适用一审程序再审的判决	驳回起诉、不予受理、管辖权异议、驳回破产申请	不可以上诉
上诉期	15日	10日	\
复议的范围	不可以复议	财产保全和先予执行的裁定	回避和对妨害民事诉讼行为的强制措施的决定（对后者，复议期间不停止执行）

根据表中决定的相关内容可知，B、C、D项正确。《民事诉讼法》未规定再审的决定可申请复议，故A项错误。因此本题答案为B、C、D项。

注意民事诉讼中可以申请复议的裁判有以下五种：关于回避的决定、关于财产保全的裁定、关于先予执行的裁定、关于拘留的决定、关于罚款的决定。

78.［答案］BC

［解析］依据《执行规定》第63条规定："第三人在履行通知指定的期间内提出异议的，人民法院不得对第三人强制执行，对提出的异议不进行审查。"本题中丙已经提出异议，因此不应对其强制执行，故B项正确，A项不正确。

根据《执行规定》第102条的有关规定，被执行人确无财产可供执行的，人民法院应当裁定中止执行。故C项正确。

D项中，驳回甲的申请于法无据。即使被执行人无履行能力，申请执行是申请人权利，所以D项不正确。

79.［答案］BCD

［解析］对于支付令的异议问题，重点需要掌握，如何判断债务人的主张是否可以构成债务人异议。需注意：

(1)债务人的异议应当在15日内以书面形式提出，口头异议以及15日之后以书面形式提出的异议均无效。

(2)债务人针对债务是否存在以及债务数额的大小提出的不同主张，应当构成债务人异议。

(3)债务人针对履行能力的有无提出的不同主张，则不能构成债务人异议，因为履行能力的有无不影响债务本身是否存在。

(4)债务人向人民法院起诉能否构成债务人异议。

依据前引《民诉意见》第221条规定，A项错误，B项正确。

根据《民事诉讼法》第193条第3款规定："债务人在前款规定的期间不提出异议又不履行支付令的，债权人可以向人民法院申请执行。"因此C项正确。

债务人向其他法院起诉不影响支付令的效力，但如果向支付令发出法院起诉，实质上是对支付令有异议，所以D项也是正确的。

80.［答案］ABD

［解析］《劳动法》第79条："劳动争议发生后，当事人可以向本单位劳动争议调解委员会申请调解；调解不成，当事人一方要求仲裁的，可以向劳动争议仲裁委员会申请仲裁。当事人一方也可以直接向劳动争议仲裁委员会申请仲裁。对仲裁裁决不服的，可以向人民法院提出诉讼。"因此，劳动争议纠纷适用仲裁前置原则，只有经过劳动仲裁才能提起诉讼。故A、B项正确，C项不正确。

调解在仲裁或诉讼中都可以进行，根据《简易程序规定》第14条规定，下列民事案件，人民法院在开庭审理时应当先行调解：(一)婚姻家庭纠纷和继承纠纷；(二)劳务合同纠纷；(三)交通事故和工伤事故引起的权利义务关系较为明确的损害赔偿纠纷；(四)宅基地和相邻关系纠纷；(五)合伙协议纠纷；(六)诉讼标的额较小的纠纷。但是根据案件的性质和当事人的实际情况不能调解或者显然没有调解必要的除外。本题中王某与电网公司之间的争议属于劳务合同纠纷，如果进行诉讼并按照简易程序处理，法院在开庭审理时，王某可以申请先行调解。故D项正确。

81.［答案］BD

［解析］法院按公示催告程序作出的宣告票据无效的判决称为除权判决，该判决仅宣告票据无效，而判决本身是有效判决。除权判决有两层含义：

(1)宣告票据无效进而排除申请人以外的其他人对该票据享有权利,故称之为"除权";(2)根据在指定期间内无人申报权利的事实,推定票据权利归申请人所有。从这层意义上讲,除权判决也具有确权的性质。故A项错误,B项正确。

依据前引《民诉意见》第207条规定,故C项不正确。

依据前引《民事诉讼法》第200条规定,故D项正确。

82. [答案] ABCD

[解析]《著作权法》第49条第1款规定:"著作权人或者与著作权有关的权利人有证据证明他人正在实施或者即将实施侵犯其权利的行为,如不及时制止将会使其合法权益受到难以弥补的损害的,可以在起诉前向人民法院申请采取责令停止有关行为和财产保全的措施。"A项正确。

《商标法》第57条第1款规定:"商标注册人或者利害关系人有证据证明他人正在实施或者即将实施侵犯其注册商标专用权的行为,如不及时制止,将会使其合法权益受到难以弥补的损害的,可以在起诉前向人民法院申请采取责令停止有关行为和财产保全的措施。"C项正确。

《专利法》第66条规定,专利权人或者利害关系人有证据证明他人正在实施或者即将实施侵犯其专利权的行为,如不及时制止将会使其合法权益受到难以弥补的损害的,可以在起诉前向人民法院申请采取责令停止有关行为的措施。B项正确。

《民事诉讼法》第93条第1款之一规定:"利害关系人因情况紧急,不立即申请财产保全将会使其合法权益受到难以弥补的损害的,可以在起诉前向人民法院申请采取财产保全措施。"继承人是与应继承财产有利害关系的人,继承人发现其应继承的财产受到侵害,可依据上述规定,在起诉前申请法院采取财产保全措施。D项正确。

83. [答案] ABD

[解析] 本案中原告齐某应当举出证据证明自己受到的损害事实,及被告宏大公司的侵权行为和自己的损害之间的因果关系。被告宏大公司无须证明自己没有过错,交通事故中机动车致行人损害适用无过错原则。故A、B项正确,C项不正确。根据《道路交通安全法》第76条规定:"机动车发生交通事故造成人身伤亡、财产损失的,由保险公司在机动车第三者责任强制保险责任限额范围内予以赔偿。超过责任限额的部分,按照下列方式承担赔偿责任:(一)机动车之间发生交通事故的,由有过错的一方承担责任;双方都有过错的,按照各自过错的比例分担责任。(二)机动车与非机动车驾驶人、行人之间发生交通事故的,由机动车一方承担责任;但是,有证据证明非机动车驾驶人、行人违反道路交通安全法律、法规,机动车驾驶人已经采取必要处置措施的,减轻机动车一方的责任。交通事故的损失是由非机动车驾驶人、行人故意造成的,机动车一方不承担责任。"可知,证明受害人有主观故意,是被告法定的举证情形。本题证明受害人齐某有主观故意,应由被告宏大公司承担举证责任。故D项正确。

84. [答案] AC

[解析] 依前引《民事诉讼法》第25条的规定可知,离婚等身份关系的案件当事人不能选择离婚案件的管辖法院,因此A项正确,B项不正确。《证据规定》第33条第2款:"举证期限可以由当事人协商一致,并经人民法院认可。"故C项正确。合议庭的组成人员由人民法院决定,当事人无权选择,故D项不正确。因此本题答案为A、C项。

85. [答案] ABD

[解析] 根据《仲裁法》第49条规定:"当事人申请仲裁后,可以自行和解。达成和解协议的,可以请求仲裁庭根据和解协议作出裁决书,也可以撤回仲裁申请。"A项正确。

依据该法第51条规定可知B项正确。

该法第53条规定:"裁决应当按照多数仲裁员的意见作出,少数仲裁员的不同意见可以记入笔录。仲裁庭不能形成多数意见时,裁决应当按照首席仲裁员的意见作出。"这一点也是与民事诉讼不同的,C项不正确。

该法第57条规定:"裁决书自作出之日起发生法律效力。"故D项正确。

86. [答案] ABCD

[解析]《调解规定》第2条规定:"对于有可能通过调解解决的民事案件,人民法院应当调解。但适用特别程序、督促程序、公示催告程序、破产还债程序的案件,婚姻关系、身份关系确认案件以及其他依案件性质不能进行调解的民事案件,人民法院不予调解。"故A、B、C、D项正确。

87. [答案] ABC

[解析] 执行中止,即在执行过程中,由于法定特殊原因的出现,使执行程序暂停,原因消失后再行恢复的制度。根据《民事诉讼法》第232条的规定,在下列情况下,人民法院应当裁定中止执行:(1)申请人表示可以延期执行的。(2)案外人对执行标的提出确有理由的异议的。(3)作为一方当事人的公民死亡,需要等待继承人继承权利或者承担义务的。这是

当事人法定更换制度在执行程序中的具体体现。(4)作为一方当事人的法人或者其他组织终止,尚未确定权利与义务承受人的。这也是当事人法定更换制度在执行程序中的体现。(5)人民法院认为应当中止执行的其他情形。根据最高人民法院《执行规定》第102条的规定,有下列情形之一的,人民法院应当裁定中止执行:(1)人民法院已经受理以被执行人为债务人的破产申请的;(2)被执行人确无财产可供执行的;(3)执行标的物是其他法院或仲裁机构正在审理的案件争议标的物,需要等待该案件审理完毕确定权属的;(4)一方当事人申请执行仲裁裁决,另一方当事人申请撤销仲裁裁决的;(5)仲裁裁决的被申请执行人依据《民事诉讼法》第213条第2款的规定向人民法院提出不予执行请求,并提供适当担保的。

执行终结,即在执行过程中,由于某种法定特殊原因的出现,使执行程序无法继续进行或者继续进行已失去其意义时,从而结束执行程序的法律制度。根据《民事诉讼法》第233条的规定,有下列情形之一的,人民法院应当裁定终结执行:(1)申请人撤销申请的;(2)据以执行的法律文书被撤销的;(3)作为被执行人的公民死亡,无遗产可供执行,又无义务承担人的;(4)追索赡养费、扶养费、抚育费案件的权利人死亡的(需要注意的是,在这些案件中,如果义务人死亡,不能立即终结执行程序,而应当看义务人是否有可供执行的遗产);(5)作为被执行人的公民因生活困难无力偿还借款,无收入来源,又丧失劳动能力的;(6)人民法院认为应当终结执行的其他情形。

本题A、B、C三项表述分别符合上述终结执行第(1)、(2)、(4)三种情形,故A、B、C正确。

D项符合中止执行第(2)项规定,D项不正确。

88.［答案］BCD

［解析］依据《民事诉讼法》第49条第1款规定:“公民、法人和其他组织可以作为民事诉讼的当事人。”因此A项不正确。《民事诉讼法》第108条第(一)项:“原告是与本案有直接利害关系的公民、法人和其他组织。”本案中的4名师生并不是大河污染的直接受害者,因此不具有原告资格,另外河流中的岛屿不具有诉讼主体资格,故B项正确。《民事诉讼法》第29条:“因侵权行为提起的诉讼,由侵权行为地或者被告住所地人民法院管辖。”《民诉意见》第28条:“民事诉讼法第29条规定的侵权行为地,包括侵权行为实施地、侵权结果发生地。”故C项正确。公益诉讼与私益诉讼相对,是指任何组织和个人都可以根据法律的授权,对违反法律、法规或者侵犯国家利益、社会公共利益的行为向法院起诉,由法院依法追究其法律责任的行为。目前我国法律尚未对公益诉讼作出相关规定。故D项正确。

89.［答案］AD

［解析］《民事诉讼法》第41条第1款规定:“人民法院审理第二审民事案件,由审判员组成合议庭。合议庭的成员人数,必须是单数。”第3款规定:“审理再审案件,原来是第一审的,按照第一审程序另行组成合议庭;原来是第二审的或者是上级人民法院提审的,按照第二审程序另行组成合议庭。”而根据同法第40条第1款的规定:“人民法院审理第一审民事案件,由审判员、陪审员共同组成合议庭或者由审判员组成合议庭。合议庭的成员人数,必须是单数。”由上可得:按一审程序进行的审判监督程序可由审判员、陪审员共同组成合议庭;而按二审程序进行的审判监督程序只能由审判员组成合议庭。故A项正确。

根据《民事诉讼法》第158条的规定,第二审人民法院对上诉案件,应当组成合议庭,开庭审理。经过阅卷和调查,询问当事人,在事实核对清楚后,合议庭认为不需要开庭审理的,也可以径行判决、裁定。因此可知,适用第二审程序以开庭审理为原则,以径行判决,裁定为例外。根据《审判监督解释》第31条第2款,人民法院审理再审案件应当开庭审理。但按照第二审程序审理的,双方当事人已经其他方式充分表达意见,且书面同意不开庭审理的除外。因此B项的说法不正确。

根据《调解规定》第1条规定:“人民法院对受理的第一审、第二审和再审民事案件,可以在答辩期满后裁判作出前进行调解。在征得当事人各方同意后,人民法院可以在答辩期满前进行调解。”可见,在审判监督程序中也可适用调解,故C项错误。

根据《民事诉讼法》第158条规定:“第二审人民法院的判决、裁定,是终审的判决、裁定。”可知,二审作出的裁判是终审裁判。同法第186条第1款:“人民法院按照审判监督程序再审的案件,发生法律效力的判决、裁定是由第一审法院作出的,按照第一审程序审理,所作的判决、裁定,当事人可以上诉;发生法律效力的判决、裁定是由第二审法院作出的,按照第二审程序审理,所作的判决、裁定,是发生法律效力的判决、裁定;上级人民法院按照审判监督程序提审的,按照第二审程序审理,所作的判决、裁定是发生法律效力的判决、裁定。”可知,审判监督程序中按一审程序审理,所作的裁判,当事人可以上诉。D项正确。故本题答案为AD。

90.［答案］ABC

［解析］根据《民事诉讼法》第92条规定:“人民法院对于可能因当事人一方的行为或者其他原

因,使判决不能执行或者难以执行的案件,可以根据对方当事人的申请,作出财产保全的裁定;当事人没有提出申请的,人民法院在必要时也可以裁定采取财产保全措施。人民法院采取财产保全措施,可以责令申请人提供担保;申请人不提供担保的,驳回申请。人民法院接受申请后,对情况紧急的,必须在48小时内作出裁定;裁定采取财产保全措施的,应当立即开始执行。"诉讼中财产保全可由法院依职权作出,故A项正确。

同法第45条规定:"审判人员有下列情形之一的,必须回避,当事人有权用口头或者书面方式申请他们回避:(一)是本案当事人或者当事人、诉讼代理人的近亲属;(二)与本案有利害关系;(三)与本案当事人有其他关系,可能影响对案件公正审理的。前款规定,适用于书记员、翻译人员、鉴定人、勘验人。"故回避的提出,可以是当事人申请提出,也可以是审判人员或其他人员主动自行提出。故B项正确。

《民事诉讼法》第36条:"人民法院发现受理的案件不属于本院管辖的,应当移送有管辖权的人民法院,受移送的人民法院应当受理,受移送的人民法院认为受移送的案件依照规定不属于本院管辖的,应当报请上级人民法院指定管辖,不得再自行移送。"故C项正确。

《民事诉讼法》第97条规定:"人民法院对下列案件,根据当事人的申请,可以裁定先予执行:(一)追索赡养费、扶养费、抚育费、抚恤金、医疗费用的;(二)追索劳动报酬的;(三)因情况紧急需要先予执行的。"且《民事诉讼法》及司法解释均未规定法院可以不经当事人的申请而依职权裁定先予执行。因此,对于先予执行,必须根据当事人的申请,故D项错误。

三、不定项选择题

(一)

91. [答案] A

[解析] 根据《物权法》第15条的规定:"当事人之间订立有关设立、变更、转让和消灭不动产物权的合同,除法律另有规定或者合同另有约定外,自合同成立时生效;未办理物权登记的,不影响合同效力。"此规定明确了不动产物权变动的区分原则,即权利变动与合同效力是分开的,由此可见,甲、乙之间买卖房屋的所有权未能发生转移,但并不影响二者之间的合同的效力,所以A项正确。甲乙虽然签订了房屋买卖合同,但未办理过户登记,房屋所有人仍然为甲,甲、丙之间买卖合同也是有效的。所以B项错误。

《关于审理商品房买卖合同纠纷案件适用法律若干问题的解释》第11条规定:"对房屋的转移占有,视为房屋的交付使用,但当事人另有约定的除外。房屋毁损、灭失的风险,在交付使用前由出卖人承担,交付使用后由买受人承担;买受人接到出卖人的书面交房通知,无正当理由拒绝接收的,房屋毁损、灭失的风险自书面交房通知确定的交付使用之日起由买受人承担,但法律另有规定或者当事人另有约定的除外。"可见,司法实践中对不动产买卖采取的依然是"交付转移风险说"。本题中,甲、丙虽办理了过户登记,但根据题干提供的信息,房屋尚未交付使用,因此风险仍然由出卖人甲承担,故C、D项表述错误。

92. [答案] ACD

[解析]《合同法》第51条:"无处分权的人处分他人财产,经权利人追认或者无处分权的人订立合同后取得处分权的,该合同有效。"甲与丙之间的买卖合同合法有效,且办理了产权变更登记,所以丙已取得了房屋的所有权,甲之后与丁订立买卖合同属于无权处分行为。故此合同效力待定,C项正确。同时,甲在与丁订立合同时隐瞒了房屋所有权已转移的事实,构成欺诈,合同因欺诈而可撤销,丁撤销合同后可要求甲承担缔约过失责任,故A、D项正确。自始履行不能是指在债务成立之时即不能履行,B项说合同自始履行不能是正确的,因为本题中甲在与丁签订合同之前已将该房屋过户登记在丙的名下,当然属自始履行不能。但自始履行不能并不等同于无效,因为根据《合同法》第52条规定的五种无效合同情形并不包括自始履行不能,《民法通则》第58条亦未规定自始履行不能民事行为为无效。合同自始履行不能,是通过《合同法》对违约责任的规定获得救济的。所以B项是错误的。

93. [答案] AC

[解析] 尽管甲与乙之间的买卖合同合法有效且乙已经取得房屋的占有,但是依照《物权法》第9条的规定,不动产的所有权须登记才能发生转移,所以乙不能取得房屋所有权,丙有权要求乙搬离房屋,故A项正确,B项错误。所谓善意占有,是指占有人不知其无占有的权利的占有;所谓自主占有,是指以所有的意思对物进行占有,因此,乙对房屋的占有为善意、自主占有,故C项正确。乙对占有的房屋,负有与管理自己事务一样的注意义务,但由于房屋是意外焚毁,乙没有过错,善意占有是不承担风险灭失责任的。故不应向丙赔偿因房屋焚毁而造成的损失,故D项错误。

(二)

94. [答案] AC

[解析] 依据《合同法》第51条第1款的规定,选举乙公司董事长帅某为丙公司董事长符合公司

章程的规定，也符合法律规定，故A项正确。《公司法》第52条第4款规定："董事、高级管理人员不得兼任监事。"故任命公司监事、甲公司代表马某为财务总监不符合法律规定，B项错误。公司法并没有对董事长和总经理的任职做出排斥规定，故C项并不违法。《公司法》第38条第1款第(一)项规定，股东会行使下列职权：(1)决定公司的经营方针和投资计划……故公司章程没有约定的情况下，董事会无权决定公司的投资事项，D项不符合法律规定。因此本题答案为A、C项。

95.［答案］B

［解析］收购乙公司的决议根据《公司法》第38条的规定属于股东会的职权范围，而根据《公司法》第47条的相关规定，董事会负责招待股东会的决议。而公司董事会在招待股东会决议时有权根据具体情形决定行使的方式，包括暂停对股东决议的执行，所以暂停支付收购乙公司决定的付款是合法的，因此A项决议合法。

《公司法》第38条第(二)项："选举和更换非由职工代表担任的董事、监事，决定有关董事、监事的报酬事项。"因此该次临时董事会同意甲公司代表秦某辞去丙公司监事职务，改任丙公司董事的决议违反了公司法的规定，此项权利应属股东会，故B表述错误。

而根据《公司法》第47条规定："董事会对股东会负责，行使下列职权：……(九)决定聘任或者解聘公司经理及其报酬事项，并根据经理的提名决定聘任或者解聘公司副经理、财务负责人及其报酬事项；……"故C、D三项决议合法。因此本题的正确答案是B。

96.［答案］无(司法部答案为B)

［解析］依据《公司法》第40条第2款规定："代表1/10以上表决权的股东，1/3以上的董事，监事会或者不设监事会的公司的监事提议召开临时会议的，应当召开临时会议。"本题中秦某以甲公司和丙公司董事名义提议召开公司临时股东会，因秦某为甲公司代表，而甲公司股份占70%，符合代表1/10以上表决权的股东的规定，所以该临时股东会提议程序是合法的，故A项错误。

依据《公司法》第41条第1款规定："有限责任公司设立董事会的，股东会会议由董事会召集，董事长主持；董事长不能履行职务或者不履行职务的，由副董事长主持；副董事长不能履行职务或者不履行职务的，由半数以上董事共同推举一名董事主持。"故秦某与代表甲公司的另一董事决定由秦某主持会议不符合法律规定，D项错误。

依据《公司法》第22条第1款和第2款规定，本题中股东会的主持不符合法律规定，应该属于股东会的程序性瑕疵，而不是决议内容违法，该股东会可撤销，但不是当然无效，B项错误。司法部答案为B，我们认为B项为可撤销决议，而非无效，故本题无正确答案。

有限责任公司股东会的召开，法律并未强行规定所有股东必须参加股东会，会议的召开为合法有效。本题中丙公司根据《投资协议》制定的公司章程规定，股东拒绝参加股东会会议的，不影响股东决议的效力，所以如果临时股东会的提议、召集、主持以及投票决议符合法律的规定，乙公司未参加并不能影响股东会决议的效力，C项错误。

(三)

97.［答案］C

［解析］对于《仲裁法》规定的任意性事项，当事人可以约定排除，而对于法定条件则不得约定。《仲裁法》第29条规定："当事人、法定代理人可以委托律师和其他代理人进行仲裁活动。委托律师和其他代理人进行仲裁活动的，应当向仲裁委员会提交授权委托书。"故A项约定无效。

第51条规定："仲裁庭在作出裁决前，可以先行调解。当事人自愿调解的，仲裁庭应当调解。调解不成的，应当及时作出裁决。调解达成协议的，仲裁庭应当制作调解书或者根据协议的结果制作裁决书。调解书与裁决书具有同等法律效力。"达成协议可以调解书形式结案，否则则不能。因此，B项约定无效。

第54条规定："裁决书应当写明仲裁请求、争议事实、裁决理由、裁决结果、仲裁费用的负担和裁决日期。当事人协议不愿写明争议事实和裁决理由的，可以不写。裁决书由仲裁员签名，加盖仲裁委员会印章。对裁决持不同意见的仲裁员，可以签名，也可以不签名。"故C项约定有效。

第58条规定，当事人提出证据证明裁决有下列情形之一的，可以向仲裁委员会所在地的中级人民法院申请撤销裁决……故申请撤销仲裁裁决是双方当事人的权利，D项约定无效。

注意A、B、D项规定的都是仲裁法赋予当事人的法定权利，法定权利是不能通过约定排除的。

98.［答案］A

［解析］仲裁庭基于当事人的仲裁协议而获得对案件的管辖权，因此仲裁程序中不存在第三人，故B项错误。

红木公司与海塘公司、刘某之间均没有仲裁协议，不可能参加仲裁，D项错误。

《仲裁法》第44条第1款："仲裁庭对专门性问题认为需要鉴定的，可以交由当事人约定的鉴定部门鉴定，也可以由仲裁庭指定的鉴定部门鉴定。"红木公司不具备鉴定资格,因此红木公司不能作为鉴定人参加仲裁,故C项错误。

红木公司提供的材料可以证明是不是真的红木制成,起到了证明作用,因此其可以以证人身份参加该案件诉讼,故本题选A项。

99. [答案] AD

[**解析**]《仲裁法》第58条规定,当事人提出证据证明裁决有下列情形之一的,可以向仲裁委员会所在地的中级人民法院申请撤销裁决。故A项正确,B项错误。

依《民事诉讼法》第213条可知,当事人申请不予执行仲裁裁决只能向申请执行人所提出执行申请的法院提出,故D项正确,C项错误。因此本题答案为A、D。

考生在记忆时可以这样理解,撤销仲裁裁决,由仲裁委员会所在地中级法院管辖较为方便,而裁定不予执行由执行法院管辖更为合适。

100. [答案] AB

[**解析**] 根据《仲裁法》第20条规定,当事人对仲裁协议有异议的,可以请求仲裁委员会作出决定或者请求人民法院作出裁定,一方请求仲裁委员会作出决定,另一方请求法院作出裁定的,由法院作出裁定。本案当事人未就协议效力向法院申请认定,故仲裁委员会有权决定是否继续仲裁,即仲裁协议的效力若没有丧失,则仲裁程序可继续执行;若仲裁协议的效力已经因当事人补充协议而消灭,则仲裁程序应当终结。

仲裁协议的失效,是指一项有效的仲裁协议因特定事由的发生而丧失其原有的法律效力。仲裁协议失效的情形包括:(1)基于仲裁协议,仲裁庭做出的仲裁裁决已被当事人自觉履行或者被法院强制执行,即仲裁协议约定的提交仲裁的争议事项得到最终解决后,该仲裁协议因此而失效;(2)因当事人协议放弃已签订的仲裁协议,而该仲裁协议失效;(3)附期限的仲裁协议因期限届满而失效;(4)基于仲裁协议,仲裁庭做出的仲裁裁决被人民法院裁定撤销或不予执行,该仲裁协议失效。其中第(2)项当事人协议放弃仲裁协议的表现为:①双方当事人通过达成书面协议,明示放弃了原本有效的仲裁协议;②双方当事人通过达成书面协议,变更了纠纷解决方式,如双方当事人一致同意通过诉讼方式解决已达成仲裁协议的纠纷,从而使仲裁协议失效;③双方当事人通过默示行为变更了原有的纠纷解决方式,使仲裁协议失效。

综上可知,本案中的原仲裁协议因《补充协议》约定将纠纷处理方式变更为诉讼而失效。而失效的法律后果是,仲裁委员会裁决驳回仲裁申请,当事人可依《补充协议》向法院提起诉讼。故A、B两项当选。

试卷四讲解

一、(本题16分)

答案详解:

1. 不成立合伙关系,因王某聘请张某属于雇佣关系,王某既未出资,也不承担风险,不符合合伙关系的特征。

合伙关系、雇佣关系

《民法通则》第30条规定:"个人合伙是指两个以上公民按照协议,各自提供资金、实物、技术等,合伙经营、共同劳动。"第31条规定:"合伙人应当对出资数额、盈余分配、债务承担、入伙、退伙、合伙终止等事项,订立书面协议。"而本题中王某请张某负责跟车经营,并商定张某按年终纯收入的5%提成,经营中发生的一切风险责任由王某承担,王某既未出资,又不承担风险,不具备合伙的实质要件,所以二人不构成合伙关系。

2. 不能,因为该住房属于王某夫妻共同财产,未经共有权人其妻的同意进行抵押,该抵押无效。

夫妻共有财产抵押的效力

依据《担保法解释》第54条第2款规定:"共同共有人以其共有财产设定抵押,未经其他共有人的同意,抵押无效。但是,其他共有人知道或者应当知道而未提出异议的视为同意,抵押有效。"对于共同财产的处分,包括转让、出售、设置抵押等,必须经共同所有权人的同意才能进行。本题中,王某未经其妻同意,以自家住房(婚后购买,房产证登记所有人为王某)向乙银行抵押借款30万元,并办理了抵押登记。其登记未经其妻的同意,其抵押行为无效,乙银行不能对王某的住房行使抵押权。

3. 合法,因为丁厂作为承揽人可行使留置权或同时履行抗辩权。

留置权

《合同法》第264条规定:"定作人未向承揽人支付报酬或者材料费等价款的,承揽人对完成的工作成果享有留置权,但当事人另有约定的除外。"本题中,客车因严重受损,被送往丁厂修理,王某与丁修理厂之间形成一种加工承揽合同关系,后王某以事故责任在货车方为由拒付修理费,依《合同法》第264条留置权的规定,承揽人可以依法行使留置权。

依《合同法》第66条规定:"当事人互负债务,没有先后履行顺序的,应当同时履行。一方在对方履行之前有权拒绝其履行要求。一方在对方履行债务不符合约定时,有权拒绝其相应的履行要求。"本题中,双方互负债务,且没有先后履行顺序,符合同时履行抗辩权的条件,修理厂可行使同时履行抗辩权。

4. 应当,因为王某与李某之间成立运输合同关系,王某应承担违约责任或侵权责任,对李某的赔偿实行无过错责任原则。

旅客运输合同

《合同法》第302条第1款规定:"承运人应当对运输过程中旅客的伤亡承担损害赔偿责任,但伤亡是旅客自身健康原因造成的或者承运人证明伤亡是旅客故意、重大过失造成的除外。"本题中,李某所受伤害并非因自身原因造成的,也不是因李某故意或重大过失造成的,而是由客运方发生交通事故造成的,所以承运人应当对李某的死亡承担赔偿责任,该赔偿不以承运人主观有过错为构成要件,属于无过错责任。根据《人身损害赔偿解释》第17条规定:"受害人遭受人身损害,因就医治疗支出的各项费用以及因误工减少的收入,包括医疗费、误工费、护理费、交通费、住宿费、住院伙食补助费、必要的营养费,赔偿义务人应当予以赔偿。受害人因伤致残的,其因增加生活上需要所支出的必要费用以及因丧失劳动能力导致的收入损失,包括残疾赔偿金、残疾辅助器具费、被扶养人生活费,以及因康复护理、继续治疗实际发生的必要的康复费、护理费、后续治疗费,赔偿义务人也应当予以赔偿。受害人死亡的,赔偿义务人除应当根据抢救治疗情况赔偿本条第1款规定的相关费用外,还应当赔偿丧葬费、被扶养人生活费、死亡补偿费以及受害人亲属办理丧葬事宜支出的交通费、住宿费和误工损失等其他合理费用。"可见王某应当对李某的继承人支付赔偿金。

5. 合法,因该客车所有权虽然属于甲公司,但王某支付了大部分价款对该车享有一定的权益,该车属于与案件有关的财物。

诉前财产保全

《民事诉讼法》第92条规定:"人民法院对于可能因当事人一方的行为或者其他原因,使判决不能执行或者难以执行的案件,可以根据对方当事人的申请,作出财产保全的裁定;当事人没有提出申请的,人民法院在必要时也可以裁定采取财产保全措施。"第93

条规定："利害关系人因情况紧急，不立即申请财产保全将会使其合法权益受到难以弥补的损害的，可以在起诉前向人民法院申请采取财产保全措施。申请人应当提供担保，不提供担保的，驳回申请。人民法院接受申请后，必须在48小时内作出裁定；裁定采取财产保全措施的，应当立即开始执行。申请人在人民法院采取保全措施后15日内不起诉的，人民法院应当解除财产保全。"第94条规定："财产保全限于请求的范围，或者与本案有关的财物。财产保全采取查封、扣押、冻结或者法律规定的其他方法。人民法院冻结财产后，应当立即通知被冻结财产的人。财产已被查封、冻结的，不得重复查封、冻结。"

本题中，如果不对客车采取保全措施，则可能使判决无法执行，符合上述条件，所以当事人申请财产保全，符合法律规定，法院对客车采取财产保全措施合法。

6. 唐某应当承担刑事责任，因唐某违章驾驶，造成1人死亡的严重后果，构成交通肇事罪。

交通肇事罪

唐某的行为已经符合交通肇事罪的构成，应当追究其刑事责任。

二、(本题20分)

答案详解：

1. 有效。甲公司以未取得所有权之楼房出资仅导致甲公司承担出资不实的法律责任，不影响丁公司设立的效力。

公司的设立

《公司法》第28条规定："股东应当按期足额缴纳公司章程中规定的各自所认缴的出资额。股东以货币出资的，应当将货币出资足额存入有限责任公司在银行开设的账户；以非货币财产出资的，应当依法办理其财产权的转移手续。股东不按照前款规定缴纳出资的，除应当向公司足额缴纳外，还应当向已按期足额缴纳出资的股东承担违约责任。"本题中，甲出资不实，并不导致丁公司不成立。甲公司应承担出资不实的违约责任。

2. 不合法。丙公司的行为实为抽逃公司资金。

资本不变原则

依据《公司法》第36条规定："公司成立后，股东不得抽逃出资。"第201条规定："公司的发起人、股东在公司成立后，抽逃其出资的，由公司登记机关责令改正，处以所抽逃出资金额5%以上15%以下的罚款。"公司一经成立，股东要收回出资，除通过法定的减资程序来注销股份或终止公司；用清算的方式收回出资外，只能通过转让出资的方式实现。本题中，丙公司作为发起人，待公司成立后，又通过虚假协议撤回出资，违反了上述《公司法》的规定。

3. 无效。该担保事项应由无关联关系的股东表决决定。

公司对外担保的决议程序

依据《公司法》第16条规定，本题中，甲公司作为丁公司的发起人，与丁公司之间有关联关系，所以丁公司为其股东甲公司提供担保的，须经无关联关系的股东表决决定。

4. 陈某的申报构成破产债权。丁公司对汇票的保证有效；大满公司实为拒绝承兑，陈某对丁公司享有票据追索权。贾某的申报不构成破产债权。贾某的200万元是对丁公司的出资，公司股东不得以出资款向公司主张债权。

破产债权

依据《票据法》第48条规定："保证不得附有条件；附有条件的，不影响对汇票的保证责任。"担保可以附条件，此时担保仍然有效，丁公司在汇票上签注："同意担保，但A楼房应过户到本公司。"丁公司的担保就是有效的。而《票据法》第43条规定："付款人承兑汇票，不得附有条件；承兑附有条件的，视为拒绝承兑。"承兑必须是无条件的，附条件的承兑视为拒绝承兑，本题中，陈某向大满公司提示承兑该汇票时，大满公司在汇票上批注："承兑，到期丁公司不垮则付款。"其附条件的承兑则视为拒绝承兑。在承兑人拒绝承兑后，持票人对出票人或保证人有票据追索权，陈某作为持票人，在保证人丁公司破产时，可以申报破产债权。而贾某作为丁公司的股东，其出资不能作为债权申报，只能在破产清算后，如果仍然有剩余破产财产，则按出资比例在股东之间进行分配。

5. B银行申报破产债权的申请应当支持，但无权优先受偿。丁公司与B银行签订的担保合同有效，故B银行破产债权成立；但该担保是保证担保，B银行不享有担保物权，无权优先受偿。乙公司的请求应当支持。乙公司仍是A楼房的产权人，故其可依法收回该楼房。

取回权

依本题第3问分析，该担保决议无效，但公司内部行为不得对抗善意第三人B银行，因此B银行可向丁公司主张担保责任，但由于保证不是担保物权，只有担保物权人才可行使别除权，故B银行因不享有别除权而无权优先受偿。

依据《企业破产法》第38条规定："人民法院受理破产申请后，债务人占有的不属于债务人的财产，该财产的权利人可以通过管理人取回。但是，本法另有规定的除外。"本题中丁公司虽占有该楼房，但由于并未登记过户。该楼房的所有权人仍然是乙公司，所以乙公司可以依法行使取回权收回该楼房。

6. 债权人可以向甲公司、丙公司和某会计师事务所追索。甲公司虚假出资，丙公司非法抽逃资金，应对债权人承担连带责任；某会计师事务所明知丁公司设立时甲公司出资不实，仍予验资，应在其虚假验资的范围内承担责任。

中介机构的验资责任

依据《公司法》第20条第3款规定："公司股东滥用公司法人独立地位和股东有限责任，逃避债务，严重损害公司债权人利益，应当对公司债务承担连带责任。"第208条第3款规定："承担资产评估、验资或者验证的机构因其出具的评估结果、验资或者验证证明不实，给公司债权人造成损失的，除能够证明自己没有过错的外，在其评估或者证明不实的金额范围内承担赔偿责任。"

本题中，甲公司和丙公司作为丁公司的股东，在丁公司成立后，为使丙公司撤回其出资，制造虚假协议，滥用股东有限责任和公司法人独立地位，以逃避债务，严重损害公司债权人利益，应当对公司债务承担连带责任，某会计师事务所将未过户的A楼房作为甲公司对丁公司的出资予以验资，欺骗公司登记主管部门，使丁公司得以成立，给公司债权人造成损失，又不能证明自己没有过错，也应对债权人承担责任。

三、(本题18分)

答案详解：

1. 可以。适用民事诉讼法关于先予执行的规定。

先予执行

《民事诉讼法》第97条规定："人民法院对下列案件，根据当事人的申请，可以裁定先予执行：(一)追索赡养费、扶养费、抚育费、抚恤金、医疗费用的；(二)追索劳动报酬的；(三)因情况紧急需要先予执行的。"第98条规定："人民法院裁定先予执行的，应当符合下列条件：(一)当事人之间权利义务关系明确，不先予执行将严重影响申请人的生活或者生产经营的；(二)被申请人有履行能力。人民法院可以责令申请人提供担保，申请人不提供担保的，驳回申请。申请人败诉的，应当赔偿被申请人因先予执行遭受的财产损失。"本题中，因涉案小说损害了原告的名誉权，发表该小说的杂志若继续发行，将扩大损害范围，造成更大的不利影响，符合上述法律规定，原告可以申请先予执行。

2. 不可以。当事人在诉讼中未提出的请求，诉讼结束后又基于同一事实另行起诉的，法院不予受理。

一事不再理原则

最高人民法院《关于确定民事侵权精神损害赔偿责任若干问题的解释》第6条规定："当事人在侵权诉讼中没有提出赔偿精神损害的诉讼请求，诉讼终结后又基于同一侵权事实另行起诉请求赔偿精神损害的，人民法院不予受理。"上述法律体现的是一事不再理原则。本题中，诉讼标的只有一个，但诉讼请求可能有多个。一旦法院作出生效判决，该诉讼标的就不得再争议，也就是说当事人不得基于同一事实与理由另行提出在前一诉讼中未请求的事项。所以林乙诉讼结束后，又基于同一事实再次提起诉讼要求老方赔偿精神损失的，人民法院不予支持。

3. 不应当追加被告，法院应根据原告的起诉确定被告，对于经告知原告仍然明确只起诉部分被告人的，法院应予准许；林乙作为继承人有权承担林甲的诉讼权利义务，法院变更为原告是正确的；林乙有权对诉讼请求进行变更，法院应予准许。

当事人的变更与追加、诉讼请求的变更、处分原则

最高人民法院《关于审理名誉权案件若干问题的解答》第六问的解答规定："因新闻报道或其他作品发生的名誉权纠纷，应根据原告的起诉确定被告。只诉作者的，列作者为被告；只诉新闻出版单位的，列新闻出版单位为被告；对作者和新闻出版单位都提起诉讼的，将作者和新闻出版单位均列为被告，但作者与新闻出版单位为隶属关系，作品系作者履行职务所形成的，只列单位为被告。"在民事诉讼中只有必要共同诉讼才存在追加共同诉讼人的问题。但本案并不是真正意义上的必要共同诉讼，只不过是老方与杂志社承担连带责任而已。因此，根据上述规定，法院不应追加被告。在诉讼中，林甲死亡，其诉讼地位应当由当事人的权利义务承受人承担。根据《民诉意见》第44条的相关规定，自然人死亡的，法院应当变更其继承人为当事人，所以一审法院变更林乙为原告是正确的。根据《民事诉讼法》第13条、第50条的规定，当事人可以处分自己的实体权利、增加变更诉讼请求，所以法院准许林乙将请求数额变更为3万元是正确的。

4. 一审判决认为镇党委的档案材料不能作为证据是不正确的，该证据具有真实性、合法性和关联性，可以作为证据；一审判决消除影响超出了起诉请求，是错误的；一审判决遗漏了赔礼道歉的起诉请求，是错误的。

证据资格、一审判决的作出

法院在认定证据时应根据法律规定，符合法律要求的证据就应予以认定，法律对证据形式的要求就是具有真实性、合法性、关联性。本案中，镇党委的档案

材料符合上述三性的要求，理应依法予以认定。

法院是消极的、被动的，遵循不告不理的原则，表现在判决方面就是：针对原告的诉讼请求进行依法判决，不能超出原告的请求而不告而判，同样也不能对原告的诉讼请求置之不理，无论支持与否，法院只能就原告的诉请进行依法判决。因此超过或遗漏原告的诉讼请求都是错误的。

5. 二审应将林乙、老方和杂志社都确定为上诉人。直接发回重审欠妥，可以就赔礼道歉的起诉请求一并调解，调解不成的才应当发回重审。

二审当事人的诉讼地位的确定、二审裁决的适用

依《民诉意见》第176条规定："双方当事人和第三人都提出上诉的，均为上诉人。"第182条规定："对当事人在一审中已经提出的诉讼请求，原审人民法院未作审理、判决的，第二审人民法院可以根据当事人自愿的原则进行调解，调解不成的，发回重审。"本题中，林乙、老方、杂志社均上诉，根据上述规定，均应作为上诉人对待。原告在起诉时已经诉请赔礼道歉，但一审法院对此诉请未予处理，对此，二审法院不应直接发回，而应本着便民与效率的原则，先行调解，调解不成的，予以发回重审。

6. 可以责令支付迟延履行金；可以罚款、拘留；可以采取公告、登报等方式，公布判决主要内容，费用由被执行人负担。

执行措施

《民事诉讼法》第102条第1款第（六）项规定："诉讼参与人或者其他人有下列行为之一的，人民法院可以根据情节轻重予以罚款、拘留；构成犯罪的，依法追究刑事责任：……（六）拒不履行人民法院已经发生法律效力的判决、裁定的。"第229条规定："被执行人未按判决、裁定和其他法律文书指定的期间履行给付金钱义务的，应当加倍支付迟延履行期间的债务利息。被执行人未按判决、裁定和其他法律文书指定的期间履行其他义务的，应当支付迟延履行金。"赔礼道歉是一种发生了法律效力的民事判决、裁定，义务人不履行则人民法院强制执行，如果采取支付迟延履行金、公告、登报等方式被执行人仍不履行，就根据《民事诉讼法》第102条相关规定，对义务人实施罚款、拘留，迫使其履行。同时根据最高人民法院《关于审理名誉权案件若干问题的解答》第11条的规定，采取公告、登报等方式的费用由被执行人负担。

四、（本题26分）

答案详解：

（1）甲开走他人面包车的行为构成盗窃罪。

盗窃罪与侵占罪的区分

即使面包车没有锁，但根据社会的一般观念，该车属于他人占有的财物，而非遗忘物。依据为《刑法》第264条规定，甲构成盗窃罪。

（2）甲对乙的行为应直接认定为抢劫罪，而且属于抢劫罪的结果加重犯。

抢劫罪的法定加重情节

依据《刑法》第263条规定："以暴力、胁迫或者其他方法抢劫公私财物的，……有下列情形之一的，处10年以上有期徒刑、无期徒刑或者死刑，并处罚金或者没收财产：……（五）抢劫致人重伤、死亡的；……"本题中，甲对乙的行为构成抢劫罪，甲虽然开始打算实施抢夺，但在乙抓住车门不放时，甲加速行驶的行为已经属于暴力行为，因而不是转化型抢劫，而应直接认定为抢劫罪，而且抢劫造成乙重伤，属于抢劫罪的结果加重犯。

（3）甲对男生的行为构成拐骗儿童罪而不构成拐卖儿童罪。

拐卖儿童罪与拐骗儿童罪的区分

依据《刑法》第262条规定："拐骗不满14周岁的未成年人，脱离家庭或者监护人的，处5年以下有期徒刑或者拘役。"依据《刑法》第240条规定："拐卖妇女、儿童的，处5年以上10年以下有期徒刑，并处罚金；有下列情形之一的，处10年以上有期徒刑或者无期徒刑，并处罚金或者没收财产；情节特别严重的，处死刑，并处没收财产……"表面上看甲以儿童换取了商品，但这种行为并非属于出卖儿童，商店老板也没有收买儿童的意思。所以甲对男生的行为构成拐骗儿童罪，而不构成拐卖儿童罪。

（4）甲对商店老板的行为构成诈骗罪。

诈骗罪的认定

依据《刑法》第266条规定："诈骗公私财物，数额较大的，……"本题中，甲采取虚构事实，隐瞒真相的手段，骗得商店老板的5000余元财物，其行为构成诈骗罪。

（5）丙、丁对甲刑讯逼供的行为构成刑讯逼供罪。

刑讯逼供罪的认定

依据《刑法》第247条第1款规定："司法工作人员对犯罪嫌疑人、被告人实行刑讯逼供或者使用暴力逼取证人证言的，处3年以下有期徒刑或者拘役。"故丙、丁构成刑讯逼供罪。

（6）拐骗儿童罪、诈骗罪只有口供，没有其他证据证明，因而不能成立。

《刑事诉讼法》中的证据的认定，非法证据排除规则

依据《刑事诉讼法》第46条规定："对一切案件的判处都要重证据，重调查研究，不轻信口供。只有被

告人供述,没有其他证据的,不能认定被告人有罪和处以刑罚;没有被告人供述,证据充分确实的,可以认定被告人有罪和处以刑罚。”根据最高人民法院、最高人民检察院的有关司法解释关于非法证据排除规则的规定,虽然甲翻供,但对于甲盗窃面包车、抢劫乙的巨额财物的犯罪行为已有充分确实的证据,仍可认定,但拐骗儿童罪、诈骗罪只有口供,没有其他证据证明,因而不能成立。

(7)因拐骗儿童罪、诈骗罪不能认定,甲的特别自首也不成立。

自首与特别自首的成立

依据《刑法》第67条第2款规定:“被采取强制措施的犯罪嫌疑人,被告人和正在服刑的罪犯,如实供述司法机关还未掌握的本人其他罪行的,以自首论。”自首先要以犯罪成立为前提,主动交代的是自己的罪行,因拐骗儿童罪、诈骗罪不能认定,甲的特别自首也不成立。

五、(本题35分)

答案详解:

信赖保护原则、行政正当程序原则、依法治国、公平正义

本案中政府的行为存在明显的不当之处:

首先,市政府的行政行为违反了行政法上的行政信赖利益保护原则。所谓行政信赖利益保护,是指基于政府的权威性、公益性与专业性,应当保护公民对政府所为行政行为的合理依赖,政府的行为一经作出不得轻易变更或撤销。本题中,市政府已经批准了该污水处理项目,但两年多以后却在项目的实施过程中擅自对其进行撤销,侵害了港方和合作公司对市政府该批准行为的信赖,违反了行政信赖利益保护原则。

其次,市政府的行为违反了行政法上的正当程序原则。所谓正当程序原则,是指政府的一切行政行为必须严格遵循法律规定的程序,不得违反法定的程序要求。本题中,市政府在作出对投资方不利的行政决定前没有听取港方和合作公司的陈述和申辩,在行政决定作出后也没有履行其通知义务,告知港方和合作公司作出决定的事实和寻求救济的途径,违反了正当程序原则,损害了港方和投资者的程序权利。

上述事件也启示我们必须坚决贯彻依法治国的治国方略,坚持公平正义的法治理念。依法治国是实现公平正义的前提和基础,只有坚持依法治国,才能实现社会的公平正义。依法治国最重要的内容或者说其核心就是行政法治,因为政府作为行政管理职能的具体实现者,其行为涉及众多相对人的具体利益,影响很大。在当前行政法治水平不是很高的情况下,加强行政法治坚持依法行政更是一项紧迫的时代要求。坚持行政法治,其最终目标是实现社会的公平正义。政府的依法行政,能够促进社会公平正义理念的形成,同时社会公众树立了公平正义的法治理念,又会进一步促使政府依法行政,促进依法治国方略的贯彻实施。由此可见,坚持依法治国与确立公平正义的法治理念二者之间是一种相互促进,相辅相成的关系。

六、(本题35分)

法律渊源与法学方法论

(1)该条与罪刑法定原则的基本区别在于:第一,该条主要适用于私法领域,而罪刑法定原则主要适用于公法领域。私法领域调整平等主体之间的关系,而公法领域主要调整不平等主体的关系。第二,该条对于法官裁判赋予了很大的自由裁量空间,明确规定有法律的规定情况和无法律规定的情况,法官可以区别对待,援用不同的法律渊源;罪刑法定原则对于法官裁判来说具有很强的拘束性,法官不得擅自增加罪名(规范),禁止类推,必须严格按照法律的明确规定来裁判,这也是私法与公法区别的一个延伸。第三,该条肯定了法外因素可以作为法官裁判的依据,比如习惯和一般法理,但罪刑法定原则强调法外因素不能进入到刑事裁判上,法官必须严格按照立法者明文确立的法律规范来裁判。二者的共同理论基础在于都是对人权的有力维护。从该条来看,成文法律有其局限性,为了保护人权,维持正义,很多时候需要法官突破成文法律的封闭体系,援用具有正义因素的习惯与法理来裁判,以便在个案中更好地维护人权;罪刑法定原则强调对人权的保护,只有立法者明确确定的罪名才能得到刑法的规范,其他习惯、舆论、情感、法理等都不能作为惩罚的依据。不同的理论基础在于,该条还强调法官的解释性工作的重要性,以及法律思维的本质在于价值判断。

(2)法律渊源就是法官裁判时的裁判依据。它构成了法律推理的大前提的来源。本条中的法律、习惯、法理都是正式的法律渊源,也就是法官可以名正言顺地依据以上三个要素来进行法律裁判,从以上要素中得出的法律结论是符合法律规定的。但是,以上三个渊源并非在效力上没有先后与高低。法律是最重要的法律渊源,这是因为法律由于其立法的明确性与具体性,同时由于立法过程的民主性与确定性,能够充分体现民意和科学精神,同时也反映了国家意志。从权力区分的角度来说,法律是法官首先要遵守的法律渊源,所以凡是有法律的时候都要依照法律。习惯虽然没有成文法律那般明确与具体,但习惯是一个民族国家社会生活的真实记载,具有很强的现实约束力,所以在没有法律的时候可以起到补充法律漏洞

与不足的重要作用，也应该成为一个法律的渊源；但由于习惯并不能对抗正式的国家成文法律，所以在有法律的时候习惯不能够适用。法理是一个国家的法学家关于什么是公平和正义在具体语境中的说明，法理具有很强的论证力和说服力。

(3)该条在法律解释上的最大作用在于如果成文法律无法通过解释而获得明确答案，可以运用法律解释的方法将习惯和法理融入到法律之中来，作为裁判的依据。但这里要注意的条件是，习惯和法理不是在什么时候都能够自动地进入到裁判之中来，它的约束性条件在于：第一，根据该条，只有在现行法律完全没有办法通过法律解释或推理而获得的情况下才能援用习惯和法理；第二，即便是援用习惯和法理，也需要运用法律解释与法律推理及法律思维的基本方法，对它们进行论证与说明，使得它们与整体的实在法律秩序相吻合。

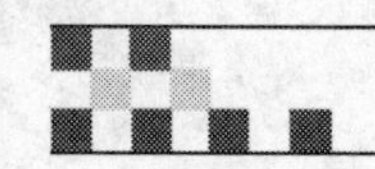
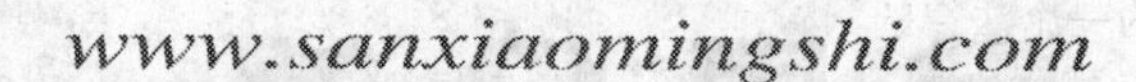

我们的品牌：

三校名师成立于1992年，专注中国司法考试培训，助力中国法律职业教育进程。

历经十九载，三校名师的教学水平始终位于业界领先地位，构建了全方位、深层次、高效率的司法考试教育培训体系。

培训总人数达38万人左右，通过学员接近30万人，遍布全国法律职业第一线，深得社会各界好评及学员信任，堪称“中国司法考试头等舱”。

2009年，三校名师教育集团正式成立，进一步扩大了师资力量，优化了教学模式。通过面授、投影、网授、函授四条立体化教学通道，在全国范围内为学员提供高端课程及优质服务。

三校名师教学科研团队

民法	李仁玉	于飞	王利	钟秀勇	梁清源	夏凌云	杜江涌	张瑛琦
民诉	杨秀清	侍东波	房保国	卜开明	瑞丰	宋建伟		
刑法	阮齐林	刘凤科	柏浪涛	杨艳霞	姚贝	常雪峰	孟丹丹	
行政	张锋	吴鹏	王旭	徐金桂	李佳	何超	李连宇	
刑诉	刘玫	杨雄	刘计划	宋桂兰	郭峰	左宁	卢少峰	郑素洁
商经	鄢梦萱	司艳丽	汪华亮	刘安	李晗	郑佳宁	范世乾	许冰红
三国	杨帆	李毅	祁欢	李文沛	殷敏	刘静		
小法	焦宏昌	赵晓耕	孙文恺	李红勃	叶晓川	张龙	徐彪	

2011年三校名师图书资料导览

必备教材

《名师专题通讲》 189元

《必读法条与真题演练》 139元

《历年考题解读》 89元

必备资料（按课程进度分期出版）

《内部讲义》（配合8学科授课，由授课老师编写）

《名师专题通讲同步测试》（对应教材，同步练习）

《模拟试题》（3套试卷，分为基础、强化、冲刺阶段）

教辅图书

《全真自测考场》 59元

《主观考题破译》 29元

《考前冲刺600分》 71元

《三校AB卷》 60元

全国分校

面授分校

北　京　010-82098598/99
上　海　021-60941208/09/63178160
杭　州　0571-56021363/88162010
南　京　025-86050787/89
广　州　020-34081738/34083738
重　庆　023-65005491
天　津　022-89881660
石家庄　0311-89806828/29
长　沙　0731-82831000/13974985659

远程分校

东北地区

黑龙江　哈尔滨 0451-51833322/18946053322
　　　　鸡西 0467-2317337/15304875666
　　　　佳木斯 13664543246
辽　宁　沈阳 024-31979515　大连 15942605878
　　　　葫芦岛 15142946669
　　　　本溪 0414-5805333/13614949333/15941432703
　　　　锦州 0416-3125118/15566693111
　　　　鞍山 13898078045　朝阳 15104213516
吉　林　长春 0431-81159786/13596108981
　　　　吉林 0432-66696100/15124310496

华北地区

京郊投影教学点　81910271/62219513
天　津　天津 022-89881660
山　西　太原 13623456731　大同 13834450296
　　　　临汾 0359-3500678/13111242323
　　　　运城 0359-3500678/13111242323
　　　　阳泉 13663537433　晋城 15296668588
　　　　长治 15803464774
　　　　吕梁 13593384009/0358-8884401
　　　　晋中 13485320745
内蒙古　包头 13847282816　赤峰 13500660243
　　　　呼和浩特 0471-5298180/18647136139
　　　　通辽 13904752054
河　北　石家庄 0311-89806828/29
　　　　保定 0312-8634889　廊坊 13810688361
　　　　衡水 15003188339

华东地区

安　徽　合肥 15155909083/13675608859
　　　　六安 15856401389
福　建　福州 0591-83721779/13950322170/13305927910
　　　　漳州 0596-2023400
　　　　南平 0599-8831948/18950601968
　　　　厦门 0592-5161731
江　苏　南京 025-86050787/89
　　　　苏州 0512-65165567/13861323357
　　　　无锡 0510-82819966/13801513299
　　　　南通 0513-85858639　宿迁 18951455072
　　　　常州 13776818921
　　　　徐州 0516-82667942/13645212882
浙　江　湖州 0572-7815892　宁波 15934231024
　　　　台州 18957688112
江　西　南昌 13767026663
山　东　济南 0531-87770766　青岛 0532-85026875
　　　　临沂 0539-2021648/13385491118
　　　　潍坊 0536-2981809/13805361181
　　　　济宁 13863726328　聊城 13506356859
　　　　泰安 0538-8246368/13615488206

华中地区

河　南　郑州 13663834893
　　　　濮阳 0393-6668800/13939324168
　　　　安阳 13700728001
　　　　新乡 13782588073/15893822338
　　　　洛阳 15937973569
湖　北　武汉 027-87103823/13971284098
　　　　襄樊 13476330588/13507284876
　　　　宜昌/荆州 13872593512/15335728199
湖　南　长沙 0731-82831000/13974985659
　　　　衡阳 13607341868
　　　　郴州 13517354385

华南地区

广　西　南宁 0771-2042546/13737943511
广　东　东莞 0769-22236465　惠州 18902659569
　　　　珠海 15976957202
海　南　三亚 0898-88386735/13278914685

西南地区

重　庆　重庆 023-65005491
四　川　南充 0817-2568332/0717-2568332/13990764939
　　　　泸州 13989121890
云　南　昆明 0871-4113739/15912124649
贵　州　贵阳 13885180968

西北地区

新　疆　乌鲁木齐 0991-4532751
　　　　阿克苏 0997-2782298/13899289656
　　　　昌吉 13899696566　哈密 13899365699
陕　西　西安 13659186501/13359281126
　　　　榆林 0912-3893051/18909120986
宁　夏　银川 13995219521
甘　肃　兰州 15117193066
青　海　西宁 18601020103

北京总部独家开设 2011

三校名师隆重推出非常辅导系列

不同之处，在于为你设计

非常辅导8+1

1个专员带领8个专家为1名考生服务！

第一步：随报随学——独创的个性化学习革命“量体裁衣”
第二步：诊断教学——独特的诊断式教学计划“对症下药”
第三步：特色专服——独到的专员化辅导团队“贴心服务”
第四步：即时答疑——独享的多途径即问即答“排忧解惑”
第五步：专用教材——独门的专人专用资料“有的放矢”
第六步：黄金题库——独具的多年经典试题“查缺补漏”
第七步：经典速递——独家的通关制胜法宝“信息穿梭”
第八步：保过协议——独有的当年不过全额退费“一诺千金”

限额招生：我们的共同目标是一样的，高质量高通过，所以只能够接收一部分人（限额50），先报先学名额实在有限！
诊断收费：为每位考生量体裁衣，定制个性化辅导方案。根据考生实际情况核算确定支付费用。
学费范围：25600元—59600元
开课时间：报名即刻授课辅导。独创重点、难点、必考点知识专题模块，新旧衔接，循环补漏

争先一秒　争多百分　尊贵独享　非诚勿扰

非常辅导之超级旗舰班

专属教材配发　专人辅导一对一　随报随学

课时：840课时　学费：3980元

各部门法学科带头人授课，导师责任制，资深辅导专家亲任班主任，一对一“家教式”为您排忧解惑，考前三小时信息速递，赠送“走向金牌律师的阶梯——法律实务教程”。注重基础性教学，边学边问，管家式跟踪辅导，缔造全方位教学之巅！

非常辅导之特色点睛

被誉为“传奇”的我们，将续写2010年的神话！

时间：6月开始　收费：2970元
方式：期刊；邮件；短信

浪里淘金：300必考法条有的放矢　送您100分
凝缩精华：32位专家倾情奉献　送您100分
囊中取物：16位命题人出题题眼　送您100分
一锤定音：精准信息，绝对价值　送您100分

2010年命中***379***分

联系我们：
地址：北京市海淀区北三环西路11号（蓟门桥西北京大学生体育馆）高德写字楼
电话：400-882-2299（咨询）010-82098596（专服）　邮编：100191
邮箱：feichangfudao@126.com　QQ：1437856250（专服）　QQ：347402166
网址：http:www.sanxiaofudao.com（专服中心）

广州三校名师2011年招生简章

广州三校名师是北京三校名师直属华南教学基地的总部，是三校名师全国最核心的教学基地之一。三校名师华南教学基地广州分校是你参加司法考试培训最理想、最明智的选择。

2004年，三校名师进入广州，成立广州三校，把三校名师优质的培训课程与专业服务带到华南考生面前，使广大学员在家门口也可以上最好的司考培训课程，8年来，学校始终秉承着“通过就是硬道理”的办学理念和“一切为学员服务”的办学宗旨，已累计培训司法考试学员9000余人次，通过率连续居广东省同类培训机构首位。

多年来广州三校名师与广东省高院、广东省检察院保持良好合作，并取得极其优异成绩。2010年各项工作取得圆满成功，获得学员广泛好评， 2011年广州三校名师将延承骄人的战绩、专业负责的教学理念，用心的教学服务，为广大考生带来更多、更好的司考培训课程。

2011年广州三校名师司法考试培训教学计划

班次		开课日期	课时	学费	班级特点
周末班系列（周六日面授）	大法精讲班	3.20–4.17	72课时	1280元	重点部门法必考知识精讲。
	系统强化班	4.23–6.26	160课时	2980元	全面系统梳理各部门法知识体系，构建强化系统理论，独家部门法单元测试。赠送400元的书籍及内部资料。
	考点精讲班	7.02–8.14	112课时	2880元	综合性知识点及法律条文的串讲，达到由理论到应试的飞跃。赠送价值400元的辅导书籍及内部资料。
	周末长训班	4.23–8.14	272课时	5580元	长课时，分学科、分阶段全程系统讲授知识体系与应试要点，各科配精编习题。赠送价值800元的辅导书籍及内部资料。
	高分卷四班	8.20–8.21	16课时	980元	直击案例、论述必考要点。赠送100元的内部资料。
	全程班	3.20–9.05	424课时	9680元	大法精讲+周末长训+高分论述+模考测评+特训班，全程跟踪辅导，诊断式学习，保证高通过率。不过重读周末长训班。
	周末协议班	3.20–9.05	424课时	17800元	全程系统精讲，全名师授课，一对一专业辅导，诊断式学习，保证极高通过率。不过关退还所有学费（除资料费3000元）。
航天系列（全日制面授）	集训班	5.10–9.05	119天	15800元	教学内容系统、全面、精确、深入，全名师授课，全专业辅导，长时间大容量集中授课。追求80%以上的通过率。赠送价值3000元的辅导书籍及内部资料，签协议不过第二年免费重读！赠送三校高含金量、最高实效的冲刺“特训班”。
	协议保过班	5.08–9.05	121天	22800元	该班在历年中连创佳绩，凡是认真复习、保证考勤的学员全部通过。不过退还除资料费外的所有学费（资料费5000元）。
精品系列（全日制面授）	精品旗舰班	6.25–8.26	63天	6800元	两阶段系统讲解、循环教学、查缺补漏。学员用两个月的时间进行集训，三校名师的精品旗舰班通过率在业内一直遥遥领先，因为其有着先天经典的优势。赠送价值2000元的书籍及内部资料。
	系统强化班	5.10–6.23	45天	4680元	全面系统梳理各部门法知识体系，构建强化系统理论，独家部门法单元测试。赠送400元的书籍及内部资料。
	精品短训班	8.02–8.26	25天	3680元	精讲各部门法高频考点、重点法条、新增考试内容，让学员从宏观全面的复习阶段进入到高度针对性的备考。赠送价值500元的辅导书籍及内部资料。
	精品特训班	8.06–9.05	31天	5600元	在短期内对“重点、难点、疑点、热点、考点”进行系统讲解后，再进入直接命中率全国第一的冲刺特训阶段，通过司考不再难！赠送价值1000元的书籍及内部资料。
	精品突破班	7.08–9.05	60天	8380元	经过两个月的集中训练，学员对于司法考试的知识点、常考法条、答题技巧、解体思路方法等都已经全面掌握了。并赠送三校高含金量、最高实效的冲刺“特训班”。赠送价值1500元的辅导书籍及内部资料。
大学生系列（全日制面授）	大学精英班	7.10–8.28	50天	6580元	为所有在校大学生专设！个性化教学，全面弥补法学教育与司法考试实务之间的距离。三校名师为帮助广大学子顺利轻松通过司法考试，仅在华南地区推出百万助学计划，在校大学生凭学生证报名可参与爱心1+1的爱心传递活动：一人报名两人就读，保证全名师授课。赠送价值1500元的辅导书籍及内部资料。
	大三保过班	7.08–9.05	60天	8800元	教学课程为大三学生量身定做的高效、高分、高通过率的高端班次，五大保障保过关。独家全程个性化跟踪教学，一对一辅导，名师、名题与优质高效课程保障。赠送价值2000元的辅导书籍及内部资料。赠送三校最高实效冲刺特训班！不过关第二年免费重读本班，赠送住宿费（不含冲刺特训阶段住宿费）。
	大三突破班	8.06–9.05	31天	4380元	短期高效提高大学生对司法考试命题角度的敏感性和把握度，赠送特训班！赠送800元的书籍及内部资料。
冲刺特训班（特训班）		考前两周	8天	3280元	特训班，全大腕名师面授！各部门法学科带头人考前独家授课，引进历年命题专家的学术成果，是三校名师多年来被考生及业界追捧并交口称赞的高质、高效、高分的考前信息传递班次！十九年铸就经典，2011必将再现辉煌！课堂发放业界经典的特A、特B、特刊。

地　　址：1. 广州市越秀区连新路171号广东科学馆东楼101（地铁2号线，纪念堂站C出口即到）

2. 广州市海珠区新港中路艺影街11号丽影广场C区（会展时代写字楼）18楼1803室

服务热线：020-34081738、020-34083738、020-83541001　　网址：http://guangzhou.sanxiaomingshi.com

2011年上海三校名师司法考试培训教学计划

班次		开课日期	课时	学费	5.1前优惠	备注
周末系列	重点学科班	3.26-4.17	48课时	1280元	——	深入学习重点学科，形成知识体系框架；送200元书籍资料
	理论强化班	4.23-6.12	136课时	2880元	——	独家体系，构建各部门法系统理论体系；送400元书籍资料
	综合串讲班	6.25-8.14	128课时	2780元	100元	理论和法条综合讲述，实现理论到实践的飞跃；送400元资料
	高分卷四班	8.20-8.21	16课时	580元	100元	直击案例、论述必考要点；送100元书籍资料
	周末长训班	4.23-8.21	272课时	5380元	——	分学科分阶段系统讲解知识体系与应试要点。送800元资料
	周末全程班	3.26-9.4	368课时	6880元	300元	分阶段从入门到综合应试，含考前冲刺。送1200元书籍资料
	周末保过班	3.26-9.4	368课时	8380元	——	不不过关，2012年可免学费重读本班；送1200元书籍资料
航天系列	航天集训班	5.15-9.5	114天	15800元	900元	教学内容系统、全面、精确、深入；送航天班住宿费，并赠送三校名师高含金量、最高时效的冲刺"特训班"，追求80%以上的通过率。签协议不过第二年免费重读！送3000元资料
	集训班	5.15-8.27	105天	9800元	500元	全面、系统、深入分科分阶段学习，从基础到综合全面应考；送2700元书籍资料
	VIP保过班	5.15-9.5	114天	29800元	——	顶级班次、签协议不过关可无限期重读本班，或连续两年不过关退还学费
	协议保过班	5.15-9.5	114天	23800元	——	该班次在历年中连创佳绩，签协议不过关退还学费
精品系列	精品短训班	7.28-8.27	31天	3280元	180元	系统精讲高频考点、重点法条、新增考点、从全面复习阶段进入到高度针对性备考阶段；送800元书籍资料
	精品特训班	7.28-9.5	40天	4380元	200元	短期内对"重点、难点、疑点、热点、考点"进行系统讲解后，进入到最高含金量、最高时效的特训班。送1000元书籍资料
	超级旗舰班	6.19-9.5	79天	8800元	400元	完整剖析司法考试各学科的理论，全面提高应试解题能力。赠送三校名师最高含金量、最高时效的特训班；送2300元书籍资料
	精品旗舰班	6.19-8.27	70天	6800元	300元	全程系统讲解、循环教学、查缺补漏。赠送价值2000元的辅导书籍和内部资料。
	精品突破班	7.9-9.5	59天	7800元	300元	系统深入学习，全面掌握各知识点、常考法条、答题技巧、解体思路方法；并赠送最高含金量、最高实效的特训班。送1500元书籍资料
大学生系列	大学生精英班	7.9-8.27	50天	5580元	400元	为在校大三大四学生专设！个性化教学，全面弥补法学教育与司考考试实物之间的距离；送1200元书籍资料
	大三保过班	7.9-9.5	59天	8800元	——	为大三学生量身定做。签协议不过第二年免学费重读本班。赠送最高含金量、最高时效的特训班；送2000元书籍资料
	大三突破班	8.7-9.5	32天	3980元	200元	短期高效提高大三学生对命题角度的敏感性和把握度，全面提高应试能力；赠送最高含金量、最高时效的特训班，送800元书籍资料
冲刺特训	特训班	考前两周	8天	2980元	280元	**全大腕名师面授！**引进历年命题专家的学术成果，多年来考生和业界追捧并交口称赞的高质、高效、高分考前信息传递班次。赠送特A、特B、特刊
	周末冲刺班	8.27-9.4	48课时	2280元	280元	名师面授！考前权威信息传递；送300元书籍资料

优惠政策：

1. 3人以上团报优惠100元，5人以上团报优惠300元，8人以上团报优惠500元
2. 2011年3月1日前全额交款，学费8000元以上的学生可再享受500元优惠；学费在8000元以下的可再享受300元优惠；
3. 两班连报，可享学费总额100元优惠，老学员介绍可享受100元优惠，老学员重新报名可享受200元优惠；
4. 军转干部、法院、检察院、公证处工作人员，报不同班次可享更多优惠；
5. 贫困在校大学生凭相关单位开具的官方贫困证明，根据所报班次不同，最高可享1000元优惠。

注：以上优惠可重复叠加

上海分校地址：上海市闸北区汉中路158号10楼1014室 电话：（86）021-60941208 021-63178160 021-60941209

2011年杭州、南京三校名师司法考试培训教学计划

班次		日期	课时	学费	5.1前优惠	备注
面授班次	精品突破班	7.10-9.5	58天	7800元	500元	系统深入学习，全面掌握各知识点、常考法条、答题技巧、解题方法；并赠送特训班；送1500元资料
	大学生精英班	7.10-8.27	50天	5580元	800元	为在校大三大四学生专设！个性化教学，全面弥补法学教育与司考考试实物之间的距离；送1200元资料
	大三保过班	7.10-9.5	59天	8800元	——	签协议不过第二年免学费重读本班。赠送最高含金量、最高时效的特训班；送2000元书籍资料
	大三突破班	8.5-9.5	32天	3980元	480元	短期高效提高大三学生对命题角度的敏感性和把握度，全面提高应试能力；赠送最高含金量、最高时效的特训班；送800元书籍资料
周末系列	高分卷四班	8.20-8.21	18课时	380元	——	直击案例、论述必考要点。赠送价值100元内部资料
	周末长训班	3.27-8.27	380课时	2880元	——	分学科分阶段系统讲解知识体系与应试要点，送高分论述班。赠送价值800元辅导书籍和内部资料
	周末全程班	3.27-9.5	462课时	4380元	——	分阶段从入门到综合应试，含考前周末冲刺；送800元书籍资料
	周末保过班	3.27-9.5	462课时	5380元	——	不过关，2012年可免学费重读周末长训班；送800元书籍资料
冲刺特训	周末冲刺班	8.27-9.4	48课时	2280元	380元	名师面授！考前权威信息传递班次；送300元书籍资料

优惠政策：

1. 3人以上团报优惠100元，5人以上团报优惠300元，8人以上团报优惠500元
2. 2011年3月1日前全额交款，学费8000元以上的学生可再享受500元优惠；学费在8000元以下的可再享受300元优惠；
3. 两班连报，可享学费总额100元优惠，老学员介绍可享受100元优惠，老学员重新报名可享受200元优惠；
4. 军转干部、法院、检察院、公证处工作人员，报不同班次可享更多优惠；
5. 贫困在校大学生凭相关单位开具的官方贫困证明，根据所报班次不同，最高可享1000元优惠。

注：以上优惠可重复叠加

报名须知

报名方式：

1. 现场报名：前往我校沪、宁、杭三地办公室报名（均可刷卡）
2. 邮局汇款：上海市闸北区汉中路158号汉中广场1014室

   邮编：200070　收款人：杨治宁
3. 银行转账：账号 6222 0210 0102 9656 136

   上海工商银行　开户姓名：郭兵

★ 汇款报名时请填写清楚您的姓名、联系方式、所报班次，在汇款后至我校网站下载《报名表》，填写清楚后EMAIL至我校报名专用邮箱baoming@huadongsanxiao.com。我们在收到汇款及《报名表》后，将及时与您确认，办理听课证时需出示汇款凭证。

报名手续：

1. 详细填写《三校名师报名表》（电子版亦可）
2. 缴纳学费或预报名费，1寸免冠照片2张（电子档亦可）及身份证复印件一份
3. 享受优惠的军转干部、法检工作人员等应出示相应证件的原件并提交复印件一份
4. 领取听课证或报名凭证并妥善保存

排位原则：

现场报名的学员和以邮局汇款、银行转账方式报名的学员均严格按照到账时间先后顺序安排座位。

杭州分校地址：浙江省杭州市西湖区文二路207号耀江文欣大厦209室　电话：（86）0571-88162010 0571-56021363

南京分校地址：南京市汉中路108号金轮大厦11C1　电话：（86）025-86050787 025-86050789

三校名师 航天班详解

班次特色 2010年司法考试试题难度呈现“中间大两头小”趋势、“二八规则”。对考生而言，扎实基本功就能拿到“基本分”，但要通过考试，还必须在疑难试题上拿到一些“关键分”。本班授课都是名师大腕与命题关联人，设计一次性过关的培训课程。

2010年司考中很多老考生都自信卷二和卷三的成绩，结果呢，全国老考生的卷二和卷三的成绩较2009年人均下降15分！为什么？！民法、刑法命题风格变了，可考生不知道。航天班帮你解决你想解决的一切问题！！

设计理念 本班采取“点•面•练”三结合的辅导方式。“面”是用较长时间的课堂讲授基础知识，强化学员的基本功，帮助拿到“基本分”；“点”是在“面”的基础上对考点中的重点、难点与疑点进行强化讲授，帮助学员攻克疑难试题拿到一些“关键分”；“练”是辅以大量的真题和模拟训练，提高考生实战能力，把知识能力转化成应试能力。（1）已经安排好自己的生活、就业计划，希望摆脱法律职业资格困扰、一次“搞定”的考生；（2）希望通过考试并兼顾“充电”的法学本科毕业生；（3）零基础的非法学专业本科生；（4）在360分边缘徘徊多年的考生；（5）对自己信心不足的考生。

教学实施过程 **第一阶段** 入学预热性摸底测试，模拟试题一套，精讲试题。对每个学生每题的解答进行数据统计分析，发现考生普遍存在的问题和个别问题，指导教师因材施教，指导辅导员进行家教式的个别跟踪辅导。

第二阶段 由司考界享有盛誉的名师大腕对各科目按大纲系统讲授，夯实基础。俗话说“基础不牢，地动山摇”。司法考试备考的根本是扎实基础知识学习。通过本阶段的学习使考生的应试知识达到全面巩固、提高，消除考生对多项选择题和不定项选择题因为知识掌握不全面而造成“四个选项负连带责任”大量丢分的悲惨现象，消除考生面对试题“一看都会，一做基本不对”的尴尬。师资及课程安排：民法6天，民诉4天，三国4天，行政4天，刑法5天，商经知产5天，刑诉4天，法理2天，宪法1天，法史法职1天。部门法测试4天，模考2天。

第三阶段 强化提高。司考命题指导思想之一是突出“三法三诉、加强实务”，对于没有实务经验的考生而言常会出现“背会了法条做不对题”的现象。近年试题明显体现出“法条是考试的重心、法条细节学习决定司考成败”的特点。通过本阶段的教学，使考生在“二八规则”指导下熟悉、精通3000必考法条和4000典型案例。师资及课程安排：商经知产4天、刑法5天、刑诉4天、民法5天、民诉4天、三国4天、行政4天、小法3天。

第四阶段 真题精读与预测。根据考试可能性和内幕信息，进行真题强化演绎和讲解。师资及课程安排：民法1天，刑法1天，民诉1天，刑诉1天，三国1天，行政1天，商经1天，小法1天。

第五阶段 综合实战阶段。临战大练兵，提高应试应变能力，强化卷四得分能力，训练考场心理素质和经验，由命题关联人（俗称小黑）给学员授课。师资及课程安排：民法1天，刑法1天，民诉1天，刑诉1天，行政1天，三国1天，商经1天，小法1天。

第六阶段 高分卷四班课程。解读卷四阅卷规则，传授卷四答题技巧。

第七阶段 考前信息速递。十页纸，二百分！

三校名师：值得您信赖的老朋友！

400-882-2299 www.sanxiaomingshi.com

北京教学课程

★ 名家教授全程责任制：**授课、讲义、试题、讲、练、评、串、模、评六位一体**

系列	班次	日期	天数	学费	配发	特点
集训系列	VIP保过班	3月6日—9月5日	185天	59800元	《名师专题通讲》《必读法条与真题演练》《历年考题解读》《主观考题破译》《绝密内参——司考侦察兵》《三校AB卷》 VIP航天班2400题模卷4套 旗舰班6大部门法36个案例 大学生暑期班保过班800题模卷2套 周末保过班1600题模卷1套	业界顶级的教学设计，全方位的特色服务 司考600分：司考100%知识点100%讲授，考点100%命中，通过率达到100%，独一无二的班次 司考指引、命题点津、个性辅导、应试技巧，通关秘笈一对一辅导
	航天班	4月8日—8月28日	143天	16800元		胜券在握，一次过关 胸有成竹，业界领先 历时五届，听课人数近2000人 命中知识点、考点、考题100%，通过率突破85%
	旗舰班	6月16日—8月23日	68天	7200元		核心班次 经典课程 黄金典范 旗舰标志 历时七届，听课人数近4000人 知识点、考点100%讲授，通过率突破78%
大学生系列	暑期精品班	7月9日—8月25日	49天	5980元		1+1精英班次，经典课程，短时高效 重点、难点、疑点100%讲授 必考法条，经典案例100%命中，经典考题100%分值
	大三保过班	7月9日—9月5日	58天	9800元		基础强化、综合提高、必考法条、经典案例、经典考题、信息速递，模拟冲刺全程保过（2011年不过，第二年免费重读，只交800元资料费）
	大二预科保过班	7月9日—8月25日	49天	8800元		本班学制2年。第一年为预科阶段上大学生暑期精品班次的课程；第二年上大学生暑期精品班、高分卷四班和特训班课程。两年总计教学大约110天。
周末系列	系统强化班	3月19日—5月29日	176课时	3280元		渗透必考内容 获取司考精髓
	案例法条班	6月4日—7月24日	128课时	2380元		点必考法条 融实务分析
	模考点评班	7月30日—8月21日	56课时	980元		训练临场素质 强化临场技能
	周末全程班	3月19日—8月21日	368课时	5680元		系统强化、案例法条、模考点睛、梯次推进、顺利过关
	周末保过班	3月19日—9月5日	440课时	10800元		零基础强化、案例法条综合提高、高分卷四、特训冲刺、高分保过（2011年不过，第二年免费重读，只交1000元资料费）
特训系列	高分卷四班	8月27日—8月28日	2天	680元	《主观考题破译》	解密卷四 传授高分
	特训班	8月30日—9月5日	7天	2980元	特A、特B 特刊、特训	直击考题 信息速递

三校图书	《名师专题通讲》《同步练习》《三校名师讲义》《内部讲义》《必读法条与真题演练》《历年考题解读》《三校AB卷》《考前7日必背》《主观考题破译》《三校AAA套题》《重点法条速览》《考前冲刺600分》
远程专服	网授、函授、非常辅导8+1 详情请登陆三校名师网站www.sanxiaomingshi.com

特大喜讯：2011年及以后我校面授班学员赠送“走向金牌律师的阶梯——法律实务教程”课程。

优惠

一、2011年春节前报名按8折交费。

二、2011年春节后报班：老学员、团体（三人以上）、军转干部、司法工作人员按9折优惠；

三、大学生助学金1+1（凭学生证）报：大学生暑期精品班、周末全程班享受1人交费2人上课的助学支持；

四、高分卷四和特训两班连报优惠560元；其他班次三班连报按8.5折交费；

五、凡三年内考330分以上的考生，一律7折优惠。

注：优惠不重复享有。

汇款账号：建行 1104 8699 8013 0331 772 邮政 6010 0422 3200 6391 61 工行 0200 2142 0103 2121 883 农行 2508 0046 0061 740 收款人：贺晓春